丘の家のジェーン

モンゴメリ
木村由利子＝訳

角川文庫
16985

十四年にもわたる
かわいく愛しい仲間だった
“ラッキー”の想い出に

Jane of Lantern Hill
1937 by Lucy Maud Montgomery

丘の家のジェーン

〈主な登場人物〉

ジェーン・ビクトリア・スチュアート　ゲイ・ストリート六十番地に住む少女。
ロバート・ケネディー　ジェーンの祖父。三十年前に他界した裕福な男性。
ケネディー夫人（ビクトリア・ムア）　その妻。ジェーンの祖母。
ウィリアム・アンダスン　その息子。成功した実業家。
ガートルード　その娘。長身で影が薄く、無口な女性。
シルビア・コールマン　その娘。常識的な女性。
ミセス・スチュアート（ロビン）　その娘。ジェーンの母。美しい女性。
ミニー　ウィリアムの妻。
デイビッド・コールマン　シルビアの夫。
フィリス　その娘。
ジョディー（ジョーゼフィン・ターナー）　ゲイ・ストリート五十八番地に住む、ジェーンの友だち。
メアリ・プライス　コック。
フランク・デイビス　雑役係兼運転手。
アンドルー・スチュアート　ジェーンの父。
アイリーン・フレイザー　その姉。
ジム・ミード　アンドルーの下宿先の主人。
ミセス・ミード　その妻。
ジミー・ジョンとその一家　丘の家の元の持ち主。ジェーンの島での友人。
ソロモン・スノービームとその一家　ジェーンの島での友人。
ジャスティナ・タイタス　小川の谷間荘に住む女性。
バイオレット・タイタス　その妹。

1

ゲイ・ストリートは名前とつりあわないと、いつもジェーンは思っていた。どう考えたって、トロントで一番ゆううつな通りだから。とは言うものの、もちろんこの十一年にわたる人生の限られた行動範囲では、トロントの街並みをたくさん見たわけではなかった。

ゲイ・ストリートは「陽気《ゲイ》な」通りでなければと、ジェーンは思う。花に囲まれた、陽気で人懐こい家々が、通りかかる人に「ごきげんよう」と声をかけてくれ、木々が手を振り、黄昏《たそがれ》どきには窓が目配せしてくれる、そんな通りでなければ。

でもとんでもない。ゲイ・ストリートは暗くてすすけた通りで、よそよそしく古風で、年月の垢《あか》が染みついた、れんが造りの家がならんでいる。家々の窓は縦長のよろい戸に閉ざされ、道行く人に目配せしようなどと考えたこともないようだ。立ち並ぶ街路樹は見るからに古くて巨大で偉そうなので、木呼ばわりするのも気が引けるほどだ。向かいの角のガソリンスタンドの出入り口に置かれた緑のバケツに植わった、情けない代物も木には見えないが、それよりさらに木離れしている。かつてそこにあったアダムズ家の古い屋敷が取り壊され、あとに赤と白の新しいガソリンスタンドができたとき、祖母はかんかんに怒った。そしてフランクに、そこでは絶対に給油させなかった。けれどもだからこそ、あそこは通りでたった一つの楽しい場所だと、ジェーンには思えるのだった。

ジェーンはゲイ・ストリート六十番地に住んでいる。そこは巨大な、お城じみたレンガ造りの建物で、柱造りの正面玄関とジョージ王朝風の細長いアーチ型の窓をそなえ、塔や小塔をつけられそうな場所にはもれなく塔と小塔がそびえていた。錬鉄製の門をいくつも備えた、そびえるような鉄のフェンスにぐるりを囲まれている。かつてこの門は、トロントでは名をはせたものだった。夜が来ると、門はフランクの手で閉ざされ、鍵《かぎ》がかけられる。そのせいでジェーンは、自分が閉じこめられた囚人になったような、みじめな思いにとらわれた。

六十番地の屋敷のまわりには、同じ通りのたいていの家々より、ずっと広い空間があった。前面には広々とした芝生。ただしフェンスのすぐ内側に、古木がぎっしりと生えているため、芝はまったくのびない。……とくに屋敷の横手とブルア・ストリートの間には、たっぷりとした空間があった。ただし、ゲイ・ストリートと交差するため特別混雑してうるさいブルア・ストリートの、絶え間ない騒音をさえぎれるほどは広くなかった。うなるほど金を持っていて、フォレスト・ヒルやキングズウェイの新しいしゃれた屋敷を買おうと思えば買えるのに、ロバート・ケネディー老夫人がなぜあの屋敷に住みつづけているのかと、住民たちは不思議がった。六十番地にかかる税金は目が飛び出るほどだろうし、屋敷ときたら、悲しいほどに流行遅れだったから。そういうことを人に言われても、ケネディー夫人は馬鹿にしたような笑みを浮かべるだけだった。それがたとえ自分の息子、ウィリアム・アンダスンであろうと同じだった。ウィリアムは最初の結婚でもうけた息子で、自力で事業に成功して裕福だったため、夫人が一目置く唯一の家族ではあるが、それとは話が別だ。夫人は息子を愛したことはないが、やむなく尊重していた。

　ケネディー夫人はゲイ・ストリート六十番地に満足しきっていた。ロバート・ケネディーの花嫁として、ここにやってきた当時、ゲイ・ストリートは街一番の通りであり、ロバートの父親が建てた六十番地の家は、トロント一の「お屋敷」だった。そして夫人の目からすれば、今なおそうだった。四十五年間ここで暮らし、このあとも死ぬまで暮らすつもりだった。屋敷を気に入らないものは、ここに住まなければいいのです。これは、ゲイ・ストリートが気に入らないなどと口にしたこともないジェーンに、いやみっぽくも悦に入った目を向けて言われた言葉だった。おばあさまには人の心を読む不気味な力があることに、ジェーンは早くから気がついていた。

　いつだったか、雪の積もった暗く陰気な朝、ジェーンがいつものようにセント・アガサ校に送ってもらうため、キャデラックの中でフランクを待っていると、街角で立ち話をする女二人の声が聞こえた。

「こんなに死んだような家を見たことって、あります？　もう何代も死んでいるように思えるわ」若いほうの女が言った。

「そのお屋敷は、三十年前ロバート・ケネディーが死んだ時に、死んだのよ」年かさのほうが答えた。「その前は活気にあふれたところだったの。トロントの人間がそれはにぎやかに寄り集《つど》ったものよ。ロバート・ケネディーは人づきあいが好きだった。とても二枚目で、気さくな人だったわ。どういうわけで、三人の子持ちやもめのジェームズ・アンダスン夫人と結婚することになったのか、誰にも合点が行かなかったの。結婚前はビクトリア・ムアといったの。ほら、ムア大佐のご令嬢だったのよ。……とても名門の。ただそのころあの人は絵のようにきれいで、彼に夢中だったわねえ。そりゃあもう崇《あが》めたてまつっていたのよ。一時たりとも目の届かないところへ行かせたがらないって、噂だったわ。最初の旦那《だんな》にはまるで気がなかったのに。ロバート・ケネディーは結婚後十五年ほどで亡くなったの。……たしか初めての子供が生まれた直後だったはずよ」

「奥さんはお城に独りで暮らしているんですか?」

「あら、いいえ。二人の娘が同居しているの。娘のどちらかはご主人を失くされたか何かで……たしか孫娘もいたわ。大奥さまは恐ろしい暴君だそうだけど、下のお嬢さんは……ご主人のおられないほうね……明るいたちで、サタデー・イブニング紙に載るような催しには、必ず顔を出すの。とても美人で、着こなしがうまいのよ! 見るからにケネディーのタイプなのは、父親に似たからでしょうね。きっと立派なお友だちをゲイ・ストリートに呼ぶ気にはなれないと思うわ。この家は死んでいるどころじゃないもの。……まさに〝夢の跡〟よ。でも今でも思いだすけれど、ゲイ・ストリートは街でも指折りの、人気の住宅街だったのよ。それが今は、どう」

「斜陽地域ですね」

「それどころか。何と五十八番地は下宿屋ときているわ。それでもケネディーの大奥さまは、六十番地をとても立派にもたせているわね。もっとも、ほら、バルコニーのペンキがはげかけてはいるけど」

「うーん。私はゲイ・ストリートの住人でなくて、よかった」若いほうがくすくす笑い、二人は車を拾いに走っていった。

「そうでしょうとも」ジェーンは思った。とはいえ同じ立場に置かれた場合、ジェーンは六十番地以外のどこに住みたいか、答えられそうになかった。セント・アガサまで車で抜けていく通りは、そのほとんどが貧しげで人好きがしなかった。それというのも、祖母がジェーンを通わせているセント・アガサは、きわめて学費が高い名門校だったが、街外れの人気のない場所にあったからだ。だがセント・アガサは気にしなかった。……たとえサハラ砂漠のただ中にあろうとも、セント・アガサはあくまでもセント・アガサなのだ。

　フォレスト・ヒルにある伯父《おじ》のウィリアム・アンダスンの家は、広々とした芝生とロックガーデンまである、たいそうしゃれた屋敷だが、ジェーンは住みたいと思わない。伯父の大切にしているビロードの芝生を傷つけないかと怖くて、足を踏み入れることもできない。ジェーンは走りたいのに、平たい飛び石道を踏み外すわけにいかないのだ。セント・アガサでは競技をする時以外は走ってはいけない。そしてジェーンはどの競技もあまりうまくなかった。いつもおどおどしてしまうのだ。ジェーンは十一歳にして、十三歳の少女並みの背丈があった。クラスでは一人そびえたっていた。クラスメートはそれが気に入らず、ジェーンは身の置き所のない思いをした。

ゲイ・ストリート六十番地で走るなんて……そもそも六十番地で走った人間などいるのだろうか。お母さまは走ったかもしれない、とジェーンは感じていた。母は今なお、まるで足に羽でも生えているように軽々と楽しげに歩いた。ジェーンは一度だけ、街の半ブロック分ほどもある長い屋敷の玄関から裏口までを、せいいっぱい声を張りあげて歌いながら走り抜けるという冒険をやってのけたことがあるのだが、てっきり外出していると思っていた祖母が朝食の間から姿を現し、血の気のない白い顔にジェーンの嫌いなほほえみを浮かべ、見つめたのだった。

「いったい、この騒ぎは何ごとなのですか、ビクトリア？」祖母はジェーンがもっと嫌いななめらかな声で言った。

「面白いから走っていただけです」とジェーンは説明した。いたって単純なことに思えた。だが祖母はほほえんだまま、祖母にしかできない言い方で、

「わたくしがあなただったら、二度といたしませんわね、ビクトリア」と言った。

ジェーンは二度としなかった。それは祖母だけが相手にふるうことのできる力だった。あんなに小さくてしわだらけなのに……やせっぽちで足の長いジェーンと変わらない背丈しかない祖母なのに。

ジェーンはビクトリアと呼ばれるのが嫌いだった。なのに誰もがそう呼んだ。母だけは、ジェーン・ビクトリアと呼んだ。祖母がそれを嫌がっているのを、ジェーンは何となく気づいていた。どういう理由か知らないが、祖母はジェーンという名前が嫌いなのだ。ジェーンは好きだった……ずっと気に入っていた……ずっと自分はジェーンだと考えていた。祖母の名を取ってビクトリアと名づけられたことは知っていたが、ジェーンという名がどこから来たのかは知らなかった。ケネディー家にもアンダスン家にもジェーンは一人もいない。生まれて十一年目になって、どうやらスチュアート側から来たのではないかと、考えはじめた。ジェーンは申しわけなかった。大好きな名前が父親とつながっていると考えたくなかったからだ。人を——祖母でさえ憎むよう作られていない小さなハートに、憎しみという感情が生まれてからというもの、ジェーンは父を憎んでいた。ジェーンは、自分が祖母も憎んでいるのではないかと思って嫌になる時があった。祖母は着る服をくれ、食べさせてくれ、学校に行かせてくれる人なのに。祖母を愛さなければならないと、わかってはいたが、とても難しいことに思えた。どうやら母にはたやすいことらしい。けれども祖母は母を愛しているのだから、おのずから違いは生じる。祖母はこの世の誰よりも母を愛していた。そしてジェーンを愛していなかった。ジェーンには初めからわかっていた。そして、はっきりわかっていなくても、母がジェーンをとても愛しているのを祖母が嫌がっていることを、感じ取っていた。

「あなたはあの子にかまけすぎよ」母がジェーンの扁桃腺炎《へんとうせんえん》のことで気をもんだ時、祖母はばかにして言った。

「あの子はわたしのすべてですもの」母は言った。

すると祖母の老いた白い顔に紅《べに》が差した。

「つまりわたくしは、どうでもいいということね」

「まあ、お母さま、そんなつもりじゃないのは、おわかりでしょうに」母は両手をひらひらさせて、切なげに言った。その動きを見るとジェーンはいつも、白い蝶《ちょう》が二匹飛ぶ姿を思い浮かべた。「だって……だって……あの子はわたしのたった一人の子供で……」

「で、あなたはその子を……あの男の子供を……このわたくしより愛しているのね」

「そういう意味ではなくて……違う意味で愛しているだけで……」

「恩知らず！」祖母は言った。たった一語だが、その中には何という悪意がこめられていたことか。それから祖母は部屋を出ていった。顔は今も紅《くれない》に染まり、銀髪に隠された青い目は、怒りにくすぶったままだった。

2

「ママ」ジェーンははれた扁桃腺の許す限りの声で言った。二人きりの時、ジェーンは甘えて母を〝ママ〟と呼ぶことが多かった。「どうしておばあさまは、ママがあたしを愛するのがおいやなの？」

「そういうことではないのよ、いい子ちゃん」ジェーンの上にかがみこみ、語りかける母の顔は、バラ色のランプシェードの光を受けて、一輪のバラのようだった。

けれどもそういうことだと、ジェーンにはわかっていた。母が祖母の前ではめったにキスしたり頭をなでたりしてくれないわけが、わかっていた。そんなことをすると祖母が、あたりの空気を凍らせるような、静かで冷たい、恐ろしい怒りに震えるからだ。母がしょっちゅうそんな風にしてくれないほうが、ジェーンには嬉《うれ》しかった。二人きりの時に埋めあわせをしてくれるから。……ただ問題は、二人きりになれる機会が、ほとんどめったにないことだった。今この時でさえ、二人は長い間いっしょにいられない。母が晩餐《ばんさん》会に出かけるからだ。母はほとんど毎晩、いや午後もほとんど毎日、何かの催しか誰かの家に出かけていく。ジェーンは出かける前の母を一目見るのが大好きだ。そのことを母も知っているので、たいてい見られるようにはからってくれる。母はいつも、それは美しいドレスで着飾り、それはきれいなのだ。自分には世界一美しいお母さんがいると、ジェーンは信じている。こんなにきれいな母親に、どうして自分のように地味で不器用な娘がいるのだろう、と最近思うようになってきた。

「あなたは美人にはなれないわ。口が大きすぎるんですもの」と、セント・アガサの同級生に言われたことがある。

母の口はまるでバラのつぼみだ。小さくて真っ赤で、唇の両すみにえくぼがかくれている。目は青いけれど、祖母のように冷え冷えした青ではない。母の目は、夏の朝まっ白な雲の間からのぞく空の色だ。髪は暖かみがあり、波打つ金髪で、今夜はそれを額からかきあげ、白いうなじにカールをまとめ、耳の後ろからもくるくると小さなカールをのぞかせている。ドレスは薄黄色のタフタで、美しい肩の片方に、濃い黄色の、大きなベルベットのバラをつけている。サテンのようにきめ細かな腕にダイヤモンドのブレスレットをちらちらときらめかせる母は、まるで美しい黄金のプリンセスみたいだと、ジェーンは思う。ブレスレットは先週の母の誕生日に、祖母が贈ったものだ。祖母はいつもそのような美しいものを母に贈る。そして着るものの何もかも……目の覚めるようなドレスや帽子や外套《がいとう》などを、母のためにあつらえる。ミセス・スチュアートはいつもちょっと着飾りすぎだと、人が噂しているのを、ジェーンは知らない。それでも母が本当はもっと簡素な服装が好きなのに、祖母の気持ちを傷つけたくなくて、祖母にもらった豪華な品々のほうが好きなふりをしているだけではないかと、感じ取っている。

ジェーンは母の美しさがとても自慢だ。「きれいな方よね?」と人々がささやくのを耳にすると、嬉しくてどきどきする。母が銀狐の大きな襟がついた、目と同じブルーの色鮮やかな外套を着るのをながめていると、のどの痛みも忘れそうだ。

「ああ、ママってすてきねえ」かがみこんでキスしてくれる母の頰に手を伸ばして触れながら、ジェーンは言った。まるでバラの花びらのような手触りだ。まつ毛がその頰に、絹の扇のように広がる。遠目で見ると、もっと美しい人がいることは知っている。けれども母は近づけば近づくほど、美しさを増すのだ。

「いい子ちゃん、とても具合が悪いの？　置いていきたくないんだけど……」

母はそこで言葉を切ったが、つづきがジェーンにはわかった。「出かけないと、おばあさまのご機嫌が悪くなるから」

「それほどひどくはないの」ジェーンはけなげに答える。「メアリが世話してくれるし」

けれども母がタフタの衣擦《きぬず》れとともに出てしまうと、扁桃腺とは関係のないかたまりが、ひどくのどにつかえるようだ。泣くのはたやすい。だがジェーンは絶対に泣いたりしない。

何年か前、ジェーンがまだ五歳にもなっていないころ、母がとても誇らしげに言う声が聞こえた。「ジェーンは少しも泣かないの。ほんの赤ちゃんの時でさえ泣かなかったわ」その日からジェーンは決して泣かないように気をつけた。夜ベッドにひとりでも泣かなかった。お母さまがあたしを自慢できることはほとんどないんだもの、もっと少なくしてしまってがっかりさせてはいけないわ。

けれども実は寂しくてたまらなかった。風が外の通りでほえたけっている。背の高い窓はすさまじくがたがた鳴り、広い屋敷は敵意に満ちた音やささやきであふれた。ジョディーが家に来て、しばらくそばにいてくれればいいのに。けれどもそんなことを願っても無駄だった。ジョディーがたった一度六十番地を訪れた日の事は、とうてい忘れられなかった。

「まっ、いいか」のども頭も痛んだけれど、ジェーンは物事のいいほうをみようとした。「今夜はあの人たちに聖書を読まなくてすむんだもの」

「あの人たち」とは祖母とガートルード伯母《おば》の事だ。母はほとんどいつも家にいないので、「あの人たち」の中には入らない。ジェーンは毎夜寝る前に、祖母とガートルード伯母に、聖書を一章分朗読しないといけなかった。一日二十四時間のうち、これほどジェーンが嫌っている時間はなかった。だからこそ祖母がそうさせるのだと、ジェーンははっきり承知していた。

朗読の時一同はいつも居間に行く。部屋に入る時、ジェーンは必ずぶるっと身震いした。ばかでかく凝りに凝った居間は、あまりにもものでいっぱいで、何にもぶつからずに動く事など不可能だった。しかも真夏の酷暑の夜でさえ冷え冷えと感じられた。冬の夜ともなれば、それは寒かった。ガートルード伯母が、重い銀の留め金つきの巨大な家族用聖書を大理石の中央テーブルからとりあげ、窓と窓のあいだの小卓に置く。つぎに伯母と祖母が小卓の両側に座り、ジェーンがすぐ横で、二人にはさまれる形で座る。頭上からはケネディー家の曾祖父《そうそふ》が濃紺のビロードのカーテンを両脇に従え、古びた金ぶちの、重厚な額の中から、ぼやけた肖像画の顔でにらみつけている。街角でおしゃべりしていた女たちは、祖父が気さくな二枚目だったと言っていたが、その父親はどう見てもそういう人間ではなさそうだ。正直言ってジェーンは、曾祖父は釘《くぎ》を真っ二つに嚙《か》み切るのが趣味にちがいないと、いつも思う。

「出エジプト記十四章を開けて」祖母が言う。読む章は当然毎晩変わるが、口調はまったく変わらなかった。その口調を聞くとジェーンはおたおたし、正しいページが見つけられなくなってしまう。すると「まあ、おまえはできて当たり前の事さえできないのね」とでも言いたげな、憎らしいほほ笑みを浮かべながら、古風で豪奢《ごうしゃ》な指輪をいくつも光らせた、しわだらけの痩《や》せた手をのばし、超能力めいた正確さで、ぴたりと正しいページを開くのだった。ジェーンはつっかえつっかえ章を読み進め、あせっていない時なら間違えようのない言葉を読み間違えた。時々祖母が口を挟む。「たのむからもう少し声を出してちょうだい、ビクトリア。セント・アガサにやったからには、たとえ地理や歴史は無理としても、声の出し方ぐらいは教えてもらえると思ったのにねえ」言われたジェーンは突然声を張りあげ、ガートルード伯母はびっくりしてとびあがる。ところが次の夜は「たのむからそんな大声はやめてちょうだい、ビクトリア。わたくしたち、耳はちゃんと聞こえます」そして哀れなジェーンの声は消え細り、ささやき同然になるのだった。

ジェーンが読み終えると祖母とガートルード伯母は頭《こうべ》を垂れ、主の祈りを唱える。ジェーンも唱和しようとするのだが、たいていの場合祖母が伯母より二こと分先を行くものだから、うまくいかない。ジェーンはいつも感謝を込めて、「アーメン」と唱えた。何百年にもわたって敬愛され、光を放つ美しい祈りも、ジェーンには恐怖そのものだった。

ガートルード伯母は聖書を閉じ、中央テーブルの元の場所に、髪一筋分もたがえず、正確に置いた。そうしてようやくジェーンは伯母と祖母にお休みのキスを許された。祖母はいつも椅子に腰かけたままで、ジェーンは身をかがめ、祖母の額にキスをした。

「お休みなさい、おばあさま」

「お休みなさい、ビクトリア」

けれどもガートルード伯母は中央テーブルのわきに立つので、ジェーンは背伸びしなければならない。伯母は背が高いのだ。伯母は心もち身をかがめ、ジェーンはそのやせて灰色の顔にキスをする。

「お休みなさい、ガートルード伯母さま」

「お休みなさい、ビクトリア」と伯母は、か細く冷たい声で答える。

そしてジェーンは、部屋を出る。たまに運がいい時は、何にもぶつからないですむ。

「大人になったら、ぜったい、ぜえったいに聖書なんか読まないし、主の祈りも唱えないから」かつてはトロントの語りぐさだった、長く荘厳な階段をあがりながら、ジェーンはこっそり自分に言い聞かせた。

ある夜祖母はにこやかにたずねた。「聖書をどう思いますか、ビクトリア?」

「とても退屈だと思います」とジェーンは正直に答えた。その夜読んだ章は、「ノップ《つぼみ飾り》」と「タック《締め金》」だらけで、ノップやタックが何なのか、ジェーンにはさっぱりわからなかった。

「おやまあ! だけどおまえは自分の意見に値打ちがあるなどと思っておいでなの?」祖母は紙のように薄い唇に笑みを浮かべて言った。

「それじゃどうして聞いたりしたんですか?」ジェーンは言い、生意気なつもりなどまるでないのに、生意気だと冷たく叱られた。だからその夜彼女がゲイ・ストリート六十番地を恨みながら階段をあがっても、何の不思議があっただろう。恨みたいわけではない。ほんとうは愛したい……仲良くなりたい……役に立ちたい。それでも愛させてもらえないし、六十番地のほうから仲良くもしてくれない、手をさしのべても六十番地にはねつけられるばかりだ。ガートルード伯母と、コックのメアリ・プライスと、雑役係兼運転手のフランク・デイビスが、何もかも引き受ける。ガートルード伯母は祖母に家政婦を置かせたがらない。家の事は自分一人で取り仕切りたいからだ。半分にせよ母と姉妹とは信じられない、背が高く、影が薄く、無口なガートルード伯母は、規律と秩序の権化だ。ゲイ・ストリート六十番地では何もかもが、決まった日に決まった方法で行われなければならない。屋敷は実際恐ろしいほど清潔だ。ガートルード伯母の冷ややかな灰色の目は、ほこりひとつがまんできない。一日じゅう家を巡回してものをいつもの場所に戻し、何もかもを取り仕切る。お客さまがある時も、母でさえ、テーブルに花を飾り、食事用にキャンドルをともすぐらいで、あとは何もしない。ジェーンは、そういう仕事が楽しいだろうと思っていた。時たま、祖母が外出した日には、台所に入り浸り、気のいいメアリ・プライスが食事を作るのをながめた。どれもとても簡単に思えた。ジェーンには、自分が作らせてもらえるのなら、完璧《かんぺき》にやり遂げられる自信があった。料理作りはきっと楽しいにちがいない。匂いだけでも、食べるのと同じくらいすてきだもの。

けれどもメアリ・プライスは、決して手伝わせてくれなかった。ビクトリアお嬢さまが召使いと口をきくのは、大奥さまのお気に召さないとわかっていたからだ。

「ビクトリアは家事が好きなのよ」ある日曜日の昼食の席で、祖母が言ったことがあった。いつものように、ウィリアム伯父《おじ》とミニー伯母のアンダスン夫妻、デイビッド伯父とシルビア伯母のコールマン夫妻と娘のフィリスが同席していた。祖母にかかると、人前で自分がまぬけな道化になったような気持ちにさせられる。その日なぜだかあわてていたメアリ・プライスが、あたしにレタスを洗わせ、サラダの盛りつけをさせてくれたことを知ったなら、おばあさまはどう言うかしらと、ジェーンは考えた。祖母がどうするかはわかっていた。きっとレタスに指さえ触れないだろう。

「ほう。女の子が家事好きなのはよいことなのでは？」とウィリアム伯父が言ったのは、何もジェーンの味方をしたかったわけではなく、女の居場所は家庭だとの持論を披露する機会を逃したくないだけだった。「女の子は、料理を覚えるべきですよ」

「ビクトリアは料理を覚えたがっているわけではないと思うわ。単に台所あたりをうろつくのが好きなだけですよ」祖母は言った。

祖母の口調には、ビクトリアは趣味が低劣で、台所は下賤《げせん》な場所だとの意味がこもっていた。母の顔がどうしてやにわに朱に染まったのか、なぜその目に一瞬、ほんの一瞬ではあったが、奇妙で反抗的な光が宿ったのかと、ジェーンは不思議に思った。

「セント・アガサではどんな具合だね、ビクトリア。進級できそうか？」ウィリアム伯父が尋ねた。

進級できそうかどうか、ジェーンにはわからなかった。落第の恐怖は昼も夜もつきまとっていた。毎月の成績がかんばしくないのはわかっている。祖母はいつも点数にひどく腹を立て、母でさえ、もう少しでいいからがんばれないの？　と切なそうに尋ねた。ジェーンはせいいっぱいがんばったが、歴史と地理はどうしようもなく退屈だった。算数と書き取りは楽だった。ことにジェーンは算数にかけては文句なしによくできた。

「ビクトリアはすばらしい作文を書けるそうなのよ」祖母は皮肉をこめて言った。作文をうまく書ける能力を祖母が快く思わない理由が、ジェーンにはさっぱりわからなかった。

「チッ、チッ」ウィリアム伯父は舌打ちをした。「その気になればビクトリアはわけなく進級できますよ。大事なのは、しっかり勉強する事だ。そろそろ年ごろの娘なのだから、それぐらいのことはわからなくてはね。カナダの首都はどこだい、ビクトリア？」

カナダの首都がどこかぐらい、ジェーンにはちゃんとわかっていたが、ウィリアム伯父の質問があまりに唐突だったので、昼食の客はみな食べるのをやめて、耳を澄ました。……そしてその瞬間、ジェーンは都市名をど忘れしてしまった。ジェーンは真っ赤になり、口ごもり、もじもじした。母を見れば、声に出さずに口の形で教えてくれているのがわかったはずだ。だがジェーンは誰の顔も見る事ができなかった。恥ずかしさと悔しさで、その場で死にそうだった。

「フィリス、ビクトリアにカナダの首都はどこか教えてあげなさい」ウィリアム伯父が言った。

「オタワ」フィリスは即座に答えた。

「Ot-t-a-w-a」伯父が綴《つづ》りを言って聞かせた。お母さま以外の全員が、あら探しをしようとあたしを見ている、とジェーンは感じた。シルビア伯母《おば》などは黒いリボンをつけた鼻眼鏡をかけ、自国の首都も知らない女の子とはどういう人間なのか見きわめたがっているように、じっくりと見つめた。その視線に射すくめられたジェーンはフォークを取り落とし、祖母と目があうと辛《つら》い思いにのたうった。祖母は小さな銀のベルに手を触れた。

「デイビス、ビクトリアお嬢さまにもう一本フォークを持ってきてちょうだい」まるでジェーンがもう何本もフォークを落としたような口調で、祖母が言った。

ウィリアム伯父は大皿から切り取ったばかりのチキンの胸肉をとった。あたしに分けてくれたらいいのに、とジェーンは切なく願った。胸肉はあまり食べさせてもらえないのだ。ウィリアム伯父がいない時は、メアリが台所で切り分けた鶏肉《とりにく》を、フランクが大皿に載せて給仕した。祖母がにらんでいるため、ジェーンは怖くて自分から胸肉を取れなかった。一度だけ小さいのを二切れ自分の皿に盛った時、祖母はこう言ったのだ。

「忘れないでちょうだい、ビクトリアや、他にも胸肉が好きな人がいるかもしれないのよ」

今の場合ジェーンは、ドラムスティックをもらえるだけでありがたかった。ウィリアム伯父ならばカナダの首都を知らなかったお仕置きに、首肉をまわすこともできるのだから。かわりにシルビア伯母がご親切にもカブを二すくいとりわけてくれた。ジェーンはカブが大嫌いだった。

「あまり食欲がなさそうね、ビクトリア」カブの山が一向に減らないので、シルビア伯母が責めるように言った。

「おや。ビクトリアの食欲なら問題ありませんよ」問題のないところはそれだけ、といわんばかりの祖母の口調だった。祖母の言うことには、使われた言葉以上の意味が含まれていると、ジェーンはいつも思う。ジェーンはここで、一度も泣いたことがない記録を途切らせるところだった。母の顔を見なかったら、完全にこわれていただろう。母はそれは優しく、思いやりにあふれ、その気持ちはわかるわよ、という顔をしてくれたので、ジェーンはすぐさま元気を取り戻し、無理にカブを食べるのはやめた。

シルビア伯母の娘フィリスは、セント・アガサではなくヒルウッド・ホールに通っていた。設立はずっと新しいが、ずっと高くつく学校だ。そしてフィリスはカナダの首都のみならず、大英帝国自治領のどの首都もあげることができた。ジェーンはフィリスが嫌いだった。時折ジェーンは、こんなに嫌いな人ばかりなんて、自分にはどこか問題があるのかもしれないと思って、気が重くなった。だがフィリスはあまりに無礼だし、ジェーンは無礼に振る舞われるのが大嫌いだった。

「おまえはなぜフィリスが嫌いなのです？」いつだったか祖母は、まるで壁でもドアでも何でも突き抜け、魂の奥底まで見透かすようないつもの目でジェーンを見つめながら、聞いたことがあった。「あの子はきれいで、しとやかで、お行儀が良くて、かしこい……おまえとは正反対の子なのに」とつけ加えたがっているにちがいなかった。

「あたしを見下すんですもの」ジェーンは言った。

「いつもわかったような口をきくけれど、ほんとうの意味がわかっているの？　ビクトリアさん。もしかして、フィリスを少しばかり妬《ねた》んでいるとは思わない？」

「いいえ、思いません」ジェーンははっきりと言った。フィリスを妬んでいないことはわかっていた。

「もちろんあの子が、おまえのお友だちのジョディーとまるで違っているのは、わかりますがね」祖母は言った。その声に含まれた皮肉に、ジェーンの目から怒りの火花がとんだ。ジョディーに皮肉を向ける人間には我慢できなかった。かといって、ジェーンに何ができるだろう。

3

ジョディーと友だちになって、一年になる。ジョディーはジェーンと同じ十一歳で、やはり年の割に背が高かった。といってもジェーンのように丈夫そうで背が高いのではない。ジョディーはひょろひょろのやせっぽちで、生まれてこの方満足に食べたためしがないように見えた。下宿屋で暮らしているのに、本当に満腹になったことがないのかもしれなかった。ゲイ・ストリート五十八番地は、かつては立派なお屋敷だったが、今は傾いた三階建ての下宿屋になっていた。

去年の春のある夕方、ジェーンは六十番地の裏庭にいて、うち捨てられた古いあずま屋の、丸太造りのベンチに座っていた。母も祖母も外出し、ガートルード伯母は悪性の風邪で臥《ふ》せっていた。さもなければ、ジェーンは裏庭にいなかっただろう。ジェーンは満月をじっくり見たくて、こっそり出てきたのだった。ジェーンには月と五十八番地の庭で白く花を咲かせる桜の木を見たい、特別な理由があった。大粒の真珠のような月をいただく桜の木があまりに美しく、それを見ていると、のどに大きなかたまりがこみあげてくるようで、今にも泣きそうな気分になった。ところが、五十八番地の庭で、誰かが本当に泣いていたのだ。しくしく忍び泣く声が、春の宵の静かに澄み通った空気を伝わって、はっきり聞こえる。

ジェーンは立ちあがり、あずま屋から出て車庫を回り、少なくともジェーンが覚えている限りは犬がいた事のない、がらんとした犬小屋の前を通って、ついに六十番地と五十八番地の境のフェンスにたどりついた。ここは鉄の柵《さく》ではなく板塀になっていて、犬小屋の後ろの蔦《つた》がからまりあう板が、一枚だけ壊れて、すき間が空いていた。そこをすり抜けると、五十八番地の荒れた庭に出た。まだ充分に明るく、ジェーンには桜の根方にうずくまり、手で顔を覆って悲しげにしゃくりあげている少女の姿が見えた。

「何かあたしにできること、あるかしら？」ジェーンは言った。

自分ではまったく気づいていないものの、この言葉こそジェーンの性格を語るキーワードだった。多分他の人間ならば「どうしたの？」と声をかけるだろう。だがジェーンはいつも人に何かしてあげたかった。まだ気づくには子供すぎたが、ジェーンのささやかな人生の悲劇は、誰にも、自分の母親にさえ、何かしてほしいと望まれない事だった。母は人がほしがるものは、すべて持ちあわせていたから。

桜の下の少女はすすり泣きをやめて、立ちあがった。少女がジェーンを見、ジェーンが少女を見た時、二人に何かが起こった。ずっとあとになってジェーンは、「あたしたちが同じ種類の人間だとわかったの」と言ったものだ。少女はジェーンと同じ年ごろに見えた。額でまっすぐ切りそろえた、黒く濃い前髪の下から、白すぎる小さい顔がのぞいている。髪は長いこと洗っていないようだったが、その下の目は茶色で美しかった。同じ茶色でもジェーンとは色合いが違う。ジェーンの目が、微笑みを秘めたキンセンカのような金茶色なのに対し、この少女の目はとても暗く、とても悲しげだった。……あまりに悲しげなので、ジェーンのハートがからだの奥で震えたほどだった。これほど幼いものがこんなにも悲しそうな目をしているのはおかしい、と、ジェーンにはわかった。

少女は、およそからだにそぐわない、古くみすぼらしい青い服を着ていた。長すぎ、ごてごてしすぎ、汚れてしみだらけだ。か細い肩から服がだらりと垂れた様子は、かかしのようだった。けれどもジェーンはみなりなど気にしなかった。気にかかるのは、訴えかけるような相手の目だった。

「できること、ある？」とジェーンは繰りかえした。

少女は首を振り、その大きな目に涙があふれだした。

「見て」少女は指さした。

ジェーンは見た。すると桜とフェンスの間に、土にまみれたバラがちらばっている、ぐちゃぐちゃの花壇のようなものが見えた。

「ディックがやったの」少女は言った。「わざとやったのよ。……ここがあたしのお庭だから。あれは、ミス・サマーズが先週取り寄せたバラなの。自分のお誕生日用に大きな赤いバラを十二本。……今朝ミス・サマーズに、花はもうだめだから、ゴミバケツに捨ててって言われたの。でも捨てられなかった。まだあんなにきれいなんだもん。だからあたし、庭にでて、あの花壇を作って、あちこちにバラを挿したの。もちろん、長い間はもたないけど……でもきれいだったし、あたし、自分の庭があるつもりになったの。……そしたらさっき……ディックが出てきて、みんなふみつぶして……笑ったの」

少女はまたすすり泣きはじめた。ディックが何ものかジェーンは知らなかったが、この瞬間そいつの首を、自分のしっかりした強い手でねじってやりたいと思った。ジェーンは少女に腕を回した。

「気にしないの。もう泣かないで。ほら、二人で桜の枝をどっさり折って、あなたの花壇に挿そうよ。バラよりずっとしゃんとしてるわ。……月の光を浴びたらどんなにきれいか、考えてみて」

「怖くてできない」少女は言った。「ミス・ウェストは、きっと怒るし」

またもやジェーンには、その気持ちがわかってぞくぞくした。この子も人が怖いんだわ。

「そう。じゃああそこにのびた大きな枝にのぼって、お花見しましょうよ。それならミス・ウェストも怒らないでしょう?」

「別に気にしないと思う。どっちにしても今晩は、あたしに怒ってるの。だって夕食のお給仕の時、コップを載せたお盆を持ったままつまずいて、三つも割っちゃったんだもん。こんなことをつづけるなら……だってあたし、ゆうべもミス・サッチャーのシルクのドレスにスープをこぼしちゃったのね……どっかにやってしまうって、ミス・ウェストは言うの」

「どこにやってしまうって?」

「わかんない。行くとこなんてもともとないもん。でもあたしは食費分の働きもできないし、お慈悲で置いてやってるんだって、言われてる」

「名前は何ていうの?」ジェーンが尋ねた。二人は小猫のようにはしっこく桜の木をよじ登り、今は白い花に包まれて、二人きりの香り高い世界に閉じこもっていた。

「ジョーゼフィン・ターナー。でもみんなはジョディーって呼ぶ」

ジョディーだって! ジェーンは気に入った。

「あたしはジェーン・スチュアート」

「ビクトリアだと思ってた。ミス・ウェストはそう言ってたけど」ジョディーは言った。

「ジェーンなの」ジェーンは言いきった。「まあ、ジェーン・ビクトリアともいうけど。でも、あ、た、し、は、ジェーン。そしてこれから」と明るい声で言った。「お近づきになりましょね」

　その夜塀のすき間を抜けて家に帰るまでに、ジェーンはジョディーの身の上をほとんどといっていいほど知った。ジョディーの両親は亡くなっていた。それもジョディーが赤ちゃんの時に死んだのだ。五十八番地のコックをしていた母親のいとこがジョディーを引き取り、台所から出さないという約束で、五十八番地に住む許しをもらった。二年前そのいとこのミリーも亡くなり、ジョディーはそのまま「居つい」た。今は新しいコックの手伝いをしている。ジャガイモの皮をむき、皿を洗い、ふき掃除に掃き掃除、使い走り、包丁とぎ、などなど。最近ではテーブルの給仕までまかされることになった。寝るのは屋根裏の小さな物置で、夏は暑く冬は寒い。下宿人たちがいらなくなったおさがりを身につけ、特別忙しくない時は、毎日学校に行く。誰一人優しい言葉をかけてくれず、気にかけてももらえない。ただしミス・ウェストの甥《おい》で甘やかされっ子のディックは別で、ジョディーをいじめ、からかい、「お情けっ子」と呼ぶ。ジョディーはディックが大嫌いだ。一度誰もいない時、ジョディーは居間に忍びこんで、ピアノを弾いてみた。ディックがミス・ウェストに告げ口したので、以後二度とピアノに触れてはいけないと、きつく言い渡された。

「あたし、楽器が弾けるようになりたいのに」ジョディーは切々と言った。「その他は庭だけが、あたしの夢なの。自分の庭が持てればなあ」

　世の中はどうしてこうもままならないのだろう、とジェーンは再び頭を悩ました。あたしはピアノを弾くのが好きでないのに、おばあさまは音楽を習うように無理強いするし、あたしはお母さまを喜ばせたい一心で、まじめにレッスンをつづけている。一方気の毒なジョディーは、音楽に焦がれながら、機会すら与えてもらえない。

「小さい庭なら造れるのじゃないかしら。だってここにはたっぷり場所があるし、うちの庭みたいに木陰だらけでもないわ。花壇を造るなら手伝うし、お母さまに種をもらえると思うし……」

「どうせ無駄よ」ジョディーは悲しげに言った。「ディックがまた踏み荒らすにきまってる」

「じゃあ、こうしましょう」ジェーンは力強く言った。「花の種のカタログを手に入れるの。フランクに探してもらうわ。そして二人で空想の庭を造るのよ」

「あんたって、いいことを思いつける人なんだ！」ジョディーは感心して言った。ジェーンは幸せを嚙《か》みしめた。初めて人に感心してもらえたのだった。

4

もちろん祖母はほどなくジョディーのことを感づいた。そして彼女についてもってまわったいやみを山と聞かせたが、ジェーンが五十八番地の庭に遊びにいく事はあえて禁じなかった。その理由をジェーンが理解したのは、それから何年もたってからだった。つまり祖母はあれこれ口出しする人々に、ジェーンは趣味が低劣で、下層の者を好むのだと、知らせたかったのだ。

「ねえ、このジョディーという子は、いい子なの？」母は疑わしげに尋ねた。

「とってもいい子よ」ジェーンは力強く答えた。

「でもあの子は、見るからにかまわれてなくて……とても汚れているし……」

「お母さま、あの子の顔はいつもきれいだし、耳の後ろも忘れずに洗ってるのよ。髪の洗い方を教えてあげるつもりなの。清潔にしたら、すてきになる髪だもの。あんなにきれいで真っ黒でやわらかいのよ。あたしのコールドクリームを一つあげてもいい？　あたしは二つ持ってるし。手に塗るといいでしょ？　あんなに辛《つら》い仕事ばっかりで、お皿をたくさん洗わないといけないから、手が真っ赤でひび割れだらけなの」

「でもあの服は……」

「服だけはどうにもならないの。もらったのを着るしかないし、一度に二枚しか持っていた事がないのよ。一着は普段着で、一着は日曜学校用ってわけ。日曜学校用のもきれいといえないけどね。ベルーさんちのエセルが着ていた服で、ピンクなのにコーヒーをこぼしちゃったの。しかもあんなにきつい仕事でしょう。まるで子供奴隷だって、メアリは言ってる。あたしジョディーが大好きなの。いい子なのよ」

「そう……」母はため息をついて、引きさがった。相手に強くでられると、母はいつも引きさがる。ジェーンは早くからそれに気づいていた。母親に憧《あこが》れてはいても、その性格の弱いところはきちんとおさえていた。母は人に「対抗する」ということができない。いつだったかメアリが、ジェーンに聞かれているとは知らずにフランクに話していたことがあった。ジェーンもその通りだとわかっていた。

「若奥さまは最後に叱ってくれる人についていくのよ」メアリは言っていた。「で、それはいつも大奥さまなの」

「けど、大奥さまはいつもよくしてあげなさるじゃないか。ロビンさまも明るくてかわいい人だしな」フランクが言った。

「明るいですともさ。でも幸せかしらね」メアリは言った。

「幸せ？ ママは幸せに決まってるでしょ」ジェーンはむっとして思った。むっとしすぎたかもしれない。なぜなら心の奥底に、ダンスやパーティーや毛皮やドレスや宝石や友だちに恵まれていても、ママは幸せではないのかもしれないという、奇妙な疑いがひそんでいたからだ。なぜこんな思いが浮かんだのかは、見当もつかない。多分時々母の目に浮かぶ、かごにとらわれたような表情のせいだろう。

春と夏の夕方、ジョディーが山と積まれた皿を洗い終えたあと、ジェーンは五十八番地の庭に出かけて遊ぶ事ができた。二人は「空想の」庭を造り、コマドリや、黒と灰色のリスにパンくずをやり、桜の木に登って、いっしょに宵の明星をながめた。そしてしゃべりまくった。フィリスに話す事など一つも思いつけないジェーンだが、ジョディーにはしゃべることがどっさりあった。

ジョディーが六十番地内に遊びに来るについては、問題外だった。友情が結ばれて間もなく、一度だけジェーンがジョディーに遊びに来るよう誘った事がある。桜の木の下でまたもやジョディーが泣いていた時だ。それはミス・ウェストがジョディーの古ぼけたテディーベアを、ゴミバケツに捨てるよう言いつけたせいだとわかった。クマは手のつけようもないほどぼろぼろだからと、ミス・ウェストは言ったのだ。もうつぎあてする場所がないほどつぎはぎだらけで、目の穴はすりきれすぎて、靴ボタンを縫いつける事もできなかった。それにジョディーは、もうぬいぐるみのクマと遊ぶような子供ではないと言われたのだ。

「あたしのものってほかに何もないんだもの」とジョディーはすすり泣いた。「人形でもあれば、いいんだけど。ずうっと人形がほしかったから。……だけどこれからは、屋根裏で一人で寝ないといけないし……それってすごく寂しいの」

「うちにいらっしゃいよ。人形をあげる」ジェーンは言った。人形は生きていないので、好きだったためしがなかった。七歳の時にシルビア伯母《おば》がクリスマスにすばらしい人形をくれたのだが、少しも欠点がなく、きれいに着飾っていて、何も世話を焼いてやる必要がないので、ジェーンは好きになれなかったのだ。毎日新しくつぎあてしてやれるテディーベアなら、ずっと気に入っただろうに。

ジェーンは目をまん丸くした夢心地のジョディーを連れて、六十番地の絢爛《けんらん》豪華な屋敷をつっきり、子供部屋の黒い巨大な洋服ダンスの下の抽《ひ》き出しに、長いこと触られもせずに眠っていた人形をプレゼントした。つぎに母の部屋に連れていき、銀張りのブラシ、虹《にじ》が見えるカットグラスの栓がついた香水びん、小さな金のトレイにならべた美しい指輪の数々など、母親のテーブルにあるものを見せた。そこへ祖母が入ってきて、二人を見つけた。

祖母は入り口に立ちはだかり、二人を見つめた。冷たくおおいかぶさる波のように沈黙が室内に広がる様が、目に見えるようだった。

「これはどういうことなのですか、ビクトリア。話してもらえないかしら？」

「こ、この子は、ジョディー、です。あ、あたし、人形をあげようと思って、誘ったの。一つも持ってないんです」ジェーンはへどもど言った。

「おやそう。そしてシルビア伯母さまがくださった人形をさしあげたというの？」

とたんにジェーンは、自分がきわめて許しがたい事をしたのだとさとった。自分の人形を人にやる自由さえないとは、今まで思いもしなかった。

「わたくしはね」祖母は言った。「この……このジョディーとやらとあちらのおうちで遊ぶ分には、何も言わなかっただけです。遅かれ早かれ本性は表れるものと思ってはいたわ。それはそうとして、よろしければ、うちにこの……こんな下々のものを連れてこないでくださいな、ビクトリアさん」

「ビクトリアさん」は人形をその場に残し、哀れに傷ついたジョディーをつれて、そそくさと退却した。ただし祖母は無傷の勝利を収めたわけではなかった。うじ虫が初めてさからったのだ。ジェーンは部屋を出ていく寸前、一瞬立ち止まり、一途《いちず》な茶色の目で、祖母を見透かすようにはたと見据えた。

「おばあさまはずるい」その声はわずかに震えていたが、どんなに祖母に生意気だと思われようと、これは言わなければならない、と感じたのだ。そのあとジェーンは、不思議な満足感を抱いて、ジョディーと階下に下りた。

「あたし、下々なんかじゃない」そう言うジョディーの唇は震えていた。「もちろんあんたとは違うよ。おまえは庶民だ、ってミス・ウェストには言われる。でも、うちの一族はちゃんとしてる。ミリーがそう話してくれたもん。一族の人間は、生きてる間はいつもきちんと稼いでたって。あたしだって、自分にかかる分は、ミス・ウェストのために一生懸命働いてるもん」

「あなたは下々のものなんかじゃないし、あたしは大好き。この世で愛してるのは、あなたとお母さまだけよ」ジェーンは言った。

そう言いながらも奇妙な小さな痛みに心が締めつけられた。突然気がついたのだ。世界じゅうの何億という人間……正確には何億人いるのか思いだせないが、とにかくとてつもない人数……の中で愛する人が二人というのは、あまりにも少ない数だと。

「人を愛する事は好きなのにな。すてきなことなのにな」とジェーンは思った。

「あたしが好きなのは、あんただけ」庭の片隅に古い空き缶でお城を造ろうとジェーンが持ちかけたとたん、ジョディーは傷ついた心を忘れて、そう言った。ミス・ウェストは、田舎に住む従兄弟《いとこ》の謎の使い道のために、裏庭に空き缶をためこんでいた。その従兄弟が冬じゅう来なかったので、今では高くそそり立つ建造物が造れるほどの空き缶があった。

もちろん翌日になればディックが蹴《け》り倒すだろうが、とりあえず二人は、お城造りを楽しんだ。五十八番地の下宿人である駆け出し建築家のミスター・トーリーが、車庫に車を入れる際に月光に輝く空き缶城を見て、口笛を吹いた事を、二人は知らなかった。

「子ども二人が作ったにしては、なかなかのものだ」トーリーは言った。

ちょうどその時、本当なら眠っているはずのジェーンは、ぱっちり目を覚まし、窓から見える月の上での生活を思い描いていた。

ジェーンのいわゆる「月の秘密」は、母やジョディーとさえ分けあわないたった一つのものだった。というより分けあえなかった。それは自分だけのものだ。口に出すだけで台無しになってしまう。ここ三年というもの、ジェーンは月への旅を夢見てきた。そこはさんざめく夢の世界で、ジェーンはいたって快適に暮らし、輝く銀色の丘の谷間にわき出る、秘密の魔法の泉で魂の深い渇きをいやすことができた。月への旅を思いつく前は、アリスのように鏡の国に入りたいと願っていた。奇跡が起こらないかといつまでも鏡の前に立ちつくしていたので、ガートルード伯母が、ビクトリアのようなうぬぼれ娘は見たことがないと言ったほどだった。

「ほんとうに?」ジェーンにうぬぼれるようなものがどこを探せばあるのかと、遠回しにたずねるような口ぶりで、祖母は言ったのだった。

結局鏡の国には入れないのだと、ジェーンは悲しく結論を下した。ところがある晩、大きくよそよそしい子ども部屋で一人横になっていると、窓の一つから月がこちらを見ているのが見えた。……ゆうゆうとして、落ち着いた美しい月が。ジェーンは月世界をひとりで作りだしていった。そこでは妖精《ようせい》の食べ物を食べ、不思議な白い月の花が咲き乱れる妖精の原を、空想の仲間たちとともにそぞろ歩くのだ。

けれども月の上でさえ、ジェーンの夢は厳しい規則に従っていた。月は純銀でできている以上、毎晩磨かなければならない。ジェーンと月世界の友達は、飽きずに楽しく月を磨いた。月磨きには、磨きの達人と怠け者のために良く考えられた賞罰制度があった。怠け者はだいたい月の裏側に追いやられる。裏側はとても暗くとても寒いと聞いた事があった。骨の髄まで凍えきり、許されて戻ってくると、怠け者たちはせっせと月を磨いてからだを温めた。月がいつもより輝いて見えるのは、そんな夜なのだ。ああ、楽しい！　月のない夜をのぞけば、ジェーンはベッドで寂しい思いをしなくなった。これまで一番くっきりと見えたのは、西の空にかかる細い三日月で、それはつまり友達が裏側からもどってきた証拠だった。ジェーンは夜の月遊びをつづけたいとの思いを励みに、憂鬱《ゆううつ》な日を何日も耐え忍ぶことができた。

5

ジェーンは十歳になるまで、父親は死んだと信じていた。誰かにそのようなことを言われた記憶もなく、少し考えてみれば、やはり聞いたおぼえはないと、あらためて思っただろう。ただこれまでは頭にもうかばなかった。父親の話をするものが誰一人いなかったからだ。父親について知っているのは、名前がアンドルー・スチュアートというらしいことだけだ。なぜなら母がミセス・アンドルー・スチュアートと呼ばれているから。ジェーンにしてみればそれ以外に父親は存在しないも同然だった。父親というものについても、たいした知識はない。身近にいる父親族は、フィリスの父親のデイビッド・コールマン伯父《おじ》だけだ。目の下がたるんだ、二枚目の中年男で、日曜日の食事会に来た時に、時々うなるような声をかける。うなり声は親愛の情を表しているつもりらしく、ジェーンは伯父を嫌いではなかった。だからといってフィリスに父親がいて羨《うらや》ましいと思わせてくれるような要素が、伯父には何ひとつなかった。これほどきれいで魅力的で優しい母親がいるのに、父親などほしいと思うだろうか。

それからアグネス・リプリーがセント・アガサにやってきた。ジェーンは会ったとたんアグネスが好きになったが、アグネスは初対面の折に、ばかにしたように舌を突きだして見せた。アグネスは「ビッグ・トーマス・リプリー」と呼ばれる、「鉄道など」を建設した人物の娘で、ほとんどのセント・アガサの少女たちはアグネスの機嫌を取り、目をかけてもらえると舞いあがった。アグネスは「秘密」もたくさん持っていて、生徒たちにはアグネスに秘密を教えてもらえるのが大変な名誉だと思われていた。だからある午後運動場でアグネスが近づいて、暗く謎めかした声で「秘密を知ってるの」と告げた時、ジェーンはとうとうきた、とぞくぞくした。

「秘密を知ってるの」は、おそらく世界一好奇心をかき立てるセリフだろう。ジェーンはその魅力にひれ伏した。

「わあ、教えて」ジェーンはせがんだ。アグネスに秘密を告げてもらえる、人気少女グループに入れてもらいたかった。まず秘密というだけで、知りたかった。秘密はいつもすばらしい、美しいものにちがいないからだ。

アグネスは小さい獅子《しし》っ鼻《ぱな》にしわを寄せ、もったいぶった顔をした。

「そうね。いつか教えてあげる」

「いつかなんて、いや。今聞きたいの」キンセンカ色の目に切実な色をたたえ、ジェーンはたのんだ。

くせのない茶色の髪にふちどられた、アグネスのうぬぼれ顔が、いたずらっぽく輝いた。アグネスは緑の目でジェーンにウィンクした。

「いいわ。聞いた事が気に入らなくても、気を悪くしないでね。じゃあ、教えたげる」

ジェーンは耳を澄ました。セント・アガサ校の塔たちも耳を澄ました。地上のうらぶれた街路も耳を澄ました。世界じゅうが耳を澄ましているように、ジェーンには思われた。自分は選ばれた人間なのだ。アグネスが秘密を教えてくれるのだ。

「あなたのお父さんとお母さんはいっしょにいないわね」

ジェーンはまじまじとアグネスを見つめた。何を言われたのか、わからなかった。

「もちろん、いないわ。お父さまは死んだもの」ジェーンは言った。

「ううん。ちがう」アグネスは言った。「お父さんはプリンス・エドワード島にいるの。お母さんはあなたが三歳の時に、お父さんを捨てたのよ」

ジェーンは、大きな冷たい手で心臓をにぎりつぶされるような気がしはじめた。

「そん……なの……嘘よ」ジェーンはあえいだ。

「ところが、ほんとなの。ドーラおばさまがお母さまに話しているのを聞いちゃったのよ。あなたのお母さんは、お父さんが戦争から帰ってすぐに結婚したんですって。あなたのおばあさんが、お母さんを沿海州に連れていった夏の事よ。ドーラおばさまの話だと、どうせ長つづきしないだろうって、誰もがわかっていたんですって。お父さんは貧乏だったし。でも一番の厄介の種だったのはあなたよ。あなたは生まれてきちゃいけなかったの。二人のどちらもあなたをほしくなかったんだと、ドーラおばさまは言ってたわ。あなたが生まれてから二人は顔さえ見ればけんかつづきで、とうとうお母さんは嫌気が差して、お父さんを捨てたの。ドーラおばさまが言うには、あなたのお母さんが離婚しないのは、カナダでは離婚がものすごくむずかしいのと、ケネディー一族が離婚をとんでもないことだと考えているからですって」

冷たい手が心臓を握りしめているため、ジェーンは息もできなかった。

「あ……あたし、信じない」ジェーンは言った。

「せっかく秘密を教えてあげたのに、そんな態度なんだったら、もうほかの秘密は教えてあげないわっ、ビクトリア・スチュアート！」アグネスは怒りに顔を真っ赤にして言った。

「ほかの秘密なんか聞きたくない」ジェーンは言った。

ジェーンは聞かされた話が忘れられなかった。そんなこと、ほんとうのはずがない。絶対にない。その日の午後は永遠におわらないかと思われた。セント・アガサは悪夢だった。フランクがこんなにのろい運転をして帰るのも初めてだった。さびれた道筋の雪がこれほど暗く汚れて見えるのも初めてだった。風も今までになく灰色だった。空高く浮かぶ月はくすみきり、艶《つや》のない白色だったが、それがもう二度と磨かれなくとも、ジェーンはかまわなかった。

家に帰ると六十番地では午後のお茶会の最中だった。淡いピンクの金魚草とチューリップとアジアンタムで華やかに飾りつけられた応接間は、人でいっぱいだった。レースの袖《そで》をふんわりと垂らした、薄紫のシフォン・ドレスを着た母が、笑いながら、おしゃべりを楽しんでいる。祖母が髪に青白いダイヤモンドを飾り、お気に入りのニードル・ポイントの椅子に腰かけてあたりを見わたす姿を見て、どこかのご婦人が言っている。「まあ、なんてすてきな銀髪なのかしら。まるでホイッスラーの『母の肖像』のようだわ」。ガートルード伯母とシルビア伯母は、ベネチアン・レースのテーブルクロスがかかり、細長いピンクのキャンドルがともるテーブルで、お茶をいれている。

客を押し分け、ジェーンはまっすぐ母を目指した。まわりにどれだけ人がいようが気にしなかった。聞きたい事はただ一つ。そしてただちに答えがほしい。ただちに。ジェーンはもう一瞬たりとも待てなかった。

「ママ。あたしのお父さまは生きているの？」ジェーンは言った。

奇妙な、ぞっとするような沈黙が、突然部屋全体を覆った。祖母の青い目に、つるぎのような光がひらめいた。シルビア伯母は息を止め、ガートルード伯母は見苦しい紫色になった。しかし母の顔はまるで雪が降ったようだった。

「そうなの？」ジェーンはたずねた。

「ええ」母は言った。それ以上何も言わなかった。ジェーンもそれ以上何も聞かなかった。くるりと背を向け、部屋を出ると、闇雲に階段をあがっていった。子ども部屋に入るとドアを閉め、ベッドわきの大きな白熊の毛皮に顔をうずめ、呆然《ぼうぜん》と横たわった。黒く重い苦痛の波が押し寄せてくるようだった。

秘密は本当だった。生まれてこの方ジェーンは、父親が遠い田舎の……プリンス・エドワード島とかいう、地図上の一点で暮らしていて、亡くなったと思いこんできた。でもほんとうは両親は好きあっておらず、自分は望まれていなかったのだ。両親に望まれたことがないというのは、非常に奇妙で不愉快な感覚だと、ジェーンは思った。これから死ぬまで一生、「あなたは生まれてきちゃいけなかったの」というアグネスの声が耳から離れないにちがいなかった。アグネス・リプリーなんて大嫌いだ。一生憎んでやる。もしも祖母ぐらいの年まで生きるとすれば、それまで心がこわれずにいられるだろうか。

客がみんな帰ったあと、母と祖母がジェーンを探しに来た。

「ビクトリア、起きなさい」

ジェーンは動かなかった。

「ビクトリア、わたくしの言葉にはしたがってもらいたいものね」

ジェーンは起きあがった。泣いてはいなかった。……「ジェーンは決して泣かない」と何年も前に言われたのではなかったか。……けれどもその顔には、誰の心臓をもわしづかみにするような表情が、くっきり浮かんでいた。おそらくそれに、祖母でさえ心動かされたのだろう。珍しく優しい口調で言った。「ビクトリア。常々おまえのお母さまには、真実を話すようにと言い聞かせていたのです。遅かれ早かれ誰かに聞かされることになると、言っていたのに。おまえの父親は生きています。お母さまはわたくしにそむいてあの男と結婚し、それを悔やんで生きることになりました。分別を取り戻した時、わたくしはお母さまを許し、喜んで家に迎えてやりました。これですべてです。今後わたくしたちが楽しく過ごしている時に、どうしても騒ぎを起こしたいという、やむにやまれぬ気持ちにかられたら、せめてお客さまがお帰りになるまで、その気持ちをおさえてもらえないかしら?」

「お父さまはどうしてあたしが好きでなかったの?」ジェーンはのろのろとたずねた。

すべてが語られ、片づいた今、何よりも辛《つら》く思えるのはそのことだった。初めは母も自分を望まなかったかもしれない。けれども今は愛してくれているとわかっていた。

母はいきなり笑い声を立てた。あまりにも悲しげな笑いで、ジェーンの心ははりさけそうになった。

「きっとあなたに嫉妬《しっと》したんだと思うわ」母は言った。

「あの男はお母さまの人生を台無しにしたのです」祖母の声は激しかった。

「ああ、わたしにも責任があるのよ」母は切々と声を振り絞った。

二人の顔を見較べていたジェーンは、祖母の表情がすばやく変わったのを見て取った。

「わたくしの耳に、またお母さまの耳に届くところで、二度と父親の名前を出さないように。わたくしたちに……おまえに関する限り、あの男は死んだのです」祖母は言った。

禁じられるまでもなかった。ジェーンは二度と父親の名前を出すつもりはなかった。母を不幸にした人なのだ。だからジェーンは彼を憎み、心からその存在を完璧《かんぺき》に締めだした。考えるだけでも辛いものごとがある。父親はその一つだった。けれども今回のできごとで何よりも恐ろしいのは、もう母と、父の話ができなくなったことだ。はっきり言われたわけではないが、そういう空気が伝わってきた。これまでの無邪気な信頼感は消え失せた。二度と口に出せない話題ができてしまったわけで、そのせいで何もかもが台無しになった。ジェーンはアグネス・リプリーも、その「秘密」サークルも、二度とごめんだった。だからアグネスが転校していった時は、ほっとした。ビッグ・トーマスは、セント・アガサが娘にとってはいささか時代遅れだと考えたのだ。アグネスは、タップダンスを習いたがっていた。

6

父親がいるとジェーンが知ってから、一年がたった。そしてこの一年を、ジェーンはすれすれの低空飛行の成績ですり抜けた。フィリスは学年末実力テストで優等をとり、ジェーンはその話を、耳にタコができるほど聞かされた。セント・アガサ校には相変わらず車で通い、その間フィリスにならうよう最善を尽くしたものの、目立った進歩もなかった。夕暮れ時には裏庭でジョディーと会い、好きでもないのに真面目に、ピアノの練習をした。「音楽が好きでないとは気の毒に。とはいえもちろん、何の不思議もないことだわね」祖母は言った。

問題は祖母の言葉ではなく、その言い方だった。祖母につけられた傷口ははれあがり、うずいた。それにジェーンは、実際は音楽が好きだった。聴くのは、大好きなのだ。五十八番地の下宿人ミスター・ランサムは、夕刻に下宿部屋でバイオリンを奏でる時、まさか裏庭の桜の木でうっとりと聴きほれるファンが二人もいようとは、夢にも思っていなかった。そこではジェーンとジョディーが、手を取りあい、得も言われぬ悦《よろこ》びに心を奪われて座っていたのだ。冬が訪れ寝室の窓が閉ざされると、ジェーンは楽しみを奪われて胸が痛んだ。そうなると心のよりどころは月だけとなり、それまでよりしげく月世界に逃げこみ、祖母が「ふくれ面」と呼ぶ長い沈黙の行に入るのだった。

「あの子はたいへんなふくれ屋だわね」祖母は言った。

「まあ、そんなことないわ」母は気弱に言った。祖母に言い返す勇気を出すのは、ジェーンをかばう時ぐらいだった。「あの子のようなのは……繊細というんです」

「繊細、ね！」祖母は笑った。祖母は、ジェーンが面白いと思うことにはめったに笑わない。ガートルード伯母はといえば、たとえ笑ったとかふざけたことがあったにしても、誰も覚えていないほど遥《はる》か昔のことにちがいない。母は人前では笑った。……鈴を振るような笑い声だが、心から笑っているとは、ジェーンには思えなかった。そう。ゲイ・ストリート六十番地には、本物の笑いはたいしてなかった。物事の楽しい面を見られる秘めた才能に恵まれたジェーンならば、この大きな屋敷をさえも笑いに満たすことができただろう。けれどもジェーンはごく早くから、祖母が笑いを嫌うことに気づいていた。メアリとフランクさえ、台所でごくこっそりと笑うしかなかった。

ジェーンはその年、すさまじい勢いで背が伸びた。これまでよりさらに骨張り、ぶきっちょになった。あごは角張り、中央に割れ目ができた。

「日に日にあの男のあごに似てくるわ」祖母がガートルード伯母に苦々しげに語るのが、耳に入った。ジェーンは顔をしかめた。「あの男」が父親であり、ジェーンのあごを祖母が嫌悪しているらしいことは、最近のできごとからわかった。どうして母のようにきれいな丸いあごになれなかったのだろう。

その年はおよそ変化に乏しかった。大人ならば単調な年とでも表現しただろう。印象に残る出来事は、わずか三つだった。小猫事件、ケネス・ハワードの写真に関する謎の事件、不運な暗誦《あんしょう》事件、である。

ジェーンはその小猫を道端で拾った。ある午後フランクは大急ぎで祖母と母を時間通りにどこかに送り届けなければならなかったので、セント・アガサから帰る途中にジェーンをゲイ・ストリートの入り口で下ろし、屋敷まで歩かせた。ジェーンはめったにない自由のひとときを味わいながら、幸せに歩いていった。どこかをひとりで歩く機会……ありていに言えばどこであれひとりで歩く機会は、まずないといってよかったからだ。しかもジェーンはひとりで歩くのが好きだった。

セント・アガサの行き帰りも、できるなら歩きたかった。実際は歩くには遠すぎたから、それならいっそ市電で行きたかった。ジェーンは市電に乗るのも大好きだった。乗客たちをながめ、ひとりひとりについて思いを巡らして、わくわくした。つやつやのすてきな髪をしたあの女の人は誰かしら？　怒った顔をしたおばあさんは、何をブツブツ言っているのだろう。あの小さな男の子は、人前でお母さんにハンカチで顔を拭《ふ》いてもらっても、いやじゃないのかしら？　あのにこにこしている女の子には、落第の悩みなんてあるかしら？　あのおじさんは歯でも痛いの？　痛くない時なら楽しそうな顔ができるのかしら？ジェーンは乗客たちについて何もかも知りたかった。そういう機会を与えられるのなら、同情したり喜んだりしたかった。だがゲイ・ストリート六十番地の住人に、市電に乗る機会はめったになかった。つねにフランクがリムジンとともにひかえていた。

ジェーンは喜びを長引かせるため、ゆっくりと歩いた。晩秋の寒い日だった。どんよりと灰色の雲のすき間から太陽のはかない亡霊がのぞく、もともと光が乏しい日だったが、今はたそがれ、雪がぱらついていた。明かりが輝きはじめていた。ビクトリア朝式のこの街の、陰気な窓々さえ、明るく花開いた。ジェーンは肌を刺すような風も気にしなかったが、べつの誰かは気にした。聞いたこともないほど哀れを誘う悲しげな声が聞こえたので、ジェーンが見下ろすと、鉄柵《てっさく》にもたれてみじめにうずくまる小猫が目に入った。ジェーンはかがんで小猫を目の前に抱きあげた。ふわふわの毛皮に包まれた、手に隠れるほどのやせさらばえた生き物は、せっせとジェーンの頬をなめた。小猫は冷えきり、飢え、見捨てられていた。ゲイ・ストリートの飼い猫でないのはわかった。嵐の夜が来そうなのに、小猫をみすみす危険にさらす気にはなれなかった。

「なんてまあ。ビクトリアさまったら、いったいどこで拾ったんです？」ジェーンが台所に入ると、メアリが大声をあげた。「こんなもの、連れてきちゃいけません。おばあさまは猫がお嫌いでしょうが。ガートルード伯母《おば》さまが一度お飼いになったんですけど、家じゅうのふさをひっかいてはずしてしまったんで、よそにやられたんですよ。すぐに追いだしなさいませ、ビクトリアさま」

ジェーンはビクトリアさまと呼ばれるのが大嫌いだったが、使用人たちはそう呼ぶようにと、祖母が命じていた。

「こんな寒い中に出すなんて、とてもできないわ、メアリ。この子に食べるものをやって、夕食が済むまでここにおいてやって。あたし、おばあさまに、飼わせてくださいってお願いするわ。台所と裏庭だけで飼うとお約束したら、許してくださるかも。メアリは気にしないでしょう？　しないわよね」

「あたしはいいですよ」メアリは言った。「猫はいい話し相手になるって、いつも思うんです。犬でもいいけど。お母さまは昔犬を飼ってなさったけど、毒にやられたんで、そのあと二度と飼われませんでしたっけ」

大奥さまが毒を盛ったのだと固く信じていたメアリだが、ジェーンには言わなかった。子供にそんな話を聞かせるものではないし、絶対確かとも言えないからだ。メアリにわかっていたのは、ケネディー大奥さまが、娘の犬への愛情にひどく嫉妬していたことだけだ。

「あたしに見られていないと思っていた時の、大奥さまのあの顔つきったら」とメアリは思った。

祖母とガートルード伯母と母は、その日お茶会を掛け持ちしていたので、少なくともあと一時間は大丈夫だとジェーンはふんだ。楽しい一時間だった。小さなお腹がはちきれそうなほどミルクを飲んだ小猫は、幸せではしゃいでいた。台所は暖かく、居心地が良かった。メアリはジェーンに、ケーキに散らすナッツを刻ませてくれ、サラダに使う梨を薄切りさせてくれた。

「わあ、メアリ、ブルーベリーパイね！　なぜもっとちょくちょく作ってくれないの？　おいしいブルーベリーパイを作る名人なのに」

「パイは作れる人と作れない人がいるんですよ」メアリはご満悦だった。「ちょくちょく作るにも、おばあさまがパイというものをあまりお好きじゃありませんからね。消化が悪いとおっしゃるんです。うちの父親は九十まで長生きしましたけど、死ぬまで毎朝パイを食べていましたよ！　あたしはたまにお母さまに作って差しあげるだけです」

「夕食が済んだら、おばあさまに小猫の話をして、飼ってもいいか聞いてみるわ」ジェーンは言った。

「かわいそうな子。骨折り損の揚げ句、辛い思いをするだけよ」ジェーンが出て行くと、メアリは言った。「ロビンさまももっとかばってあげないといけないのに。……だけどいつも、母親の言いなりなんだから。まあまあ、夕飯がいい具合で、ばばさまがご機嫌麗しければいいけれど。結局ブルーベリーパイは作らないほうが良かったかしら。ビクトリアさまがサラダを作ったのを知られなくてもっけの幸いさ。知らぬが仏、ってやつだね」

夕食はいい具合に行かなかった。食卓の空気は張りつめていた。祖母は口をきかない。明らかにその午後何かがあって、機嫌が悪いのだ。ガートルード伯母はもともとしゃべらない。そして母はそわそわして、ジェーンに二人だけのちょっとした合図……唇に触れるとか、眉《まゆ》をあげてみせるとか、指を曲げるとかの、「かわいいわ」、「大好きよ」、「キスしたつもりね」という意味の合図を、一度も送ってくれようとしなかった。

秘密を背負ったジェーンはつねよりもっと不器用になり、ブルーベリーパイを食べている時、うっかりひとすくい分をテーブルに落としてしまった。

「そういうことは、五歳の子どもならば許してもらえるだろうけれど」と祖母は言った。「おまえの年ごろの女の子には、絶対に許されないことよ。ブルーベリーのしみを落とすのは並大抵ではないし、これはわたくしの一番いいテーブルクロスなのですよ。けれどもちろん、そんなのはたいしたことでないのでしょうがね」

ジェーンは呆然《ぼうぜん》とテーブルを見つめた。あれっぽっちの小さなパイのかけらがどうしてこれほど大きなしみになるのか、ジェーンには理解できなかった。そしてもちろんまさにこの間の悪い瞬間、ふわふわの小さな生き物が、メアリの手から逃れて、食堂をちょろちょろと横切り、ジェーンの膝《ひざ》にぴょんととびのったのだ。ジェーンは絶望した。

「その猫はどこから来たのです?」祖母がきびしくたずねた。

「臆病者《おくびょう》になってはだめよ」ジェーンは必死に念じた。

「道端で見つけて、連れて帰ったんです」ジェーンは勇敢に……祖母から見れば反抗的に……言った。「とても寒がって、おなかをすかせていたの……ほら、こんなにやせてるんです、おばあさま。お願いだから飼ってもいいでしょう? とってもかわいいの。決してご迷惑はかけませんから……」

「ビクトリアや。馬鹿をお言いなさい。うちでは猫を飼わないのを承知しているものだと思っていたのに。いい子だから、それを今すぐ外に出しなさい」

「ああ、おばあさま、お願いだから表に出さないで。みぞれが降っている音がするでしょう? ……この子、死んでしまうわ」

「口答えなどせずに言うことを聞いてもらいましょうかね、ビクトリア。いつもいつも好きなようにできるわけではないのよ。時には人の気持ちも思いやらないと。つまらないことで騒ぐのはなしにして、言う通りにしていただきたいものね」

「おばあさまっ！」ジェーンは興奮して口を開いた。しかし祖母はしわだらけの、宝石にきらめく小さな手をあげた。

「さあさあ、大きな声を出さないで、ビクトリア。それをすぐに連れていきなさい」

ジェーンは小猫を台所に連れていった。

「心配しないで、ビクトリアさま。この子はフランクに頼んで、ガレージに毛布を敷いて寝かせてやりますよ。気持ちよくすごせますとも。明日《あした》になったら妹の家に引き取ってもらいましょう。妹は猫好きなんですよ」

ジェーンは泣かない。だから母がおやすみのキスをするため、人目を避けるようにこっそりとやってきた時も、泣いていなかった。ただ怒りに沸き返っているだけだった。

「ママ、ここから出ていければいいのに。ママとあたしだけで。あたし、この家が大っ嫌いよ、ママ、大っ嫌い」

母は苦々しげに、不思議な言葉を吐きだした。「もうわたしたち二人には、逃げ場なんかどこにもないのよ」

7

写真の件については、ジェーンはさっぱりわけがわからなかった。苦しみと怒りがおさまったあとも、ただただどうしようもなく混乱していた。なぜ……なぜ、見も知らぬ人間の写真が、六十番地の住人に、それもよりによって母に関係してくるのだろう。

ジェーンはフィリスを訪ねたある日に、その写真と出会ったのだった。ジェーンは定期的にフィリスと午後を過ごす決まりになっていた。そしてこの午後も、いつもと同じで、楽しいと言えないものだった。フィリスはりちぎなホステスだった。ジェーンに新しい人形、新しい服、新しい上靴、新しい真珠のネックレス、新しい陶器のブタ、などを残らず見せてくれた。フィリスは陶器のブタをコレクションしていて、陶器のブタに興味を示さない人間はみなバカだと考えているらしかった。そしていつもよりさらに姉さんづらをし、見下した。その結果ジェーンは常よりさらにこわばってしまい、二人とも退屈で死にそうになっていた。だからジェーンがサタデー・イブニング紙をとりあげて読みふけりだした時には、両者ともほっとした。とはいえジェーンは社交欄にも、花嫁や社交界にデビューした令嬢たちの写真にも、株式にも、ましてや栄えある第一面に掲載されたケネス・ハワードによる論説記事「国際問題の平和的調停」にも何の関心もなかった。ジェーンはそれまで何となく、サタデー・イブニング紙を読んではいけないと思いこんでいた。何らかの理由で祖母の気に入らず、家に置かれなかったからだ。ところがジェーンは、第一面のケネス・ハワードの写真が気に入った。写真を目にしたとたん、その魅力にとりつかれた。それまでケネス・ハワードに会ったことはなかった。何もので、どこに住んでいるかも知らない……それでもそれが、とてもよく知っている人の写真のように思えて、この上なく気に入った。写真の何もかもが好きだった。……変わった山形の眉……額からはねている、濃い、いたって無造作な髪……口角がたくしこまれた、ひきしまった唇……いかめしそうな光をたたえながらも目尻《めじり》になんとも愉快そうなしわのよった目……そしてふたつに割れた角張ったあごは、はっきりこれとは思い当たらないものの、ジェーンの記憶に強く訴えかけた。そのあごは昔なじみのように思えた。ジェーンはその顔を見つめ、深く息を吸いこんだ。もしも父親を憎まず、愛することがあるなら、その父親はケネス・ハワードのような顔をしていてほしい、と、この瞬間さとった。

ジェーンが写真を穴のあくほど見つめているのに、フィリスが気づいた。

「何を見ているの、ビクトリア」

ジェーンは突然我に返った。

「この写真をもらってもいいかしら、フィリス……いいでしょう?」

「誰の写真を?　ええっ、……それなの?　知ってる人?」

「ううん。これまで聞いたこともないわ。でもこの写真、好きなの」

「あたしは好きじゃない」フィリスは写真をばかにした目つきで見た。「だって……おじさんじゃないの。それにちっともハンサムじゃないわ。次のページにノーマン・テイトのすてきな写真があるのよ、ジェーン……ほら、見せてあげる」

ジェーンはノーマン・テイトにも他の映画スターにも興味がなかった。祖母は子供が映画を観に行くのに反対なのだ。

「もらえるのなら、この写真がいい」ジェーンはがんこだった。

「べつに、かまわないわ」フィリスは受け入れた。そしてジェーンをこれまでよりさらに「おばか」だと思った。つくづくかわいそうなおばかさんよね！「そんな写真、うちでは誰もほしがらないと思うわ。あたし、ぜんぜん気に入らない。だって目の奥でこっちを笑ってるみたいじゃない」

フィリスにしては驚くべき洞察力だった。ケネス・ハワードはまさにそのような顔つきをしていたからだ。ただしそれは感じのいい笑いだった。こんな風に笑われるならちっともかまわない、とジェーンは思った。ジェーンは写真を注意深く切り抜き、家に持って帰って、タンスの抽《ひ》き出しのハンカチの下に隠した。なぜ誰にもその写真を見せたくないのか、自分でも説明がつかなかった。フィリスにされたように、写真をばかにされたくなかったからかもしれない。自分と写真との間に秘密の絆《きずな》が……あまりにも美しくて他の人に……たとえ母にさえも話せないような絆があるように思えたからかもしれない。そうでなくても最近母とは何であれ話せる機会はあまりなかった。最近の母はこれまでになく輝き、これまでになく陽気で、これまでになく美しく装い、これまでになく頻繁にパーティーやお茶会やブリッジの会に出かけた。おやすみのキスさえ間遠になった。とにかくジェーンはそう思った。ただジェーンは知らなかったが、母はいつも遅くに帰ると、足音を忍ばせて子ども部屋に入り、ジェーンの赤褐色の髪にそっと……起こさないようにほんとにそっと、キスをするのだった。時には自室にもどって泣いたが、そうしょっちゅうではなかった。泣くと朝食の時顔に出るし、ロバート・ケネディー老夫人は自分の屋敷で夜中に人が泣くのを好まなかったからだ。

ジェーンと写真は三週間のあいだ大の仲良しだった。一人のときはいつでも抽き出しから出してながめた。そして写真にジョディーのこと、宿題の苦労、母への愛をすべて打ち明けた。月の秘密さえ話した。ベッドでひとり寂しく寝ていても、写真を思うと心強かった。ジェーンは写真にお休みのキスをし、朝が来ると最初に取りだして、見た。

ガートルード伯母《おば》がそれを見つけた。

その日セント・アガサから帰ったとたん、ジェーンは何かがおかしいと感づいた。いつも自分を見張っているように見える屋敷は、意地悪く勝ち誇って、いつもよりさらにまじまじと見つめていた。曾祖父《そうそふ》のケネディーは客間の壁からいつもよりもっと陰気ににらみつけた。そして祖母は両脇に母とガートルード伯母を従え、背筋をまっすぐに伸ばして椅子に腰かけていた。母は小さい白い手の中で赤いバラをひねってばらばらにしていたが、ガートルード伯母は祖母が手にしている写真をじっと見つめていた。

「あたしの写真!」ジェーンは大声で叫んだ。

祖母がジェーンを見た。冷たい青い目が、初めて炎と燃えていた。

「これをどこで手に入れたの？」祖母は聞いた。

「あたしのだわ」ジェーンは叫んだ。「誰が抽き出しからとったの？　誰もそんなことを勝手にしちゃいけないのに」

「おまえの態度は気に入らないわね、ビクトリア。それにわたくしたちは道義的な問題を論じているわけではありません。わたくしが聞いているのよ」

ジェーンは床に目を落とした。ケネス・ハワードの写真を持つことがなぜそれほどの罪ととられるのか、まるで見当がつかなかったが、二度とこの手に返してもらえないだろうことはわかった。とても耐えられないことに思われた。

「わたくしの目を見てもらえないかしら、ビクトリア。そして質問に答えなさい。おまえは口が利けなくはないはずでしょう？」

ジェーンは激しい反抗的な目で見あげた。

「新聞から切り抜きました……サタデー・イブニングから」

「あのクズ新聞！」祖母はその声で、サタデー・イブニング紙を底知れぬ軽蔑《けいべつ》の淵《ふち》にたたきこんだ。「どこで見たの？」

「シルビア伯母さまの家です」ジェーンは勇気をかき集めて言い返した。

「なぜ切り抜いたの？」

「写真が気に入ったからです」

「ケネス・ハワードが何ものか知っているの？」

「ううん」

「いいえ、おばあさま、でしょう？　とにかく、知りもしない人間の写真をタンスの抽き出しにしまう必要などないと思いますよ。二度とこのようなばかげたことはしてもらいますまい」

　祖母は両手で写真を持ちあげた。ジェーンは前に飛びだし、その腕をつかんだ。

「ああ、おばあさま、破るのはやめて。破っちゃだめ。その写真、大切なの！」

　言ったとたん、間違いを犯したとさとった。もともと写真を取り返すチャンスはほとんどなかったが、今は万が一のわずかなチャンスまで失われてしまった。

「どうかしてしまったの、ビクトリア？」生まれてこの方誰にも「だめ」と言われたことのない祖母は言った。「腕を放してもらえないかしら？　こちらのほうは……」言うと祖母は写真をゆっくりと四つに引き裂き、暖炉に投げこんだ。写真と一緒に心臓も破り裂かれたように感じたジェーンはすんでに爆発しかけたが、その時母を見てしまった。ちぎったバラの花びらを足元のじゅうたんに散らして立つ母の顔は、灰のように白かった。その目に浮かぶ恐ろしい苦痛の表情に、ジェーンは震えた。その表情は一瞬で消えたが、ジェーンには決して忘れられなかった。写真の謎については母に聞いても無駄だと、ジェーンはさとった。なぜかは計りしれないが、ケネス・ハワードは、母の苦しみの種なのだ。そしてその事実によって、写真とすごした美しい思い出すべてが汚され、傷ついた。

「ふくれるのは許しません。部屋にもどって、呼ばれるまでいなさい」ジェーンの表情が気に入らなかった祖母は言った。「それから覚えておきなさい。この家のものはサタデー・イブニングを読みません」

ジェーンは言わなければならなかった。言葉は自然に流れ出た。

「あたしはこの家のものじゃないわ」ジェーンは言うと、子ども部屋に行った。ハンカチの下からケネス・ハワードが微笑みかけてくれなくなった部屋は、再び広すぎて寂しいものになった。

これでまた、母と話しあえないものごとが一つ増えてしまった。長い間窓辺でたたずみながら、ジェーンは大きな痛みを抱えた気分だった。この世は残酷だ。星さえもあざ笑い……悪意をもってまたたきかけている。

「どうなんだろう」ジェーンはのろのろと言った。「この家で幸せだった人はいるのかしら」

すると月が見えた。……新月だ。だが新月らしい細い銀色の筋ではなかった。月はまさに地平線上の黒雲に沈もうとしているところで、大きく、鈍い赤色だった。磨き立てなければならないとしたら、この月こそがそうだ。するとジェーンはあらゆる悲しみから遠くに……二十三万マイルものかなたに抜けだしていた。ありがたいことに祖母は、月までは力を振るえなかった。

8

つぎに暗誦《あんしょう》事件が起こった。

セント・アガサでは、生徒の家族だけを招待する校内コンサートが企画された。短い劇、音楽、朗読が一つか二つ発表される予定だった。ジェーンは劇の役を貰《もら》えないかと、密《ひそ》かに願っていた。羽をつけ、白く長い衣装と自家製の後光を身につけて舞台を出たり入ったりする大勢の天使たちの一人で構わない。だがそんな幸運にはめぐまれなかった。自分が天使にしてはやせっぽちで不器用すぎるせいにちがいないと、ジェーンはひがんだ。

それからミス・センプルが、暗誦をしてみないかと声をかけてくれた。

ジェーンはその話に飛びついた。自分がかなりうまく暗誦ができることはわかっていた。これで母の自慢の種になれ、祖母には教育にかけた金がまるきり無駄にはならなかったことをわかってもらえる。

ジェーンはフランス系カナダ人の作品にもかかわらず、いや、というよりそれだからこそずっと好きだった『マチューの赤ちゃん』という詩を選び、情熱的に暗記に没頭した。そして子ども部屋で練習した。それまではどこででも詩をつぶやいていたのだが、ある時祖母が厳しい声で、いったい何をごにょごにょ言っているの？　と聞いたのだ。そこでジェーンは貝のように口を閉ざした。だれにも感づかれてはならない。家族全員へのサプライズにするのだ。母の自慢となる喜びのサプライズに。それにもしも上手にできれば、祖母だって少しは機嫌を良くしてくれるかもしれない。失敗すれば同情のどの字も見せてもらえないことがわかっていた。

祖母はマルボロの大型デパートの一室にジェーンを連れていった。一枚板の壁とふかふかのじゅうたんとささやき声の部屋……何にせよジェーンの好みでない部屋だ。そういう場所ではいつも息が詰まりそうになる。祖母はコンサートのために新しい服をあつらえてくれた。とても美しいドレスだった。祖母が服装にいい趣味をしていることは、認めざるを得ない。ジェーンの髪の赤褐色のつやと目の金茶色を引き立たせる、落ち着いた緑色。ジェーンは自分でも気に入り、いっそう暗誦で祖母を喜ばせたいと思った。

コンサートの前夜、ジェーンはひどく神経質になった。声がかれているんじゃないかしら。具合が悪くなるのでは？　しかしならなかった。翌日になると、実にすっきりしていた。しかし初めて舞台で聴衆と顔をあわせた時、気持ちの悪い震えが背骨をかけおりた。これほどたくさんの人がいるとは、予想もしていなかった。恐怖の一瞬、ひと言も発することができないのではないかと思った。その時ケネス・ハワードの目が、笑い皺《じわ》を見せたような気がした。「連中など気にするな。ぼくのためにやってごらん」そう言ってくれたように思えた。ジェーンは口を開いた。

セント・アガサの関係者は心底驚いた。あの内気で不器用なビクトリア・スチュアートが、詩などを、それもフランス系カナダ人の詩を、これほどまでにうまく暗誦するとは。

ジェーン自身も聴衆と一体になる喜びを……聴衆をわがものとし、楽しませているとの実感を覚えていた。やがてジェーンは最後の節にさしかかった。その時ちょうど目の前に、祖母と母がいるのを見た。新調のきれいなブルー・フォックスのコートを着、ジェーンの大好きな小さなワイン色の帽子をあみだにかぶった母は、誇らしげというより恐怖におびえているように見えた。そして祖母はというと……ジェーンはその表情をあまりにも多く見たために、まちがいようがなかった。祖母は激怒していた。

クライマックスとなるべき最後の節は、どちらかといえば平板に終わった。拍手は心からのもので、いつまでもやまず、舞台裏からミス・センプルが「すばらしいわ、ビクトリア、最高よ」とささやいてくれたが、ジェーンはふき消されたロウソクの炎のような気分だった。

家への帰途に称賛の言葉はなかった。そもそも何の言葉もないのが、一番始末が悪かった。母はおびえきって口も利けないようで、祖母は石のように沈黙を守っていた。だが屋敷に着くと、祖母は言った。

「誰にそそのかされたのです、ビクトリア？」

「そそのかされるって、何に？」ジェーンは嘘いつわりない混乱の中で聞き返した。

「たのむから、おうむ返しはやめてちょうだい、ビクトリア。わたくしの言う意味は、わかっているはずですよ」

「暗誦のことですか？　誰にも。センプル先生が暗誦をしなさいとおっしゃったので、自分で作品を選びました。好きだったから」ジェーンは言った。口答えと言って良かった。ジェーンは傷ついた。怒っていた。自分の成功に少し勢いづけられてもいた。「喜んでもらおうと思ったのに。でも、あたしが何をしても、どうせおばあさまは喜んでくださらないのね」

「安っぽい芝居がかりはよしてちょうだいな」祖母は言った。「そしてこれから先暗誦をすることがあるとすれば」……。まるで「天然痘にかかることがあるとすれば」とでも言いたげな口調だった。「どうかまともな英語の詩にしてもらいたいものね。わたくしはパトワ（フランスなまり）は好みません」

ジェーンはパトワがどんな意味か知らなかったが、自分が何かとんでもないことをしでかしたのは明らかだった。

「おばあさまはなぜあんなに怒ったの、ママ？」母がおやすみのキスをしに来た時、ジェーンは哀れっぽく尋ねた。母は泡のようなレースが肩をおおう、バラ色のクレープのドレスを着て、すずしげで、スマートで、いい香りがした。青い目は少しうるんでいるようだった。

「おばあさまの……お好きでない、ある人が……フランス系カナダ人の詩を朗読するのが……とても上手だったの。気にしないで、いい子ちゃん。あなたはとても上手だったわ。ママはあなたが自慢よ」

彼女は身をかがめ、両手でジェーンの顔を抱いた。母はとても優しいしぐさで、そうするのだった。

だから、いろいろあったにもかかわらず、ジェーンはしごく幸せに、眠りの門をくぐっていった。結局子供を幸せにするのは、たいそうなことではないのだった。

9

その手紙は青天の霹靂《へきれき》だった。それは四月の初めの……といっても暗くて憂鬱《ゆううつ》で、かわいげのない、雰囲気からすると三月といっていいような、どんよりとした朝に届いた。土曜日だったので学校はなく、ジェーンは大きなクルミ材のベッドで目覚めると、今日は何をしてすごそうかと考えた。母はブリッジの予定だし、ジョディーは風邪で臥《ふ》せっていたからだ。

ジェーンはしばらく横になったまま、窓の外を見ていた。見えるのは、陰気な灰色の空と、古木の梢《こずえ》が風と喧嘩《けんか》しているさまだけだ。窓の下、庭の北側には、薄汚れたねずみ色の雪のかたまりが消え残っているはずだ。汚れた雪は世界一うっとうしいものだと、ジェーンは思う。こういうわびしい冬の終わりが、ジェーンは大嫌いだった。ひとりで寝なければならない寝室も大嫌いだ。母と一緒に寝られたら、と心から願った。二人でなら、ベッドに入ったあとや朝早くに、誰にも聞かれずにおしゃべりをしあって、それは楽しい時間を過ごせるだろうに。夜中に目が覚めてかたわらに母の軽い寝息を聞き、起こさないように、ほんのほんのこっそり寄り添えたら、どんなにすてきだろう。

けれども祖母は母がジェーンと寝るのを許さなかった。

「一つのベッドに二人の人間が寝るのは健康によくありません」祖母はいつもの冷たい、笑いのない笑みを見せて、言ったのだった。「これだけの屋敷だから、誰もが自分の部屋を持てるのよ。世界にはそういう特権をありがたがる人がたくさんいるのですよ」

この部屋ももう少し小さければ好きになれるかもしれない。ジェーンはいつも、この部屋に呑《の》みこまれるような気がした。この部屋の何ひとつ、心を通わせてくれないように思える。いつも敵意を持ち、目を光らせ、意地が悪い。けれども、もしも自分がこの部屋に何かさせてもらえるなら……掃除をしたり、はたきをかけたり、花をいけたりさせてもらえるなら、こんなに大きくても、好きになれるだろうに。この部屋は何もかもが大きすぎた。牢屋《ろうや》のように巨大なクルミ材の衣装ダンス、場所とりな黒大理石のマントルピースとその上にかかる巨大な鏡……暖炉わきのアルコーブにいつも置いてあるゆりかごだけは小さい。祖母が寝かせつけられたゆりかごだ。おばあさまが赤ちゃんだったなんて！　ジェーンには想像もつかなかった。

ジェーンはベッドを出て、壁に掛かる肖像画の、昔亡くなった何人もの先祖に見つめられて着替えをすませた。外の芝生ではコマドリがぴょんぴょんはねている。コマドリを見ると、いつもジェーンは笑ってしまう。なんとも生意気で、めかし屋で、偉そうで、六十番地の敷地を、公園の中のようにのし歩く。おばあさまなんか何人いようと気にしない。

ジェーンは屋敷の反対側にある母の部屋に向かって、こっそり廊下を渡っていった。そういうことをしてはいけないことになっていた。ゲイ・ストリート六十番地では、午前中は母の邪魔をしないのが、暗黙の了解ごとなのだ。だが母はゆうべ珍しく外出しなかったので、もう起きているとジェーンにはわかっていた。起きているだけでなく、メアリがちょうど朝食の盆を運んでいくところだった。ジェーンはその役目をつとめたくて仕方なかったが、絶対に許してもらえなかった。

母はクモの糸のように繊細なベージュ色のレースで縁取りをした、ティーローズ色のクレープデシンのブレックファスト・ジャケットをはおり、ベッドに半身を起こしていた。頬はジャケットと同じ色で、目はいきいきとさわやかだった。ママは朝起き抜けでも、寝る前と同じくらいきれいだ、とジェーンは誇らしかった。

母はシリアルのかわりにオレンジジュースに冷たいメロンボールを浮かべたものを運ばせていて、ジェーンにも分けてくれた。トーストも半分すすめてくれたが、ジェーンは自分の朝食のためにお腹をあけておかないといけなかったので、断った。二人は笑ったりしゃれた冗談を言いあって、楽しい時を過ごした。聞かれてはいけないので、声はおさえていた。二人とも言葉に出さなくとも、ちゃんと心得ていたのだ。

「毎朝こんなだといいのに」ジェーンは思ったが、口に出しては言わなかった。そのようなことを言う度に母の目が苦痛に曇るとわかっていたので、何としても母を傷つけたくなかったのだ。夜中に母が泣く声を聞いたあの時のことは、忘れられなかった。

その時ジェーンは歯が痛くて目が覚め、歯痛止めのドロップをもらえないかと、母の部屋に忍んでいった。音を立てないようにそっとドアを開けた時、母が何とも辛《つら》そうに声を殺して泣く声を聞きつけたのだ。その時祖母がろうそくをかかげ、廊下を通りかかった。

「ビクトリア、こんなところで何をしているのです?」

「歯が痛くて」ジェーンは言った。

「ついていらっしゃい。ドロップをあげるから」祖母は冷ややかに言った。

ジェーンはついていった。だがもう歯痛などどうでもよかった。ママはなぜ泣いているのかしら。不幸せなはずがない……きれいで、よく笑うママが。翌朝朝食の席で、母は生まれてこの方涙など流したことがないような顔をしていた。ジェーンは、あれは夢だったのかと思うことがあった。

ジェーンは母のお風呂《ふろ》にレモンバーベナのバスソルトを入れ、クモの糸のように薄い、おろしたてのストッキングを、抽《ひ》き出しからとりだした。ジェーンは母のために用事をするのが大好きなのに、できることはあまりにも少なかった。

ガートルード伯母《おば》が先に朝食をすませていたので、ジェーンは祖母と二人きりで食べた。好きでない人と顔をつきあわせて食事をするのは、楽しくない。しかもメアリはオートミールに塩を入れるのを忘れた。

「靴ひもがほどけてますよ、ビクトリア」

食事中祖母が発した言葉は、それだけだった。家は暗かった。その日は陰気な日で、時々少しだけ明るくなると、そのあともっと陰気になるのだった。十時に郵便が届いた。ジェーンには興味がなかった。自分にはどうせ何も来ないのだ。誰かから手紙を貰《もら》えたら、すてきにわくわくするだろうと思うことがあった。母はいつも降るように手紙を受け取っている。招待状や広告などだ。ジェーンは手紙を図書室まで運んだ。そこには祖母とガートルード伯母と母がすわっていた。手紙の束の中に、見たことのない角張った黒い手書き文字の、母あてのものがあるのに、ジェーンは気づいていた。その手紙が自分の人生を一変させることになろうとは、思ってもいなかった。

祖母は手紙の束を受け取ると、いつものようにすべてに目を通した。

「ビクトリア、玄関の戸は閉めた？」

「はい」

「はい、それから？」

「はい、おばあさま」

「昨日は開けっぱなしでしたよ。ロビン、カービーさんからよ。……バザーの件だと思うわ。覚えておいてね。わたくしはあなたに関わってもらいたくないの。セーラ・カービーは好きになれないわ。ガートルード、これはウィニペグのいとこのメアリからあなたに。もしもうちの母が遺《のこ》してくれたとあの人が言いはっている銀器の件なら、もう片づいたはずだと伝えてちょうだい。ロビン、これは……」

祖母はやにわに口をつぐんだ。例の黒い手書きの手紙をとりあげたまま、蛇でもつかんだような顔つきでそれを見ていた。それから自分の娘に目を向けた。

「これは……あの男からだわ」祖母は言った。

母がカービー夫人の手紙を取り落とし、真っ青になったので、ジェーンは思わず前に飛びだしそうになり、祖母がのばした腕にさえぎられた。

「わたくしにかわりに読んでほしいのではないかしら、ロビン？」

母は哀れなほど震えていたが、それでも言った。「いいえ……いいえ……わたしが……」

祖母はむっとした顔で手紙を手渡し、母は震える手で封を切った。これ以上血の気がなくなるはずがないような顔色が、手紙を読むにつれ、さらに青ざめていった。

「で？」祖母は言った。

「あの人は」と母はあえいだ。「この夏ジェーン・ビクトリアをよこすようにと言ってます。……あの人にもこの子への権利はあるのだと……」

「誰が言ってるの？」ジェーンは叫んだ。

「お黙りなさい、ビクトリア」祖母は言った。「手紙を見せてちょうだい、ロビン」

一同は祖母が読み終わるまで待った。血色が悪く馬面のガートルード伯母は冷たい灰色の目をまばたきもさせず、まっすぐ前を見つめていた。母は両手で顔を覆った。ジェーンが手紙を運んでから三分しかたっていないが、その三分のうちに世界がひっくり返った。ジェーンはまるで自分と全人類の間にぱっくりと淵《ふち》があいたようだと、ジェーンは思った。今では何も教えてもらわなくても、手紙を書いたのが誰かわかった。

「さて！」祖母は言った。手紙を畳み、封筒に収め、テーブルに置くと、上品なレースのハンカチでていねいに両手をぬぐった。

「もちろんこの子を行かせはしないわね、ロビン」

ジェーンは生まれて初めて祖母と気持ちが通じたと思った。そして初めて会う相手のような不思議な気分で、母を見つめた。愛情深い母親でも親孝行な娘でもなく、激しい感情にとらえられたひとりの女として、見たのだ。これほど苦しむ母を見るのは辛く、ジェーンの心は新たに引き裂かれた。

「もし行かせなかったら、あの人はこの子を完全に奪い取ってしまうわ。彼にはできますもの。手紙には……」

「読みましたよ」祖母は言った。「それでも手紙は無視しなさいと言うわ。あの男は単にいやがらせでこんなことをするのです。この子を気にかけてなんかいないのだから。……そもそもあの駄文のほかは、何も気にかけない男なのよ」

「心配なのは……」母が再び口を開いた。

「ウィリアムに相談したほうがいいわ」ガートルード伯母が突然口を挟んだ。「こういう場合は男の意見を聞かなくては」

「男！」祖母は吐き捨てたが、自分をおさえた。「おまえの言う通りね、ガートルード。明日《あした》ウィリアムが夕食に来たら、この件を相談してみましょう。それまでは口に出さないことにしましょうよ。こんなことに気を取られてはならないわ」

その日一日じゅう、ジェーンは悪夢の中にいるようだった。そうだ。きっと夢にちがいない。父が母に手紙をよこして、娘と夏を過ごしたいなどと、言うわけがない。地図ではガスペとブルトン岬のあごにはさまれたちっぽけなかけらにしか見えない、千マイルも離れた恐ろしいプリンス・エドワード島に来いだなんて。……自分を愛してくれず、こちらから愛したことのない父親と暮らせだなんて。

ジェーンにはこの問題について母と話す機会がなかった。祖母がそのようにさせたのだ。大人たちはそろってシルビア伯母宅の昼食に行った。……母はどこにも行きたそうになったのに。そしてジェーンはひとりで昼食をとった。何も食べられなかった。

「頭が痛いんですか、ビクトリアさま？」メアリが気の毒そうに尋ねた。

どこかがひどく痛んだが、頭ではなさそうだった。痛みは午後から夕方、さらに夜までずっとつづいた。翌朝目覚めて、いやな記憶がどっとよみがえった時も、痛みは止まなかった。母とほんのひと言話すだけでも、痛みが和らぐように思えたが、母の部屋に行くと、ドアには鍵《かぎ》がかかっていた。向こうもこの話をしたくないのだ、とジェーンは感じ取り、その思いでさらに苦痛はつのった。

一家はそろって教会に行った。代々ケネディー家が通う、下町の古くて大きくて陰気な教会だ。ジェーンは教会に行くのがけっこう好きだったが、それはほっとできるからというあまり立派でない理由からだった。何を考えているのか誰にも問い詰められずに黙っていられた。祖母も教会ではジェーンに口を出せなかった。どうせ愛してもらえないなら、口出しされないことが、そのつぎにありがたい。

それをのぞけば、ジェーンは聖バルナバ教会に思い入れがなかった。お説教は頭の上を通りすぎた。音楽と賛美歌の一部は好きだった。時々スリルを覚える歌詞があった。氷の山とサンゴの岸辺、眠る流れの潮、さやぐシュロを空に向ける島、ゆたかな収穫を持ち帰る刈り人たち、陽だまりの丘に落ちる影にも似た幾年、などの言葉には心を惹《ひ》きつけるものがあった。

けれども今日のジェーンは、何も楽しくなかった。冷え冷えと意地の悪い雲間から漏れ射す陽光がいやだった。自分の運命が宙ぶらりんになっているこの時に、太陽はほほえむというの？　お説教は終わりがなく、祈りは退屈で、好きな賛美歌は一節もなかった。それでもジェーンは自分のために必死の祈りを捧《ささ》げた。

「神さま、お願いです」ジェーンは小声で唱えた。「お父さまのところに行かなくていいと、ウィリアム伯父《おじ》さまに言わせてください」

ウィリアム伯父が何と言うか、ジェーンは日曜日の晩餐《ばんさん》がすむまで緊張しつづけていなければならなかった。わずかしか食べられなかった。恐怖を目に浮かべながら、神さまが伯父に大きな影響力を及ぼしてくれるだろうかと悩みながら、ウィリアム伯父を見つめていた。全員が顔をそろえていた。ウィリアム伯父にミニー伯母、デイビッド伯父にシルビア伯母、そしてフィリス。夕食のあと一同は図書室に入り、ぎくしゃくと輪になってすわった。ウィリアム伯父は眼鏡をかけ、手紙を読んだ。みんなに自分の心臓の音が聞こえるにちがいないと、ジェーンは思った。

ウィリアム伯父は手紙を読み、初めに戻ってある部分を読み直し、唇をすぼめると、手紙を畳んで封筒に入れ、眼鏡をはずし、ケースに収めて置き、咳払《せきばら》いをして考えこんだ。ジェーンは悲鳴をあげそうになった。

「結論を言えば」ようやくウィリアム伯父は言った。「この子を行かせたほうがいいでしょうな」

さらにたくさんの言葉がつづいたが、ジェーンは無言だった。祖母は激怒した。しかしウィリアム伯父は言った。「アンドルー・スチュアートは、その気になればこの子を引き取ってしまえる。あの男がどういう人間かわかっているから、怒らせたらそれぐらいしかねないと思いますね。母上、たしかにあの男がいやがらせだけでやっているという意見には賛成します。だから我々が気にしないこと、きわめて冷静に対応することがわかれば、二度とこの子にかまおうとしないはずです」

ジェーンは子ども部屋にあがり、ひとりたたずんだ。絶望のまなざしで、偉そうで大きく、よそよそしい室内を見つめた。もう一つの陰鬱《いんうつ》でよそよそしい部屋を映す大鏡の中に、自分の姿が見えた。

「神さまってろくでなしだ」ジェーンははっきりと言葉を区切って言った。

10

「お父さんとお母さんは、あなたがいなかったら今もつづいていたんじゃないかしら」フィリスは言った。

ジェーンはひるんだ。フィリスまで父親のことを知っていたとは。けれどもジェーンのほかは誰もが知っていることらしかった。もうそれ以上その話をしたくないのに、フィリスはつづけたがった。

ジェーンはみじめに言った。「わからないな。どうしてあたしのせいで、そんなに違ってしまうの？」

「ロビンおばさまがあなたを愛しすぎたから、お父さんが焼きもちを焼いたんだって、うちのお母さまは言ってるわ」

アグネス・リプリーが言った話と違う、とジェーンは思った。アグネスは、ママがあたしを欲しくなかったと言った。真実はどっちなんだろう。多分フィリスもアグネスも知らないはず。それでもジェーンは、フィリスの説のほうがアグネスのより気に入った。生まれてはいけなかったと……母親に望まれなかったと考えるのは辛い。

ジェーンが何も言わないようなので、フィリスは先をつづけた。「うちのお母さまの話だと、合衆国に住んでいたら、ロビンおばさまもさっさと離婚できたんだって。でもカナダでは難しいの」

「リコンって何?」アグネス・リプリーもその言葉を使っていたのを思いだし、ジェーンは尋ねた。

フィリスはバカにしたように笑った。

「ビクトリアったら、何も知らないのねえ。離婚って、夫婦が結婚をやめることよ」

「結婚ってやめられるの?」そんなことを考えたこともなかったジェーンは息を呑《の》んだ。

「もちろんよ。おばかさん。ロビンおばさまは合衆国に行って離婚すれば良かったんだってお母さまは言ったけど、お父さまの話では、カナダでは法律で認められないんだって。それにどうせケネディー一族は法律なんか信じていないって。それにおばあさまも許さないってお父さまは言ってるわ。なぜってロビンおばさまが家を出て、別の人と結婚するのを恐れてるからって」

「もしも……お母さまが離婚したら、それならあの人はもうお父さまではなくなるの?」ジェーンは希望を込めて尋ねた。

フィリスは首をかしげた。

「そっちのほうは変わりがないんじゃないかしら。でもおばさまが結婚したら、その相手は必ず継父《ままちち》になるのよ」

ジェーンは継父など、父親よりさらに欲しくなかった。返事がないので、フィリスは気を悪くした。

「プリンス・エドワード島に行くことはどうなの、ビクトリア？」

ジェーンは姉さん風を吹かすフィリスに気持ちを打ち明ける気はなかった。

「島のことは何も知らないし」ジェーンはそっけなく答えた。

「あたしは知ってるわ」フィリスは偉そうだった。「うちは二年前に行ったことがあるの。北海岸の大きなホテルに泊まったのよ。とってもきれいなところ。気晴らしにはいいと思うわ」

ジェーンはそこを嫌いになるとわかっていた。話を変えようとしたのに、フィリスはどうとしてもこだわりたいようだった。

「どうやってお父さんと暮らしていくつもりなの？」

「わからない」

「彼って賢い人が好きなんでしょう？　でもあなたはあまり賢くないものね、ビクトリア？」

ウジ虫のような気分にさせられるのが、ジェーンは嫌いだった。フィリスはいつもそんな気分にさせる……でなければ、こちらが影になったような気分に。だからといって腹を立てても無駄なだけだ。フィリスは絶対に怒らないから。フィリスは何ていい子でしょう、なんて性格がいいんでしょう、と誰もが言う。何があってもおうようにふるまう。もしもまともに喧嘩《けんか》をしたら、そのあとフィリスを好きになれるような気がすることがある。ジェーンには他に同年代の女の子の友達がいないので、母が少し気をもんでいるのは知っていた。

「知ってる？」とフィリスはつづけた。「それも理由の一つなのよ。自分は彼と対等には知的な話ができないと、ロビンおばさまは思ったんだって」

ウジ虫は、はむかった。

「あたしはもうお母さまのこと……あの人のことも、話したくないの！」ジェーンはきっぱりと言った。

フィリスがふくれたので、その午後は台無しだった。フランクが迎えに来た時は、いつもよりもっとありがたかった。

ジェーンの島行きについて、ゲイ・ストリート六十番地ではほとんど話に出なかった。ずっと毎日がなんと速くすぎていくのだろう。ジェーンは日々を押さえておきたかった。ずっと小さい時、母に言ったことがある。「ママ、時間をとめる方法ってあるの？」

その時母がためいきをつき、言ったことは覚えている。「時間は絶対にとめられないのよ、いい子ちゃん」

そして今や時間は断固としてすぎていく。チックタック、チックタック、日が昇り日が沈み、どんどん、どんどん、母と引き離されるその日が近づいてくる。運命の日は六月の初めに来る。セント・アガサは他の学校より早く夏休みが始まるのだ。祖母は五月の末にジェーンをマルボロのデパートに連れていき、上等の服を何枚か買ってくれた。いつも着ているのより、ずっと上等のものだ。ふだんの状況なら、ジェーンはブルーのコートと赤いかわいいリボンのついたスマートな青い帽子を、赤の刺繡《ししゅう》としゃれた赤革ベルトのついた何ともかわいい白ジャケットを、それは気に入っただろう。フィリスでもこんなすてきな服は持っていない。それでも今は何の興味も湧かなかった。

「あちらではあまりいい服はいらないと思うけど」と母は言った。

「きちんとした身なりをさせないといけないわ」祖母は言った。「あの男にこの子の服は買わせない、そこをはっきりさせておきたいの。アイリーン・フレイザーにも口を出させません。この子を呼ぶくらいだから、あの男にもあばら屋の一つくらいあるのでしょうよ。ビクトリア、一度にパン一面にバターを塗るのはお行儀が悪いと、言われたことはないの? それから、たまにはナプキンを落としてばかりいないで、お食事をすませられないものかしらね」

ジェーンは前にもまして食事時が怖かった。上の空で手元がお留守になる上、祖母がそれにいちいちかみつくのだった。ジェーンはテーブルにつく必要がなくなればいいのにと願ったが、残念なことに人は食べなければ生きていけない。ジェーンはほとんど食べなかった。食欲がなく、目に見えてやせ細っていった。勉強にも集中できず、フィリスが優等で学年を終えたのに対し、ジェーンはなんとか落第せずにすんだだけだった。

「予想通りね」祖母が言った。

ジョディーは力づけようとした。

「どうせそう長いことじゃないよ。たった三か月でしょ、ジェーン」

愛する母親のいない、大嫌いな父親と一緒の三か月は、永遠にも思われた。

「手紙をくれるよね、ジェーン。あたしも切手が手に入ったら、書くから。今十セント持ってる。ミスター・ランサムがくれたの。とにかくこれで切手が三枚買えるから」

そこでジェーンはジョディーに、胸の張り裂けるような話を打ち明けた。

「あたし、手紙をどっさり書くわ、ジョディー。でもお母さまには月に一度しか書けないの。それもお父さまの話は書いちゃだめなの」

「お母さんがそうしろと言ったの？」

「ううん。ううん。まさか！　おばあさまがよ。あたしがお父さまの話をしたがるなんて思ってるみたいに」

「あたし、地図でプリンス・エドワード島をさがしてみたの」ジョディーのしっとりうるむ濃茶の目には同情があふれていた。「まわりはどえらい水でいっぱいなのよね。端からおっこちないかと怖くない？」

「落っこちても気にしないと思う」ジェーンは暗澹《あんたん》とした声で答えた。

11

ジェーンは嫁いだ娘を訪ねるスタンリー夫妻に連れられて、島に行くことになった。最後の日々は何とか生きのびていた。母に辛い思いをさせたくないから、駄々はこねないと決めた。おやすみ時のいたわりや慰めはなくなり、特別なあれこれの時にかけてもらえる、愛情あふれる優しい言葉もなかった。けれどもジェーンは、その理由は二つあるとわかっていた。一つは、母がそうすることに耐えられないのだし、もう一つには祖母が断固として許さないからだった。けれどもゲイ・ストリート六十番地での最後の夜、祖母が階下で客に捕まっている間に、母がこっそり忍んできてくれた。

「お母さま……お母さま！」

「いい子ちゃん、勇気を出してね。結局たかが三か月のことなのだし、島はすてきなところよ。あなたも……わたしさえ……昔は……ああ、もうどうでもいいことだわ。関係ないのよ。いい子ちゃん、一つだけ約束してほしいの。お父さまには決してわたしのことを言わないで」

「言わないわ」ジェーンは声を詰まらせた。簡単な約束だ。父親に母のことを話している自分など想像できなかった。

「あの人はあなたのことをずっと好きになってくれるでしょう……もしも……もしもあなたがわたししか目に入らないわけではないと、わかればね」母はささやいた。白いまぶたが伏せられて、青い目が隠れた。けれどもジェーンはその表情を見てしまった。心臓が張り裂けそうになった。

夜明けの空は血のように赤かったが、すぐに不機嫌そうなねずみ色に変わった。昼ごろにはこぬか雨まで降りだした。「あんたが行ってしまうんで、空まで悲しんでるみたい」

ジョディーが言った。「ああ、ジェーン。寂しくなるね。それに……もしかしたら、あんたが帰ってきたら、あたしはもういないかも。ミス・ウェストは、あたしを施設に入れると言うの。ジェーン、あたし、施設に入りたくない。ミス・エイムズが西インド諸島のおみやげにくれた、きれいな貝殻をあげるね。あたしの持ち物で、これだけがきれいなの。もし施設にいくんなら、取りあげられると思うから、あんたに持っていってほしい」

汽車はその夜十一時にモントリオールをたつので、フランクがジェーンと母を駅まで送ることになった。ジェーンはおとなしく、祖母とガートルード伯母《おば》にお別れのキスをした。「もしも島でアイリーン・フレイザーおばさんに会ったら、忘れてはおりませんよとお伝えしてちょうだい」祖母の声には奇妙な勝利の響きがあった。おばあさまはいつか何かでアイリーンおばさんを負かしたんだ、そしてそれを思い知らせたいんだわ、とジェーンは感じた。まるで「わたくしを忘れさせるものですか」と言ったように聞こえたからだ。ところでアイリーンおばさんとは何ものだろう。

ゲイ・ストリート六十番地は、車で遠ざかるジェーンに顔をしかめて見せたような気がした。ジェーンは屋敷を好いたことがなかったし、屋敷のほうでも好いてくれたことがなかった。それでも扉が閉まると、人生の門に締めだされたような、辛《つら》い気分になった。雨の夜の暗い街路の下にのびる、魔界めいた地下街を抜けていく間、二人は話をしなかった。ジェーンは泣かないと決意し、実際泣かなかった。さようならを言う時、ジェーンの目は絶望に大きく見開かれていたが、声は静かで落ち着いていた。ロビン・スチュアートが最後に目にした娘は、ミセス・スタンリーにプルマンカーに乗せられながら手を振る、雄々しくけなげな姿だった。

一行は翌朝モントリオールに到着し、正午には海岸特急に乗った。やがて海岸特急という名前だけでわくわくしてしまう時が来るのだが、今は流刑者の気分だった。雨は一日じゅう降りつづいた。ミセス・スタンリーが山々を指さしたが、ジェーンは今の今山などどうでもよかった。ミセス・スタンリーはジェーンが内気で鈍い子だと思ったので、最後にはほうっておいた。そのことをジェーンは神に感謝し、まだ言葉は知らなかったが、断食修行に入った。山なんて！　列車の向きが変わるたびに母から引き離され、父のそばに連れて行かれるのに！

次の日は陰気くさい雨の、暗い光につつまれて、ニュー・ブランズウィックを通りぬけた。サックビルに到着し、トーメンタイン岬に通じる支線に乗り換えた時も、雨は降りつづいていた。

「島に渡るには、連絡船に乗るのよ」ミセス・スタンリーは説明したものの、ジェーンと話をするのはあきらめていた。ジェーンは、これまで会った中で一番鈍い子供にちがいなかった。沈黙は猛烈にこみあげる涙を防ぐ砦《とりで》なのだと、知るよしもなかったのだ。ジェーンは何が何でも泣かないと決心していた。

岬についた時には、雨は止んでいた。連絡船に乗りこむころには、太陽が、平たい赤いボールとなって西空の雲の裂け目にぽっかりと浮かんでいた。けれどもまたすぐに暗くなった。ぼろぼろの汚い雲に縁取りされた灰色の空の下には、同じく灰色の、波立ち騒ぐ海峡があった。

またもや汽車に乗りこむ時には、雨はしのつくようだった。海を渡る途中船に酔ったジェーンは、もうくたくただった。そうか。これがプリンス・エドワード島なのだ。木々が風を受けて縮こまり、重ったるい雲が地面に触れそうに見える、この雨にぬれそぼった土地が。花盛りの果樹園も、緑したたる野も、黒っぽいエゾマツのスカーフを肩にまとったなだらかな丘も、ジェーンの目には映らなかった。一行はあと二時間でシャーロットタウンにつくはずで、ミセス・スタンリーによると、そこに父が迎えに来ているそうだった。母の話ではジェーンを愛していない父、祖母の話ではあばら屋に住んでいる父が。その他は父について何も知らなかった。ジェーンは何かを、何でもいいから知っていればいいのにと思った。どんな顔をしているのか。デイビッド伯父《おじ》のように目の下がたるんでいるのか。ウィリアム伯父のように薄くぴっちりした唇の持ち主なのか。ドラン老人が祖母を訪ねてくるたびにするように、言葉の一区切りごとにウィンクをよこすのか？

ジェーンは今や母から千マイルも離れ、百万マイルも離れてしまった気分だった。孤独の波にもみくちゃにされそうだ。汽車は駅につこうとしていた。

「さあ、ついたわ、ビクトリア」ほっとしたように、ミセス・スタンリーは言った。

12

ジェーンが汽車からホームにおりたったところへ、女の人がとびついてきた。「この子がジェーン・ビクトリアなの?……私の小さなジェーン・ビクトリアちゃんが、ほんとうにこの子なの?」と大声をあげている。

ジェーンはとびつかれるのが好きでなかった。……それに今は、誰のジェーン・ビクトリアでもいたくなかった。

ジェーンは身を引き、いつもの慎重なまなざしで、まっすぐにその人を見つめた。四十五歳から五十歳ぐらいで、淡いブルーの大きな目ときめ細かで穏やかな顔のまわりにとび色の髪がゆったりと波打つ、とても美しい女性だ。これがアイリーンおばさんなのだろうか。

「できればジェーンと呼んでください」ジェーンは礼儀正しく、きっぱりと言った。

「まったくまあ、ケネディーのおばあさんそっくりだったのよ、アンドルー」アイリーンおばさんは翌朝、弟にそう言ったのだった。

アイリーンおばさんは笑った。楽しげにのどを鳴らすような笑い声だった。

「まあ面白い子ねえ。もちろんジェーンでもかまわないわ。あなたの好きな名前なら何だっていいのよ。私はアイリーンおばさん。でも私のことなんか聞いたことがないでしょうね」

「あります」ジェーンはアイリーンおばさんの頬に、おとなしくキスをした。

「祖母から、忘れてはおりませんよとお伝えするようにとのことです」

「あらま！」アイリーンおばさんの甘い声が、ちょっぴりこわばった。「それはご親切なこと……ほおんとにご親切よね。で、今あなたは、なぜお父さんがいないのか、不思議に思っているでしょうね。お父さんは、出発はしたのよ。ほら、郊外のブルックビューに住んでるでしょう。ところがあのおんぼろ車が、途中で故障してしまったの。そこでうちに電話してきて、今夜は来られそうにないけれど、朝早くにはつけるだろうから、私に迎えに行って、一晩泊めてやってほしいと頼んできたのよ。まあ、スタンリーさん、うちのかわいい娘を無事に届けていただいたお礼も申しあげてないのに、行かないでくださいましな。ほんとうにご無理を申しまして」

「とんでもありません。楽しかったですわ」ミセス・スタンリーは礼儀正しく、心のこもらない声で答えた。獅子《しし》の穴に引かれる初期キリスト教の殉教者のように下を向きっぱなしの、変なだんまり屋の子供から解放され、ほっとして逃げ去った。

ジェーンは宇宙の迷子のような気分だった。アイリーンおばさんも、これまでの大人とちっとも変わらない。ジェーンはアイリーンおばさんを好きではなかった。自分のことはもっと好きでなかった。いったいあたしはどうしちゃったのだろう。人を好きになることができないのだろうか。他の子たちは少なくとも、おじさんやおばさんのひとりや二人は好きなはずなのに。

ジェーンはアイリーンおばさんについて、タクシー乗り場に行った。

「ひどい夜よね、ジェーンちゃん。でもこの地方は雨を待っていたの。もう何週間も待ちかねていたのよ。きっとあなたが雨を運んできてくれたのね。すぐに家につきますからね。あなたが来てくれて、ほんとに嬉《うれ》しいわ。お父さんには、ずっとうちに泊まってもらえばいいと言ったのよ。あなたをブルックビューに連れていくなんてばかげてますもの。だってねえ、あちらでは下宿暮らしなのよ。ジム・ミードの店の二階で二間しかないの。もちろん冬には街に帰るけど。でも……まあ、あなたは知らないでしょうけどね、ジェーンちゃん。あなたのお父さんときたら、いったんこうと決めたら、てこでも動かないんだから」

「お父さまのことは何にも知らないんです」ジェーンはあきらめたように言った。

「そうでしょうとも。お母さんはぜんぜんお父さんの話をしなかったんでしょう？」

「はい」ジェーンはいやいや答えた。何となくアイリーンおばさんの質問には、裏の意味があるような気がした。それがアイリーンおばさんの質問の特徴だということを、ジェーンは後に知ることになる。アイリーンおばさんは、タクシーに乗った時からずっと握っていた手に、ぎゅっと力を込めた。さも同情するように。

「かわいそうな子！　あなたの気持ちはよっくわかるわ。だいたいお父さんがあなたを呼んだこと自体、いいこととは思えないの。何でこんなことをするのかしらね。どういうつもりか、見当もつかないのよ。これでも私たち二人は、ずいぶん仲良しできたんだけれど。

とても仲良しなのよ、ジェーンちゃん。私は十歳年上だから、姉さんというよりは、お母さんみたいなものだったの。さあ、おうちについたわよ、ジェーンちゃん」

おうち！　ジェーンが連れてこられた家は、愛想が良く、こぎれいだった。アイリーンおばさんその人のようだ。けれどもジェーンは、見知らぬ家の屋根にぽつんととまる子雀のような気分だった。アイリーンおばさんはジェーンの帽子とコートを脱がせ、髪をなでると、ひきよせた。

「さあ、あなたをよっく見せてちょうだい。駅ではそんなひまがなかったし。それに三歳の時以来、会うのは初めてなのよ」

ジェーンは〝よっく〟見られたくなかったので、ぎくしゃくとちぢこまった。値踏みされているように感じ、アイリーンおばさんの声と態度が優しそうなのにもかかわらず、値踏みのされ方がいいほうばかりでないように思えた。

「お母さんにそっくりというわけではないのね。あの人は見たこともないほどきれいだったわ。お父さん似というわけね。さてとお夕食を少しいただきましょうか」

「あ。いいです。ほんとにいいんです」ジェーンはとっさに大声を出した。一口も食べられないとわかっていた。食べることを考えるだけで、ぞっとする。「一口だけよ……ほんの一口だけ、ね」アイリーンおばさんは赤ん坊を相手にするようになだめすかした。「とってもおいしいチョコミントケーキがあるのよ。ほんとはお父さんに食べさせようと焼いたんだけど。お父さんはいろんな意味で子供みたいな人なの、……甘いものに目がなくて。

それにいつも、私のチョコレートケーキを最高のケーキだと思っているのよね。あなたのお母さんも、私のみたいなのを作ろうとそれはがんばったんだけど、……でも……うーん。あんなに持って生まれた才能とでもいうのかしら。ある人かない人、どちらかなのよね。あんなにかわいいお人形さんみたいな人にお料理だとか……やりくりだとかを期待するほうが無理なのだわ。お父さんには口を酸っぱくして言って聞かせたんだけどねえ。でも男って、ちゃんとわかっているわけじゃないでしょう？　男は女に完ぺきを求めるのよ。おすわりなさい、ジェイニー」

「ジェイニー」で最後の糸がぷつんと切れた。ジェーンはジェイニーになどされたくなかった。

「ありがとうございます、アイリーンおばさま」ジェーンはいたって礼儀正しく、また断固として言った。「だけど何も食べられませんし、試してみても無駄だと思います。寝に行ってもいいでしょうか」

アイリーンおばさんは、ジェーンの肩をぽたぽたたたいた。

「もちろんよ、かわいそうにねえ。くたびれてしまって、何もかも勝手が違うものねえ。辛《つら》いのはよくわかるわ。すぐに二階のお部屋に行きましょう」

部屋はとても美しかった。バラの花模様を浮かせた斜子《ななこ》織りのクレトンさらさがかけわたしてあり、シルクをのべたベッドはなめらかでしわ一つなく、人が寝たことがあると思えないほどだった。しかしアイリーンおばさんは器用にシルクのカバーをはがし、シーツを折り返した。

「良く眠れるといいわね、ジェーンちゃん。一つ屋根の下であなたが……アンドルーのちっちゃな娘が……私のたったひとりの姪《めい》っ子が……眠ってくれるのがどんなにたいしたことか、あなたにはわからないでしょうよ。私はあなたのお母さんが本当に好きだったわ。……でも……うーん、向こうはこちらをほんとに好きではなかったみたい。いつもそう感じていたわ。だからといってつきあいかたを変えようなんて思わなかったけどね。お母さんは私とお父さんがおしゃべりするのを見たくなかったみたい。いつもわかっていたわ。お母さんはお父さんよりずっと若くて……ほんの子どもだったし……お父さんがそれまでみたいに、私に何かと相談するのは、自然なことだったわ。いつも私に最初に話を持ってくるの。お母さんはちょっと焼きもちを焼いたのね、多分……ロバート・ケネディー奥さまのご令嬢としては、そうしないわけにいかなかったのね。ジェイニーちゃんは焼きもちなんか焼かないようにね。人生を台無しにするものだから。はい、羽根布団よ、ジェーンちゃん、夜中寒かった時の用心にね。プリンス・エドワード島では、雨の晩はよく冷えこむの。おやすみなさい、ジェーンちゃん」

　ジェーンはひとり室内に立ち、あたりを見回した。ベッドランプにはビーズのフリンジがついたバラ模様のシェードがかかっていた。どういうわけか、ジェーンはそのランプシェードが気に食わなかった。あまりにもなめらかできれいで、アイリーンおばさんのようだ。ジェーンは明かりを消しに行った。それから窓辺に近づいた。窓ガラスにぴたぴたと雨粒が打ちつける。ベランダの屋根にぱしゃぱしゃと雨が降りかかる。その先には何も見えなかった。胸が詰まる。この暗く、よそよそしく、星の見えない土地は、どうしたって愛《いと》しいものには思えない。

「ママがいてくれたらな」ジェーンはつぶやいた。それでも、たとえ何ものかに人生を奪われ、引き裂かれたと感じていたにしても、ジェーンは泣かなかった。

13

ジェーンは列車で二晩も眠れず、ひどく疲れていたので、ほとんどすぐに眠りに落ちた。そのくせ夜が明けないうちに目が覚めた。雨は止んでいた。明るい光の筋がベッドに斜めに射している。ジェーンはアイリーンおばさんの香水の匂いがするシーツを抜けだし、窓の外を見た。世界はがらりと変わっていた。空は雲一つなく、遠くきらめく星がいくつか、眠る街を見下ろしている。ほど遠くないところに木が一本あり、銀色に輝く花におおわれていた。湾だろうか港だろうかが見え、その上空に巨大な風船のような満月がかかって、一帯に月光を振りまき、海面にあざやかにきらめく光跡を残していた。それではプリンス・エドワード島にも月はあるのだ。前にはないと思っていたのに。しかも月の女王の目にも適《かな》うほど、磨き立てられた月が。まるで古なじみに会ったようだ。月はトロントもプリンス・エドワード島も同じように見下ろしているのだ。きっと屋根裏の小部屋で眠るジョディーも、どこかの楽しいつどいから遅く帰宅する母も照らしているのだろう。今この瞬間、ママも月を見ていたりして？　もはやトロントまで千マイルも離れているとは思えなくなった。

ドアが開き、寝巻き姿のアイリーンおばさんが入ってきた。

「ジェーンちゃん、どうしたの？　動きまわっている音が聞こえたから、具合でも悪いのかしらと思ったわ」

「ちょっと起きて、月を見ていただけです」ジェーンは言った。

「おかしな子ねえ。月を見たことがないの？　まったくぎょっとしたわ。さあ、いい子にしてベッドにお戻りなさい。お父さんが着いた時のために、しゃっきり元気にしていたいでしょ？」

ジェーンは誰のためにもしゃっきり元気になどしたくなかった。いつも目を光らされているってわけ？　ジェーンは黙ってベッドに入り、また布団にたくしこまれた。けれどももう二度と眠れなかった。

夜がどんなに長くとも、いつか朝は訪れる。ジェーンにとってまたとなくすばらしいものとなるこの日も、ほかの日と同じように始まった。東の空のさば雲……ジェーンはまだこの時は、さば雲と呼ぶとは知らなかった……が赤く染まりだす。太陽はことさら騒ぎも起こさずに昇ってきた。またアイリーンおばさんを起こすのがこわくて、早くベッドを出るのをためらっていたジェーンだが、とうとう起きあがり、窓を開けた。ジェーンはこの世で一番美しいもの……六月の朝のプリンス・エドワード島……を今見ているとは知らなかったが、昨夜《ゆうべ》とはまったく異なる世界のように見えるぐらいはわかった。隣家との境にあるライラックの生け垣から良い香りが立ちのぼり、波となってジェーンの顔に押し寄せた。芝生の片隅のポプラは、緑の笑いに身を震わせている。りんごの木が、こちらに親しげに枝をさしのべていた。かなたにはデイジーをちりばめた野が見え、その向こうの港では白いカモメたちが高く低く飛んでいた。雨のあとの空気がしっとりと甘い。アイリーンおばさんの家は街のはずれにあり、すぐ裏に街道が通っていた。雨に濡《ぬ》れてまるで血のように真っ赤に輝く街道だ。ジェーンはこんな色の道を想像したこともなかった。

「うわあ。……わあ。プリンス・エドワード島って、きれいなところなんだ」ジェーンはしぶしぶ認めた。

朝食が最初の試練で、ジェーンは昨夜にまして食欲がなかった。

「あたし、食べられそうにありません、アイリーンおばさん」

「それでも食べなきゃ、ジェーンちゃん。あなたを好きになりたいけれど、甘やかすつもりはないのよ。どうやらこれまで、ちょっとわがままさんで通してきたみたいね。お父さんは今にも着くかもしれないの。さあ、ここにちゃんと座って、シリアルをおあがりなさい」

ジェーンは努力した。たしかにアイリーンおばさんは、すばらしい朝食を用意してくれていた。オレンジジュース、濃い金色のクリームのかかったシリアル、上品な三角形に切ったトースト、完ぺきなポーチドエッグ、こはく色と真紅の中間の色をしたりんごゼリー。アイリーンおばさんがすばらしい料理人なのは疑う余地がなかった。それでもジェーンはこんなに辛い思いをして食べ物を呑《の》みこんだことがなかった。

「そんなにかたくならないで、ジェーンちゃん」なだめすかさないといけない幼子を相手にするようなほほ笑みを浮かべながら、アイリーンおばさんは言った。

ジェーンはかたくなんかなっていなかった。たとえおいしい卵でも満たすことができない、奇妙で、寒々しくて、からっぽの気分を感じているだけだった。また朝食後の一時間でジェーンは、この世で一番辛い仕事は待つことなのだと思い知った。だが何にでも終わりがあるものだ。アイリーンおばさんが「さあ、お父さんよ」と言った時、ジェーンはこの世の終わりだと感じた。

両の手のひらがじっとりと汗ばんでいるのに、口はからからだった。時計のちくたくいう音が、不自然に大きく響いた。玄関に通じる道に足音が聞こえ、……ドアが開き、……だれかが敷居をまたいだ。ジェーンは立ちあがったものの、目をあげられなかった。……どうしても無理だった。

「あなたの赤んぼちゃんよ」アイリーンおばさんが言っている。「自慢したくなるようなお嬢ちゃんでしょう？　年の割には背が高いけど、でも……」

「レンガ色の髪をしたヒスイだね」声が言った。

たった一つのせりふ。……だがそれによってジェーンの人生が変わった。せりふではなく、声のせいだったかもしれない。その声を聞くと何もかもが、二人だけがわけあえるわくわくする秘密に思えた。ジェーンはようやく元気づき、顔をあげた。

山なりになった眉毛《まゆげ》……額の上であちこちとびはねている赤褐色の濃い髪……両角がもちあがった口……角張ってふたつに割れたあご……愉快そうなしわに囲まれたいかめしいハシバミ色の目。その顔は自分の顔のように親しいものだった。

「ケネス・ハワード」ジェーンは声を漏らした。そして思わず知らず、一歩進み出た。

つぎの瞬間ジェーンは腕に抱えあげられ、キスされていた。ジェーンはキスを返した。他人行儀はかけらもなかった。血肉のつながりとは別の、理屈を越えた魂の絆《きずな》の呼び声が、一瞬のうちに響いたのだ。その瞬間父を憎んでいたことなど忘れてしまった。ジェーンは父が好きだった。交ぜ織りのツイードの背広にこもる魅力的な煙草の匂いから、強く抱きしめてくれる腕に至るまで、何もかもが好きだった。泣きたい気持ちになったが、とんでもないので、かわりに笑った。多少激しすぎる笑いかただったかもしれない。なぜならアイリーンおばさんがたまりかねたように言ったからだ。「かわいそうに。ヒステリーになっても仕方ないわねえ」

父はジェーンをおろし、見つめた。目のいかめしい表情は、笑い皺《じわ》にうずもれていた。

「きみはヒステリー屋さんかい、ぼくのジェーン？」大まじめでたずねた。

こんな風に「ぼくのジェーン」と呼ばれるのは、何てすてきだろう。

「いいえ、お父さま」ジェーンも負けずに大まじめで返した。これからはもう「あの人」

とは呼ばないし、考えもしないだろう。

「一か月あずけてくれたら、この子を太らせてあげるわよ」アイリーンおばさんはほほえんだ。

　ジェーンは失望に震えた。ここに置いていかれたらどうしよう。けれどももちろん、父はそんな気などなさそうだった。ジェーンをソファに並んで座らせ、まわした腕を放さなかった。急転直下万事がめでたくおさまった。

「この子を太らせたいとは思わないな。この骨が気に入った」父はジェーンを子細に見つめた。観察されているのがわかったが、気にならなかった。ただただ父に気に入られたくてたまらなかった。あたしがきれいじゃないから、がっかりしないかしら。あたしの口が大きすぎると思われないかしら？「きみはすてきな骨の持ち主だと知っているかい、ジャネキン（ジェーンの愛称）」

「スチュアート家のおじいさまの鼻をしているわね」アイリーンおばさんが言った。おばさんは明らかにジェーンの鼻を褒めたのだが、何だか自分がスチュアートの祖父の鼻をもぎとったような、いやな感じがした。父の言い方のほうがずっと気に入った。

「ぼくはまつ毛のそろい方が好きだよ、ジェーン。ところで、ジェーンでいいんだろうか。ぼくはずっとジェーンと呼んできたけど、あてつけととられるかもしれないからな。きみは好きなように呼ばれる権利があるんだよ。ただどっちの名前がほんもののきみで、どっちの名前が小さな影の幽霊かを知りたいんだ」

「あたしはジェーンです」ジェーンは叫んだ。ジェーンでいて、本当に嬉《うれ》しかった。

「それで話は決まった。それから、ぼくをパパと呼んでくれるのはどう？　お父さまだと恐ろしくぎくしゃくしそうだけど、そこそこのパパにならなれると思うんだ。昨夜《ゆうべ》のうちにつけなくてごめん。だがぼくの愉快でぶさいくなおんぼろ車が道の真ん中でおだぶつになっちまってね。今朝になってようやく息を吹き返させたんだ……とりあえずガマガエルなみのスピードで、街にとびこめるぐらいはね。陽気なプリンス・エドワード島に花を添えるぼくらの移動手段なんだが、しばらく修理工場に入院させなきゃならんようだ。昼を食べたら、ジェーン、島をドライブしよう。そしてちゃんと知りあおう」

「もう知りあったわ」ジェーンはただちに答えた。ほんとうのことだった。もうパパを何年も知っているようだ。たしかに「パパ」は「お父さま」よりずっといい。「お父さま」とのつきあいは楽しくなかった。……ずっと「お父さま」は嫌いだった。だけどパパを好きになるのは楽だ。ジェーンは心の奥の一番秘密の小部屋を開けて、パパを入れた。……いや、開けてみたらパパが中にいたのだ。なぜならパパはケネス・ハワードだったたし、ジェーンはずっと、ずっと前から、ケネス・ハワードが大好きだったのだから。

「このジェーンってやつは、冴《さ》えてるぞ」パパは天井に向かって告げた。

14

楽しいことを待つのは、楽しくないことを待つのとは大違いだと、ジェーンは知った。ミセス・スタンリーには、笑い、目を輝かせるジェーンが島までつきそった女の子と同一人物だとは思えなかっただろう。午前ちゅうがあれほど長く思えたのも、単にパパと早く二人きりになりたかったから……アイリーンおばさんとさよならしたかったからにすぎない。アイリーンおばさんは、おばあさまやお母さまやゲイ・ストリート六十番地の暮らしについて聞きだそうとした。だがジェーンは簡単に口を割る子どもではなく、おばさんはがっかりした。腕によりをかけたたくみな質問のいずれにも、ジェーンはあいまいな「ええ」と「いいえ」で答え、遠回しに聞きだそうとするひっかけの質問には、さらにあいまいな沈黙で応じた。

「じゃあケネディー家のおばあさまは、よくしてくださるのね、ジェイニー？」

「とても」ジェーンはためらうことなく答えた。たしかに祖母は「よく」してくれる。セント・アガサ校、音楽のレッスン、美しい衣服、リムジン、栄養たっぷりの食事がその証拠だ。アイリーンおばさんはジェーンの服に念入りに目を通していた。

「おばあさまはあなたのお父さんがどうにも気に入らなかったのよね、ジェイニー。だからあなたに意地悪をしてるのじゃないかと思ったわけ。お父さんとお母さんとのもめごとのもとは、実際はおばあさまだったんだから」

ジェーンは何も言わなかった。内に秘めた悲しみを打ち明けるつもりはなかった。アイリーンおばさんは仕方なくあきらめた。

パパは正午ごろ、自動車ではなく馬車を馬に引かせて帰ってきた。

「車を使えるようになるまで、一日かかりそうだ。ジェド・カースンの馬車を借りることにしたよ。明日《あした》ジェドが車とジェーンのトランクを届けてくれる時に、返すつもりだ。馬車に乗ったことはあるかい、ぼくのジェーン？」

「うちでお昼を食べるまでは、行かせないわよ」アイリーンおばさんが言った。

トロントをたって以来ほとんど何も口にしなかったので、この昼食をジェーンは楽しんだ。パパにすさまじい食欲だと思われないかと心配だった。知る限りパパは貧乏だったし……あの車も、値打ちものには見えなかった。食べさせる口が一つ増えるのは大変だろう。だがパパ自身、見るからに食事を……特に例のチョコミントケーキを楽しんでいた。自分もチョコミントケーキの作り方を知っていたらよかったのに。それでもアイリーンおばさんには絶対に作り方を教わるまいと決心した。

アイリーンおばさんはパパの世話を焼いていた。はっきり言ってべたべたしていた。しかもパパはおばさんのべたべたと甘ったるい褒め言葉が、ケーキと同じぐらい好きなようだった。ジェーンはそれをはっきり見て取った。

「この子をブルックビューの下宿屋に連れていくなんて、感心したことじゃないわ」アイリーンおばさんは言った。

「夏用に家を買うのは、どうかな？　ジェーンはぼくのために家を切り盛りしてくれる？」パパが言った。

「するわ」ジェーンは即座に答えた。できるとも。これまでしたことがなくとも、家の切り盛りは知っていた。生まれながらに心得ている人間が、この世にはいるのだ。

「お料理はできるの？」すばらしい冗談よね、というように、パパにウィンクしながら、アイリーンおばさんは言った。パパがウィンクを返さなかったので、ジェーンは嬉しかった。しかもパパはジェーンが答える手間まで省いてくれた。

「うちのおふくろの子孫なら、料理ができるにきまってる」パパは言った。「おいで、ぼくのジェーン。麗しき装束に身をつつみ、いざ行かん」

帽子とコートを身に着けて二階からおりてくる時、ついつい食堂のおばさんの声が耳に入った。

「あの子は隠しごとをするわよ、アンドルー。はっきり言って気に入らないわ」

「言いたい事を胸にしまっておくたちじゃないの？」パパが答えた。

「そんなものじゃないのよ、アンドルー。あの子は腹黒よ。……覚えておいてね。あの子は腹黒なの。ケネディーのおばあさまも、あの子が生きている間は安心して死ねないわね。それでもとてもかわいい子ではあるけれどね、アンドルー……満点の子供だとは思わないほうがいいわ。それから、もしもあの子のことで、私が手助けできそうなことがあれば、ただ知らせてくれるだけでいいわ。あせりは禁物よ、アンドルー。あの子はあなたを好きになるようにはしつけられてこなかったんだから」

ジェーンはぎりぎりと歯がみした。パパを好きになるように「しつけられて」こなかった？　そんな……それって、おかしすぎる。ジェーンのアイリーンおばさんへのいらだちはくずれ、くすくす笑いに変わった。低くおちゃめな、ふくろうのようなくすくす笑いに。「毒ヅタに気をつけてねぇ」二人が馬車で出発すると、アイリーンおばさんが後ろから呼ばわった。「ブルックビューにはたんと生えてるって話よ。その子をよく世話してやってねぇ、アンドルー——」

「女って、どうしてああかな。そいつは見当違いだよ、アイリーン姉さん。ジェーンのほうがぼくを世話してくれるのは、半分目をつぶってたってわかるだろうよ」

馬車でのジェーンはうきうきしていた。燃える思いが一緒に島をつっきっていく。世界一みじめな人間だった時からわずか数時間しかすぎていないなんて、信じられなかった。馬車に乗って進むのは楽しい。すぐ目の前を行く、赤毛の小さい雌馬のなめらかな尻《しり》を、身を乗りだしてぴしゃりとたたきたくて仕方なかった。赤い道を車で進むようには一気に突っ走れないが、ジェーンは突っ走りたくなかった。道はすてきな驚きでいっぱいだった。オパールの粉でできたような遠い丘の景色、クローバーの野を吹き渡る一陣の風、どこからともなく現れ、緑陰の森に消えていく小川……そこではきらきら輝く水面《みなも》に、ぴりりとさわやかな香りの松が、長い枝をさしのべている……青空にそびえる白雲の峰々、くぼ地で首をゆするキンポウゲ、信じられないほど真っ青な塩水河。どこに目を向けても何かしら楽しいものがあった。すべてのものが今にも幸福の秘訣《ひけつ》をささやきかけてきそうだった。まだある。空気に満ちた潮の香りだ。ジェーンは初めてその匂いをかいだ。もう一度かぎ直し、ごくりとのみこむ。

「右のポケットを探ってごらん」パパが言った。

ジェーンは手探りして、キャラメルの袋を見つけた。ゲイ・ストリート六十番地では食事の間にお菓子を食べさせてもらえなかった。だが六十番地は千マイルもかなただ。

「ぼくらはどちらもおしゃべり好きではなさそうだね」パパが言った。

「うん。でもおたがいにもてなし上手だと思うわ」ジェーンは、キャラメルでくっつきあうあごが許す限りはっきりと返した。

パパは笑った。気心の知れる感じのいい笑い声だった。

「おしゃべりの精にとりつかれた時は立て板に水としゃべれるんだが。そうでない時は、ほっといてもらうほうがいい。きみは理想の女の子だよ、ジェーン。きみを呼ぶことになってよかった。アイリーンは反対したんだ。でもぼくはいったんこうと決めたら、頑固な野郎なんだよ、ぼくのジェーン。わが娘と知りあいたいと、ふいと思いついたのさ」

パパはお母さまのことを聞かなかった。聞かないでくれてほっとする一方、聞かないのはやはり間違っているとわかっていた。ほんとうに、間違ったことがありすぎるほどあったが、疑う余地なく、文句なしに正しいことは一つあった。ジェーンはひと夏いっぱいパパと過ごすのだ。そして今二人は一緒にいて、生命《いのち》があるような道を馬車で走っている。そしてその生命は、水銀のようにすばやく血管に流れこむようだった。これほど自分にぴったりのどんな場所も、どんな仲間も、今まで出会ったことがなかった。

最高に楽しいドライブも、いつかは終わる運命だ。

「もうすぐブルックビューにつくよ」パパは言った。「ここ一年ブルックビューに住んでいる。今なお地球一静かな場所の一つだよ。ジム・ミードの店の上に二部屋借りているんだ。ミードのかみさんが三度の食事を作ってくれる。そしてぼくがものを書くからというので、害のない変人だと思っている」

「パパは何を書いてるの？」「国際問題の平和的調停」を思いだしながら、ジェーンはたずねた。

「なんでもかんでも少しずつだよ、ジェーン。物語、詩、エッセイ、あらゆる分野を扱った記事。長編小説さえ一本書いたことがある。だが出版社が見つからなくてね。だから生活のためによろず物書きにもどった。トマス・グレイの詩じゃないが、パパも無名のミルトンなんだよ。ジェーン、きみにだけはとっておきの夢を打ち明けよう。メトセラの生涯についての大作を書くんだ。すばらしいテーマだろう。さあ、ついたぞ」

「ついた」ところは二つの道が交差する角で、角には片側が店、片側が住居の建物があった。店の端は道に面しているが、住居の端は板塀とエゾマツの生け垣で囲われていた。ジェーンは馬車の降り方のコツを一度で会得した。そして二人は白い小さな門をくぐった。ジ門柱の片側には黒い木彫りの鴨が載っていて、玄関に通じる赤い小道は、リボングラスとホンビノスガイという大型の食用二枚貝の殻とで縁取ってあった。

「おんっ、おんっ！」玄関の段に座っていた茶白の人なつっこい小犬が、鳴いた。年配の女性が姿を現すと、焼き立てのクッキーの、ぴりっとしたいい香りが漂ってきた。六インチもあるかぎ針編みの縁取りをした白いエプロンを身につけ、これまで見たことがないほど真っ赤なりんごの頬の持ち主だ。

「奥さん、この子がジェーンです。これから毎朝ひげをそらなきゃいけない理由が、おわかりでしょう」パパは言った。

「いらっしゃい」ミセス・ミードはジェーンにキスをした。ジェーンはアイリーンおばさんのキスより気に入った。

ミセス・ミードはすぐに、「夕飯までの小腹おさえ」だと言って、バターとイチゴジャムを塗ったパンを一切れくれた。野イチゴのジャムで、ジェーンは野イチゴのジャムを食べるのは生まれて初めてだった。夕食のテーブルがしみ一つない台所に用意されていて、台所の大窓は花盛りのゼラニウムと葉に銀の斑《ふ》が入ったベゴニアでぎっしり埋めつくされていた。

「台所ってすてき」ジェーンは思った。

庭に向かって開いたドアからは、南に広がる緑の牧草地がみはるかせた。部屋の中央のテーブルには、派手な赤白チェックのクロスがかかっている。ミスター・ミードの前には金茶色の豆がつまったずんぐりむっくりの煮豆壺《つぼ》があり、ジェーンは好きなだけ食べていいと言われた。その横には大きくて四角くてふわふわのコーンミールケーキもある。ミスター・ミードは眼鏡をかけて三角帆をかかげたキャベツに見えたが、ジェーンは彼が気に入った。

誰一人、あんなことをしたとか、こうしないとか言ってジェーンを責めなかった。誰一人、自分がばかだとか不器用だとかやりそこなったとか感じさせなかった。ジェーンがジョニーケーキを一つ食べ終えると、ミスター・ミードが、ほしいかとたずねることもなく、もう一つ皿によそってくれた。

「ほしいだけ食べてええが、ポケットには入れんこと」彼は重々しく言い聞かせた。

茶白の犬はジェーンの脇に座り、飢えた物欲しそうな眼で見あげていた。ジェーンがジョニーケーキを幾かけらかやっても、誰も気にしなかった。

ミード夫婦が会話係を引き受けた。聞いたこともない人の話ばかりだったが、ジェーンは聞くのが楽しかった。ミセス・ミードがまじめな調子で、気の毒なジョージ・ボールドウィンが胃にカイチョウができて、ひどく悪いと話した時、ジェーンとパパはミセス・ミードと変わらないきまじめな表情を崩さないまま、目と目で笑い交わした。ジェーンはほっかりと温かい気持ちになった。誰かとジョークを分かちあえるのは、愉快なことだ。ゲイ・ストリート六十番地で目と目で笑ったとしたら！　お母さまとは目をきらめかせあいはしたが、笑うほどの度胸はなかった。

ジェーンがミセス・ミードの予備室でベッドに入るころ、東の空が昇る月の光で明るくなった。タンスも洗面台も見るからに安物で、ベッドは白エナメル塗りの鉄製、床は茶色のペンキ塗りだった。だがバラとシダと紅葉《もみじ》模様の豪華な敷物が敷かれ、糊《のり》の利いたレースのカーテンは雪のようにまっ白で、壁紙は……クリーム色の地に、水色のリボンに囲まれた銀色のデイジーの花束を散らしたもの……うっとりするほどきれいだった。その上窓の前の小テーブルには、香りの良いなめらかな葉の、大きな真紅のゼラニウムが飾ってあった。

この部屋には気の置けない雰囲気があった。ジェーンはぐっすりと眠り、朝目を覚ますと、ミードの奥さんが台所の火を燃しつけているところに下りていった。奥さんは朝食までの小腹おさえにと大きなドーナツをくれ、パパが下りてくるまで待っていなさいと庭に送りだした。庭は朝露に濡《ぬ》れて静かだった。風は田舎の匂いにあふれかえっていた。小さな花壇はどれも忘れな草で縁取りがしてあり、片隅には早咲きの、えんじ色のシャクヤクの大株があった。匂いスミレと、赤と白のデイジーが、客間の窓の下に茂っている。すぐ近くの牧草地では雌牛たちが金緑色の牧草を食《は》み、ふわふわのひよこが一ダースほどあたりをかけまわっていた。黄色い小鳥が一羽、シモツケの小枝で首をかしげている。茶白の小犬が外に出てきて、ジェーンのあとを追った。見たこともない、おかしな二輪の荷馬車が道を通りかかり、オーバーオール姿のやせた若い馭者《ぎょしゃ》が、昔なじみのように手を振った。ジェーンはかじりかけのドーナツを持ったまま、すぐに手を振り返した。

空が青くて高いこと！　ジェーンは田舎の空が気に入った。「プリンス・エドワード島って、きれいなとこねえ」ジェーンは今朝はしぶしぶでなく思った。そしてピンクの八重のバラを一本摘み取り、朝露を顔じゅうに振りかけた。バラの洗顔タイムだ。そのとたん、ここに来たくないと必死に祈ったことを思いだした。

「神さまにおわびしなくちゃ、よね」ジェーンは自分に言い聞かせた。

15

「なあ、おまえさん、今すぐ家を買いに行こうぜ」パパが言った。前置きもなく本題にとびつくのが、どうやらパパの癖らしい。

ジェーンはそのせりふを心の中で反すうしてみた。

「今すぐ、って、今日のこと?」ジェーンは尋ねた。

パパは笑った。

「かもしれん。自分のことをそこそこ好きな日は、そんな気になるんだ。ジェドが車を運んできたら、すぐに出発しよう」

ジェドは正午になってようやく車を運んできたので、二人は出発前に昼食をとった。ミードの奥さんは、晩までの小腹おさえにと、バタークッキーを一袋くれた。

「ミードさんの奥さんて、好きだな」パパに話したとたん、ここには好きになれる人がいるのだと気づき、ジェーンの心は気持ちのいい暖かさに満たされた。

「あの人は聖人だよ」とパパはうなずいた。「たとえ紫外線《バイオレット・レイ》が女の子の名前だと思っていてもね」

バイオレット・レイが女の子であろうがなかろうが、ジェーンにはどうでもよかった。パパとジェーンが、フランクなら一目見ただけでひきつけを起こすような車で出発できるだけで充分だ。車はたちまち親しげで気心の知れた赤い道をとびはねていき、あちこちに咲く野生の桜を、楽しげに花嫁装束にまとう森を抜け、丘を越えた。丘の青いくぼ地には紫色の雲の影がすべりこむように見える。気持ちのいいこの地にはどちらを見ても家があり、二人はその中のどれかを買いに行くのだ。「バスケットを買おうよ」と言うように気軽に、「家を買おうよ、ジェーン」と言ってみる。愉快だ！

「きみが来るとわかってから、手ごろな家を探しはじめたんだ。話はいくつか入ってる。全部見てからきめるとしよう。どんな家が好きだい、ジェーン？」

「どんな家なら買える予定？」ジェーンはまじめに返した。

パパはくすくす笑った。

「このお方は、まだこの世にある常識ってものを、持ちあわせているな」パパは空に向って語りかけた。「いくらでも出せるってわけにはいかないよ、ジェーン。パパは大富豪じゃない。といって明日《あした》のパンにも困るわけでもない。この冬ずいぶんかせいだからね」

「国際問題の平和的調停」ジェーンはつぶやいた。

「何だって？」

そこでジェーンは話した。ケネス・ハワードの写真がとても気に入って、切り抜いたことを。だが祖母がそれを引き裂いたことも、母の目に浮かんだ表情のことも話さなかった。

「サタデー・イブニング紙はいいお得意さんなんだ。それはそうと話を戻そう。市場価格にもよるが、ぼくのジェーンはどんな家が好きかな?」

「大きくない家」巨大な六十番地の屋敷を思いうかべ、ジェーンは言った。「小さいのがいいな。……まわりに木が少し生えてるの……若い木が」

「白樺《しらかば》かい?　できれば白樺が一本か二本ほしいな。つりあいをとるために濃い緑のエゾマツも数本。家は庭木にあわせて、緑と白がいい。緑と白の家にずっと憧《あこが》れていたんだ」

「二人で塗ればいいんじゃない?」ジェーンは聞いた。

「いいね。それを思いつくとは、ジェーンは頭がいい。ぼくだけなら、泥色だというだけで運命の家を却下したかもしれないな。それから少なくとも一つの窓からは湾が見えるようにしたい」

「湾のそばがいいの?」

「どうせそうなる。ぼくらはクイーン浜地区に向かっているんだ。話が入った家は、みなそこにあるんだよ」

「丘の上にあるといいな」ジェーンは夢見るように言った。

「まとめてみよう……小さい家で、緑と白、またはそうできること……木が生えていて、できれば白樺とエゾマツ……海を見わたせる窓……丘の上。けっこうありそうだ。だがもう一つ条件がある。その家には魔法がないとね、ジェーン。たっぷりの魔法だ……そして魔法の家はめったにない。たとえこの島でも。ぼくの言いたい意味がわかるかい?」

ジェーンは考え、言った。

「買う前からこれこそ自分の家だと感じなきゃ、ってことでしょう？」

「ジェーン。きみはすばらしすぎて、嘘みたいだ」

川を渡った時、そのあまりの青さに、ジェーンは有頂天になって叫び声をあげた。もう少し行くと川は、それよりもさらに青い波止場へと流れこむ。川を渡って丘に登る途中、パパは娘をまじまじと見ていた。とうとう丘の頂に到達すると、目の前にさらに大きくて青い……これこそ湾にちがいないものが広がっていた。

「うわあ！」ジェーンは声をあげ、もう一度「うわあ！」と叫んだ。

「ここからが海の始まりだ。ジェーンは気に入った？」

ジェーンはうなずいた。言葉が出ない。薄青くてちらちらきらめくオンタリオ湖なら見たことがある。だがこれは……これは？　ジェーンは永遠に見飽きないように見つめつづけ、やがてささやいた。

「こんなに青いものがあるなんて、考えもしなかった」

「前にも見ているんだよ」パパは優しい声で言った。「覚えていないかもしれないが、きみの血の中に流れているのさ。きみは湾のそばで生まれたんだ。甘やかで妖《あや》しい四月の夜に。そして湾のそばに三年住んでいた。ぼくはきみを抱きあげ、湾の水に浸《つ》けて……一部の人をぎょっとさせた。きみはシャーロットタウンの英国教会で洗礼される前に、本物の洗礼を受けたのだよ。きみは海の子だ。故郷にもどってきたんだ」

「でもパパはあたしのこと、好きじゃなかった」思うより先に、言葉が口に出ていた。

「好きじゃない？　誰が言った？」

「おばあさま」パパに祖母の名を出すのは禁じられていなかった。

「あのおいぼ……」パパは思いとどまった。顔を仮面のようにかため、表情をなくした。

「家探しの最中なのを忘れないようにしようよ、ジェーン」パパは冷めた声で言った。

少しの間ジェーンは家探しへの興味を失った。いったい何を、また誰を信じればいいのだろう。パパは今あたしを好きだとわかっている。……ううん、ほんとにそうなの？　好きなふりをしているだけではないの？　だがその時、パパがどんな風にキスしてくれたかを思いだした。

「パパは今はあたしが好きだ」ジェーンは考えた。「生まれた時は違ったかもしれない。でも今は好きだとわかるわ」そう思うと、ふたたび幸せになった。

16

たしかに家探しは愉快なものだと、ジェーンは思った。でもほんとうに愉快なのは、パパとドライブしたりしゃべったり黙りあったりすることだった。なぜならパパのリストに並んだ家のほとんどは、面白くなかったからだ。初めに見た家は大きすぎた。次のは小さすぎた。

「とにかく猫をふりまわせるぐらいの広さはないとな」パパは言った。

「パパは猫を飼ってるの？」ジェーンは知りたがった。

「いや。でもほしければ飼えるよ。今年は子猫が豊作だという噂だ。猫はすきかい？」

「ええ」

「では一山飼うとしよう」

「だめ。二匹だけ」ジェーンが言った。

「それと犬を一匹。ジェーンが犬をどう思ってるかはしらないが、きみが猫を飼うなら、パパは犬を飼うぞ。前に犬を飼ってから、もう……」

パパはぱたりと言いやめた。そこでジェーンは、パパが自分の聞きたくてたまらないことをまたもや言いかけたのだとわかった。

三軒目は一見よさそうだった。木の間から漏れる日差しがまだら模様を作る、緑陰の道をまがったところにあった。だが良く調べると、欠点だらけだった。床はあらゆる方向にひびがいったり、そったり、たわんだりしていた。ドアはきちんと閉まらない。窓は力を込めても開かない。しかも食糧庫がなかった。

四軒目は、パパの意見では成金趣味すぎたし、五軒目は二人とも二度と見る気がしなかった。……傾いて、やぼったく、ペンキの剝《は》げた建物で、裏庭は錆《さ》びた缶、古たらい、果物カゴ、ぼろ、ごみが山積みになっていた。

「リストの次は、ジョーンズの旧宅だ」パパが言った。

ジョーンズの旧宅はなかなか見つからなかった。ジョーンズ家の新宅は道路にじかに面していたが、旧宅にたどりつくには、新宅の前を通り抜け、わだちだらけの見捨てられた細道を入らなければならなかった。たしかに台所の窓から湾は見える。だが窓が大きすぎる上、新宅の納屋と豚小屋の裏側が見えるのは感心しないと、パパもジェーンも思った。少しげっそりして、細道を取って返した。

七軒目はこれこそが家、というような家だった。新築の白い小振りのバンガローで、赤い屋根と明かり取りの天窓がついていた。庭はこぎれいだが木は植わっていない。食糧庫ときれいな地下室とがんじょうな床が備わっていた。しかも湾の絶景が見えた。

パパはジェーンを見た。

「ぼくのジェーンは、この家に魔法を感じるかい？」

「パパは？」ジェーンは聞き返した。

パパは首を振った。

「まったくのゼロ。魔法が不可欠な以上、お手あげだ」

ジェーン親子は、いったいあのいかれた二人は何ものだと頭をひねる売り主をその場に残し、走り去った。マホウがどうしたって？　この家を建てた大工を呼んで、なぜそいつを家にとりつけなかったのか聞いてみなくては。

つぎの二軒も話にならなかった。

「ジェーン、ぼくらは間抜けコンビじゃなかろうか。これで売りに出されている家はみんな見てしまった。……これからどうすればいいんだろうね。引き返してさっきの言葉を取り消し、バンガローを買おうか？」

「向こうから歩いてくる男の人に、まだ見逃してる家があるかどうか聞いてみれば？」ジェーンは落ち着き払って言った。

「ジミー・ジョンが持ってるって聞いたな」男は言った。「ランタン丘にあるんだよ。マチルダ・ジョリーおばさんが住んでた家だ。家具も少し残ってるって聞いた。値切れば手ごろな値段にまけると思うがね。ランタン丘までは二マイルだ。クイーン浜からまわるといい」

ジミー・ジョンにランタン丘にマチルダ・ジョリーおばさん？　親指がぴくぴくきた。魔法が近づいてくる。

ジェーンが先に家を見つけた。切り妻屋根の隅にある二階の窓が、丘の頂越しにこちらに目配せしているのが見えたのだ。だがまずは丘を回りこみ、岩のすき間から小さなシダが顔を出し、とびとびにエゾマツの若木が突っ立つ土手の間をくねる細道を、あがらないといけなかった。

そしてようやく、二人の目の前にその家が現れた。……二人の家が！

「ほらほら、目を落っことさないように」パパが警告した。

その家は険しい小さな丘にはりつき、つま先をシダに埋《うず》めていた。小さい家だ。ゲイ・ストリート六十番地の敷地なら半ダースは建つだろう。家には庭がついていた。丘から滑り落ちないように下のほうを石壁で固めてある。柵《さく》と門には背の高い白樺《しらかば》が二本よりそっている。上半分に小さいガラスが八枚はめこまれた唯一のドアまで、平たい飛び石道がつづいていた。ドアには鍵《かぎ》がかかっていたが、窓から中をのぞけた。片側にはゆったりした部屋があり、すぐ前から二階にあがる階段がのびている。別の側には小部屋が二つあり、窓の前は腰ほどの高さのシダが繁る丘の中腹だった。そこここにある石は、ビロードのような緑の苔《こけ》におおわれている。

台所には古いわに脚の料理用ストーブと、テーブルと椅子があった。隅にはかわいいガラス張りの戸棚を、木のボタンでとめつけてあった。

家の外は片側がクローバーの野、片側が松やエゾマツのまじるカエデ林で、古い、苔むした板塀が敷地の境界のしるしだ。庭の隅には一本のりんごの木がピンクの花びらを優しく散らし、裏木戸の外にはエゾマツの古木が固まって生えていた。

「ここの組みあわせが好きだな」ジェーンは言った。

「景色も家にふさわしいだろうかね」パパが言った。

家に心を奪われていたので、ジェーンは景色など見てもいなかった。ようやく目を転じたとたん、息を呑《の》んだ。こんな……こんなすばらしいものはこれまで……夢でさえ見たことがない。

ランタン丘は、湾を底辺にとり、底辺の一端にクイーン港を配した三角形の頂点にあった。海までは銀とライラック色にきらめく砂丘が横たわり、港を横切る砂州が湾を区切っている。太陽がさんざめく港の長い海岸には、青と白の美しく激しい波が打ち寄せる。海峡の向こうには白い灯台が空に向かって突っ立ち、港の果てには互いに腕をまわしあって夢見る、紫にかすむいただきが見えた。そしてさらにその向こうには、プリンス・エドワード島の景観の、曰《いわ》く言い難い魔法が広がっているのだった。

港側にやせたエゾマツ林、反対側に牧草地が広がるふもとの、ランタン丘の真下に、小さい池があった。ジェーンがこれまで見たなかで、何よりも青かった。

「うん。これこそを池というのさ」パパが言った。

ジェーンははじめ何も言わなかった。これまで来たこともないのに、生まれてからずっと知っているような気がした。潮風の歌は、耳になじんだ音楽だった。これまでいつもどこかに「受け入れられたい」と思ってきたジェーンは、ここに受け入れられていた。ようやく「わが家《ホーム》」にいる感じがした。

「さあて、ご感想は？」パパが言った。

家に聞かれている気がして、ジェーンはパパに指を振ってみせた。

「しいっ」

「では海岸に下りて相談しよう」パパが言った。

海岸までは徒歩で約十五分だった。二人は名も知らぬ遠い土地から流れ着いた、まっ白な古木材に腰を下ろした。ぴりりとする潮風が顔を打つ。波が岸辺にしぶく。小さな海鳥たちが恐れる風もなく、目の前を飛んでいった。「潮風って澄んでいるのね」とジェーンは思った。

「ジェーン、ひょっとして屋根がもるんじゃないかな」

「板をあてたらどうかしら」

「庭がゴボウだらけだったよ」

「ひっこ抜けばいいじゃない」

「あの家はもともとは白かったみたいだが……」

「また白く塗ればいいでしょ」

「玄関ドアのペンキが火ぶくれしているんだ」

「ペンキって、それほど高くないんでしょう？」

「よろい戸がこわれてた」

「二人で修理しましょ」

「壁紙が破れてた」

「はりなおせばいいのよ」

「果たして食糧庫があるだろうかね、ジェーン」

「右手の小部屋の片方に棚がたくさんあったから、食糧庫がわりにできるわ。もう一つの小部屋はパパの書斎にできそう。物を書くには場所がいるんじゃない？」

「このお方は何もかも考えていらっしゃる」とパパは大西洋に向かって言った。それからつけ加えた。「あの大きなカエデの木には、フクロウが巣を作りそうだが」

「フクロウを怖がる人なんているの?」

「で、魔法についてはどうかな、ぼくのジェーン?」

魔法! もちろん、あの家は至るところ魔法だらけだった。魔法につまずかないと歩けないぐらいだ。パパにはわかっていた。相談という形をとるためだけに相談したのだ。元の場所にもどると、ジェーンは戸口のあがり段代わりの赤い砂岩板に腰を下ろし、パパは雌牛たちが飼い主を見にくるために作った、細い踏み分け道を通り、カエデ林を抜けていった。飼い主の名前はジミー・ジョン、正式にはミスター・J・J・ガーランドといった。ガーランド家はカエデ林の端の奥からちょっぴり顔を出していた。木々を身にまとった、感じのいいバター色の農家だ。


パパがジミー・ジョンを連れて戻ってきた。きらめく灰色の目をした太った小男だった。鍵が見つからなかったのだが、パパとジェーンは一階は見てしまったし、ジミー・ジョンの話では二階には三室あり、一室にはスプールベッドが、そして三室ともにクローゼットがついているそうだ。

「それから階段下にはブーツ棚があるでね」

三人は飛び石道に立ち、家をながめた。

「わたしをどうするおつもりですか?」家は家らしく率直に語りかけた。

「おたくの言い値は?」パパが聞いた。

「家具をどばっとつけて四百」ジミー・ジョンは言うと、ジェーンにウィンクした。ジェーンも物慣れた風にウィンクを返した。どうせおばあさまは千マイルもの彼方《かなた》だ。

「よっしゃ、手を打った」パパが言った。パパはジミー・ジョン相手に値切ろうとしなかった。これだけすばらしいものがそろって四百とは、実にお買い得だ。

パパは五十ドル手渡し、残りは明日《あした》払うと言った。

「家はあんたらのものになったよ」ジミー・ジョンは家を贈り物にするような言いかたをしたが、もとから自分たちのための家だと、ジェーンにはわかっていた。

「家に、池に、港に、湾と！　いい買い物だ」パパは言った。「しかも半エーカーの土地つき。生まれてこの方、ずっと小さな土地を持ちたいと憧《あこが》れてきた。……『ここはぼくのだ』と言える程度のものでいいんだ。そしてこうなったよ、ジェーン。さてと、そはやき《フリ》に時《グ》だぞ！」

「それは午前四時のことでしょ？　今は午後の四時よ」ジェーンはアリスをそらんじていたから、ひっかからなかった。

さて帰ろうという時にジミー・ジョンのミニチュア版が、留守のあいだに見つかった鍵を持ち、ちょっと生意気そうな顔つきでカエデ林をかきわけてきた。ジミー・ジョンはお辞儀とともに、鍵をジェーンに渡した。ジェーンはブルックビューに戻る間じゅう、しっかりと鍵を握りしめていた。うきうきする。この鍵がどんな世界を開けてくれるかと思うと！

二人は食事を抜いていて腹ぺこなのに、ようやく気づいた。そこでミードの奥さんのバタークッキーを取りだして食べた。

「パパ、あたしにお料理させてちょうだいね」

「もちろん、お願いするよ。ぼくにはできない」

ジェーンは燃えた。

「明日にでも引っ越したいわ、パパ」

「いいねえ。寝具と食料なら手に入る。そこから始めようか」

「今日という日を行かせたくないわ」ジェーンは言った。「こんなに幸せな日がまた来るなんて信じられないの」

「明日という日があるよ、ジェーン。んーと……明日が九十五もあるんだ」

「九十五！」ジェーンはにんまりした。

「そしてぼくたちは、ほどほどを守ってやっていこう。清潔だが清潔すぎず、のんびりしてものんびりすぎず……狼から常に三歩先を行くってところかな。それからぼくらの家には決して鳴りやまない目覚まし時計のような、悪魔の道具は置くまいよ」

「でも時計がわりのものぐらいはほしいわ」ジェーンは言った。

「港口のティモシー・ソルトが、古い八点鐘（船舶時計）を持っている。たのんで貸してもらおう。そいつは動きたい時しか動かないが、それがどうした。ジェーンはぼくの靴下のつぎあてをしてくれるかい？」

「ええ」つぎあてなど一度もしたことがないジェーンは答えた。

「ジェーン、ぼくらは幸運の申し子だよ。ジェーンがあの男に声をかけたのは、運命のいたずらだったな」

「運なんかじゃないわ。あの人が知ってるってわかったの。それからね、パパ。引っ越すまではあの家のこと、秘密にしとかない？」

「もちろんだよ」パパはうなずいた。「アイリーンおばさんのほかは、誰にも秘密にしておこう。ただしおばさんには言っとかなくちゃな」

ジェーンは何も言わなかった。パパに言われて初めて、一番秘密にしておきたいのはアイリーンおばさんに対してだったと気づいたのだった。

ジェーンはその夜眠れると思えなかった。こんなにどっさり考え事があって、眠れるものだろうか。大きな謎もあった。なぜお母さまとパパみたいな人たちが憎みあえるのだろう。納得が行かない。二人ともそれぞれの形ですばらしい人たちだ。かつては愛しあっていたにちがいないのに。いったい何のせいで二人は変わったのだろう。もしもこの自分、ジェーンが、すべての真実をつきとめさえすれば、何か力になれるかもしれない。

だが、すべてがあの愛《いと》しい小さな家へとつづく、エゾマツの影濃い赤い道にただよい、夢の国に向かいながら、最後に頭に浮かんだのは「ジミー・ジョンさんからミルクを買えるかしら？」だった。

17

二人は翌日の午後「引っ越し」た。午前中街に出て、缶詰めを山ほどと、寝具をいくらか手に入れた。ジェーンはギンガムの服とエプロンも買った。祖母が買ってくれた衣服は、ランタン丘ではまったく役に立たないとわかっていたからだ。またパパに知られないようこっそり本屋に入り、『初めてのお料理』を買った。家を出る時母が一ドルこづかいをくれたので、危ない橋をわたりたくなかった。

二人はアイリーンおばさんに会いに行ったが、おばさんは留守だった。ジェーンはこれ幸いと喜んだが、口には出さずにおいた。夕食をすませると、ジェーンのトランクとスーツケースを車のステップにくくりつけ、ランタン丘にひとっとびした。ミードの奥さんは、ドーナツを一箱、パン三斤、クローバーの押し模様がついたバターをひとかたまり、クリームを一瓶、レーズンパイ一個、干鱈《ひだら》三本をもたせてくれた。

「一本は今晩水につけて、明日の朝に食べなさいね」奥さんはジェーンに言った。

家は昨日と同じ場所にあった。ゆうべのうちに盗まれたのではないかと、ジェーンは半ば恐れていたのだ。何から何まで理想的なので、欲しがらない人がいるなど想像もできなかった。家を残してこの世を去らなければならなかったマチルダ・ジョリーおばさんが気の毒でならない。たとえ天国の金のお屋敷に住んでも、マチルダ・ジョリーおばさんがランタン丘の家を恋しがらないはずがなかった。

「あたしに鍵《かぎ》を開けさせてね。お願い、パパ」敷居をまたぎながら、ジェーンは喜びにぶるぶる震えた。

「ここは……ここここそがわが家なんだわ」ジェーンは言った。わが家……今までジェーンが持ったことのないものだ。生まれて初めて、危うく泣くところだった。

二人は子ども同士のように家じゅうを駆けまわった。二階にはたしかに部屋が三つあった。そのうち北向きのかなり大きな部屋を、ジェーンはただちに父のものにするときめた。

「気前よしさん、自分の部屋にしたくないのかい？」窓が湾に面しているのに」

「ううん。あたしは裏手のこのかわいい小部屋がいいの。の。そしてもう一つの部屋はお客さま用にぴったりだわ」

「客室なんていうかねえ、ジェーン。人間の自由とは持たずにすむもので決まるのだよ」

「ええ。それでも客室は一ついるはずよ、パパ」そう思うだけで、ジェーンはわくわくした。「たまにはおもてなしもしなくっちゃ。ね？」

「この部屋にはベッドがない」

「そんなのどっかから手に入れられるわ。パパ、この家はあたしたちに会えて喜んでるの。

……また住んでもらえて嬉《うれ》しいのよ。椅子たちは誰かにすわってもらいたがっているの」

「おセンチ嬢さま」パパはからかった。けれども目の奥には同意の笑みがひそんでいた。

家は驚くほど清潔だった。後に聞いたところによると、マチルダ・ジョリーおばさんの家が売れたと知るや、ジミー・ジョンの奥さんとミランダ・ジミー・ジョンがやってきて、台所の窓から中に入り、上から下まで家全体を徹底的に掃除したのだった。家がきれいなので、ジェーンはどちらかというと残念だった。自分で掃除したかった。家の面倒は何から何まで自分がみたかったのだ。

「あたしってガートルード伯母《おば》さま並みにたちが悪いわ」ジェーンは思い、伯母の気持ちが少しわかった気がした。

今の所はベッドにマットレスをのせて寝具を広げ、台所の棚に缶をならべ、地下室にバターとクリームをしまうぐらいしかできなかった。パパは料理ストーブの後ろのかけ釘《くぎ》に干鱈をつるした。

「夕食はソーセージです」ジェーンは宣言した。

パパは絶望に髪をかきむしった。「ジャネキン、フライパンを買うのを忘れちゃったよ」

「ああ。戸棚の下に鉄のフライパンがあったわ」ジェーンはほがらかに返し、「三脚のおなべもね」と自慢げにつけくわえた。

この時点でジェーンがこの家について知らないことはなくなっていた。パパがストーブに火を燃しつけ、マチルダ・ジョリーおばさんの薪《まき》を足す様子を、ジェーンは注意深く観察した。これまでストーブで火をたくのを見たことがなかったが、つぎは自分でもどうすればいいかわかったつもりだった。ストーブは脚が一本がたついたが、ジェーンが庭で下にぴったりはまる平石を見つけたので、何もかもがきちんとかっこうがついた。パパはジミー・ジョンの家に手桶《ておけ》を借りに行った。使う前に井戸をさらわなければならなかったからだ。ジェーンはミード家にあったような赤白のテーブルクロスをかけ、パパが十セントショップで買った皿を並べた。それから荒れ果てた庭でケマンソウとジューンリリーを摘んで花束にまとめ、中央に飾った。花を生ける入れ物はなかったが、ジェーンはどこかから錆《さ》びた空き缶を見つけ、トランクから掘りだした緑の絹スカーフでくるんで——ミニー伯母にもらった高価なスカーフだ——花生けにした。パンを切ってバターを塗り、お茶をいれて、ソーセージを炒《いた》めた。今までどれもしたことがなかったが、無駄にメアリを観察していたわけではなかった。

「人のものでないテーブルにまた腰かけられるのは、いい気分だ」夕食の席に着くと、パパが言った。

ジェーンは意地悪く考えた。「もしおばあさまが、台所で食事をしてるあたしを、しかもそれが気に入っているあたしを見たら、まさに趣味が低級だ、と言うでしょうね」口に出しては……ただし誇らしさで破裂しそうになっていたのだが……こう言っただけだった。「お茶はどうするのがお好みかしら、パパ？」

むきだしの白い床には陽光がからまって模様を作っていた。東の窓からはカエデ林が、北の窓からは湾と池と砂丘が、西の窓からは港がのぞめる。潮風が家に吹きこんでくる。夕刻の空を燕《つばめ》たちが横切る。目にするものすべてが、パパとジェーンのものだ。ジェーンはこの家の女主人で、それは誰にも異議を唱えられない権利なのだ。この家ではあれこれ言い訳することなく、好きなようにできる。マチルダ・ジョリーおばさんの家でパパと初めてとった食事の記憶は「美しいものと永遠の愉《たの》しみ」となるだろう。パパはとても愉快だった。まるで大人相手のように話しかけてくれた。こんな父親がいない人は、みんな気の毒だと思った。

パパは皿洗いを手伝いたがったが、ジェーンは手も触れさせなかった。この家の主婦はあたしではないの？　ジェーンはメアリの洗い方を知っていた。これまでいつも、皿洗いをしたくてたまらなかった。……汚れたお皿をきれいにするのは面白いにちがいないからだ。パパはその日洗い桶を買ったが、二人とも布巾《ふきん》というものに思い至らなかった。ジェーンはトランクから新品の下着を取りだし、引き裂いて広げた。

日の沈むころジェーンとパパは海岸まで下りていった。……それは魅惑に満ちたひと夏の、ほとんどの夕方の習慣となった。銀色に湾曲する砂浜全体に、銀色に湾曲する波が走っていた。遠くかすむ白帆の船が、でこぼこの砂州を通りすぎていく。海峡対岸の回転灯が二人に瞬きかけた。黄金と紫の巨大な本土は、その後方で途切れていた。日没どきの岬は、謎にあふれる場所のように思われた。あの向こうには何があるの？　〝失われた妖精《ようせい》国の魔法の海？〟ジェーンはその言葉をどこで耳にしたのか、また読んだのか思いだせなかったが、それが突然現実みを持って現れたのだった。

パパはパイプをふかし……『へたれじいさん』と呼ばれていた……何も言わなかった。ジェーンはそのかたわらで、古い廃船の陰にすわり、やはり何も言わなかった。言葉は要らないのだった。

家にもどって初めて、パパはランプを三個買ったのに、それに入れる灯油も、読書ランプ用の石油も買い忘れたことに気づいた。

「やれやれ、今夜だけは真っ暗な中で寝るとするか」

いや、そんな必要はなかった。不屈のジェーンは戸棚の抽《ひ》き出しに古い獣脂ロウソクが一本あったのを思いだした。ジェーンはそれを二つに切り、やはり戸棚から掘りだしたガラスびん二本の口にさした。これ以上何を望むというのだろう?

ジェーンは自分の小部屋を見まわした。心は満足であふれていた。まだ家具はスプールベッドと小さいテーブルしかない。天井は雨漏りじみで汚れ、床はわずかに傾いている。けれどもここは、誰かに鍵穴からのぞかれているような気がしないですむ、初めての自分だけの部屋だった。ジェーンは服を着替え、ロウソクをふき消して、窓から外をながめた。まるで小さな険しい丘のてっぺんに触れそうな気がした。月が昇り、早くもあたりの風景に魔術を施していた。一マイル向こうにはコーナーズの小さな村の明かりがまたたいている。窓の右側では若い樺の木が、こっそりとつま先立って丘をのぞこうとしているようだ。わらびの茂みをふんわりと影がすべり抜けていく。

「これは魔法の窓だってつもりになろう」ジェーンは思った。「時々ここから外をながめると、すてきなものが見えるのよ。ランタン丘の明かりを探して、お母さまがあの道をあがってくるところとか」

パパが買ったのは上等のマットで、おまけにジェーンは大忙しの一日でくたくたに疲れていた。それにしても心地よい小さなスプールベッドに横になり、――マチルダ・ジョリーおばさんが、ある収集家にベッドを五十ドルで買おうと持ちかけられていたことを、ジェーンもジミー・ジョン一家も知らなかった――月光が樺の葉を素材に壁に作る模様をながめ、パパが小さな「踊り場」のすぐ向こうにいるとわかっているのは、なんとすてきなことだろう。しかも外は開けた丘と広々とつづく野で、誰にもおびやかされる心配なく、好きなだけ走れるのだ。鉄格子の柵《さく》と鍵のかかる門のかわりに、エゾマツ林と影があふれる砂丘があるのだ。おまけに何と静かなことか。車のホーンの音も、ぎらつくライトもない。ジェーンは窓を開け放しておいたので、シダの香りが流れこんできた。遠くから、不思議で優しい音も聞こえる。海が呼ぶうなり声だ。夜はその声でみたされるようだった。ジェーンの奥にある何かが、悶《もだ》えと歓《よろこ》びのないまざった戦慄《せんりつ》を覚えて、その声に応《こた》えた。海はなぜ呼びかけているの？　隠れた悲しみの正体は何なの？

今にも眠りの淵《ふち》に落ちかけた時、ジェーンははっと思いだして、あわてた。干鱈《ひだら》を水に浸《つ》けるのを忘れていた！

二分後鱈は水に浸かっていた。

18

翌朝ジェーンは寝過ごしたと知って、仰天した。一階に駆け降りると、とんでもない光景が目に入った。ロッキング・チェアを頭に載せてジミー・ジョン家から帰ってくるパパの姿だ。手には焼き網ももっていた。

「鱈をあぶるのに借りなくちゃならなかったんだ。奥さんはロッキング・チェアも持たせてくれたよ。もともとマチルダ・ジョリーおばさんのものだし、家には椅子が座りきれないほどあるからってさ。おかゆはぼくが作ったから、鱈はジェーンにお任せだ」

ジェーンは鱈も顔もみっちりあぶった。あぶった鱈はおいしかった。おかゆはダマがまじっていた。

「パパはお料理が苦手なんだわ」ジェーンは愛情をこめて思った。だが口には出さず、勇敢にダマを残らず呑《の》みこんだ。パパはそうせず、皿のふちにずらりとダマをならべ、娘をからかうように見つめた。

「パパは文章は書けるが、おかゆらしいおかゆは作れないんだ、ぼくのジェーン」

「これからは作らなくていいのよ。もう二度と寝過ごさないから」ジェーンは言った。

達成の喜びほど人生で楽しいものはなかった。ジェーンはつづく数週間のあいだにそれを実感した。本当の名前はトゥンストーンで、この世に姪《めい》も甥《おい》もいないが、みんなにトゥームストーン（石墓）おじさんと呼ばれる、クイーン浜地区の何でも屋である老人が、壁紙を全部張り替え、屋根の雨漏り穴を塞《ふさ》ぎ、よろい戸を修理し、家を緑は緑で壁は白く塗り分け、ジェーンにハマグリの掘り方、掘りどき、掘り場所を教えてくれた。おじさんはあご全体に白いやぎひげを生やし、バラ色の顔をしていた。

ジェーンは元気いっぱいで、ビーバーのように働いた。トゥームストーンおじさんのあとを追いかけて片づけ、パパが買いこんだ家具を配置し、家じゅうにカーテンをつりさげた。

「あの子は一度に三ヶ所に出没できるみたいだ」パパは言った。「どういう風にやるもんだか、わけがわからん。……魔術ってものは実際にあるのかもしれないな」

ジェーンは非常に優秀で、やりはじめたことはほとんど何でもやりとげた。自分の有能さを披露できる暮らしはいいものだ。ここはジェーンのとりしきる世界であり、ジェーンは重要人物だった。心は四六時中楽しみにあふれていた。人生は終わりのない冒険だった。

家をきれいにしていない時には、ジェーンは料理をしていた。ひまさえあれば『初めてのお料理』を勉強し、「すべてすり切り」などとつぶやきながら歩きまわった。ずっとメアリを観察していたのと、生まれながらの料理人だったのとで、ジェーンは目覚ましい進歩を見せた。最初からジェーンのビスケットは生焼けでなかったし、焼き物は中まで火が通っていた。しかしある日は背伸びをしすぎ、思いやりあふれる人ならばプラムプディングと呼んでくれるかもしれないものを、デザートに作った。トゥームストーンおじさんは少し口にし、その夜医者にかからなければならなかった——と少なくともそうおじさんは言った。翌日おじさんは弁当——赤いハンカチに包んだ冷たいベーコンと冷たいパンケーキ——を持参し、ジェーンには食餌療法《しょくじ》中だと話した。

「嬢ちゃん、昨日のあんたのプディングは、ちっとこってりしすぎだったよ。わしの腹はトロントの料理になれてないでな。ほらビタミンちゃら何ちゃらいうやつさ。あんたはそういうもので育ったから、何ともないんだろうがね」

おじさんは仲間内では、あのプディングではネズミだって消化不良を起こすだろうと言いきった。それでもジェーンのことは気に入った。

「おたくの娘さんはえれえでかぶつだよ」おじさんはパパに言った。「きょうびの女の子はみな冴《さ》えてて、イモはいねえ。けどあの子はとびぬけたでかぶつだ——そうともさ。でかぶつだよ」パパもジェーンもその言い回しにどんなに笑ったろう。パパは娘をからかいをこめて「でかぶつジェーン」と呼んだが、そのうち飽きてやめてしまった。

ジェーンもトゥームストーンおじさんが好きだった。実を言えば新しい生活で何よりも驚くのは、人を好きになるのが何とも楽だということだった。出会う人のだれも彼もに、同族のしるしがついているようだった。プリンス・エドワード島の人間は、トロント人種より性格がいいか、少なくとも親切なのにちがいないと思えた。変わったのが自分のほうだとは気づかなかった。ジェーンはもう、引っ込み思案でも、おどおどしてもいず、おどおどしているせいでぎごちなくなったりしなかった。自分の足は故郷をふみしめていて、名前はジェーンだ。全世界に親しみを覚え、全世界が応えてくれる。愛したいものすべてを……愛したい人すべてを、好みが低級だとそしられることなく愛することができた。おばあさまなら、トゥームストーンおじさんを社会的に認めようとしないだろう。だがゲイ・ストリート六十番地の基準は、ランタン丘の基準ではない。

ジミー・ジョン一家といえば、ジェーンは生まれてこの方ずっと一家と知りあいだったような気がした。ジミー・ジョンがそう呼ばれるのは、ジェームズ・ジョン・ガーランド氏の北東にジェームズ・ガーランドなる人が、南西にジョン・ガーランドなる人がいるのを、何とか区別するためだということがわかった。ランタン丘での初めての朝、ジミー・ジョン一家がひとかたまりになって、はねてきた。少なくとも子供たちは、三匹の犬……ぶちのブルテリア、金色のコリー、胴長で茶色の、ただの犬……といっしょにはねてきた。ジミー・ジョンが背が低くて太っているのとまるで対照的に、背が高くてやせっぽちで、とても知的で優しい灰色の目をした奥さんは、ソーセージのようにぽってりした赤ちゃんを腕に抱いて、きびきびと歩いた。十六歳のミランダ・ジミー・ジョンは、母親のように背が高く、父親のように太っていた。十歳の時から二重あごのミランダが、ひそかにロマンスであふれかえっているなどと、誰が信じるだろう。ポリー・ジミー・ジョンはジェーンと同い年だが、背が低くて痩《や》せているので、ずっと幼く見えた。鍵《かぎ》を持ってきてくれた「パンチ」ジミー・ジョンは十三歳だ。八歳のふたご、ジョージとエラもいた。二人のぽちゃぽちゃの足は蚊に食われたあとだらけだった。全員が感じのいい笑みを浮かべていた。

「ジェーン・ビクトリア・スチュアート？」ジミー・ジョンの奥さんが笑みを浮かべ、問いかけるように言った。

「ジェーンですっ！」ジェーンがいかにも高らかに言いきったので、ジミー・ジョン一家はそろって目を丸くした。

「もちろん、ジェーンよね」ミセス・ジミー・ジョンはにっこりした。ジェーンは、ミセス・ジミー・ジョンを好きになるとわかった。

赤ちゃんをのぞく全員が、ジェーンに贈り物をもってきた。ミセス・ジミー・ジョンはベッドわきに置く敷物にと、赤く染めた仔羊皮《こひつじ》をくれた。ミランダはピンクのバラ模様がついた、ずんぐりした白の水さしをもってきた。パンチは早生《わせ》のラディッシュを、ポリーは根つきのゼラニウムの挿し苗を、ふたごは「ジェーンの庭用」にとガマを一匹ずつたずさえてきた。

「庭にガマを放すと、運が向いてくるんだよ」パンチが説明した。

初めてのお客さまに、それも贈り物をもってきてくれたお客さまに、何も食べさせずに帰すのは失礼だと、ジェーンは思った。

「あたしが食べなければ、ミードのおばさんのパイが全員に行き渡るわ。赤ちゃんはほしがらないはずだしね」

実際は赤ちゃんもパイをほしがったが、ミセス・ジミー・ジョンが自分のをわけてやった。一同は台所の椅子と玄関の砂岩の段に円を描いてすわって、パイを食べ、ジェーンはそのそばでここぞとばかりにもてなした。

「いつでも好きにいらっしゃい」ミセス・ジミー・ジョンは、言った。ジェーンが誰のためであれ主婦役をつとめるには若すぎると思ったからだ。「何でもお手伝いできることがあれば、喜んでさせてもらうわ」

「パンの作り方を教えてもらえますか？」ジェーンは落ち着いた声で言った。「もちろんコーナーズのお店で買えるけど、パパは手作りパンが好きなんです。それからケーキ用の小麦粉は、どこのがいいでしょう？」

ジェーンはその週スノービーム一家とも近づきになった。ソロモン・スノービームの家族は、あまり人に相手にされないはずれもの一家で、エゾマツ林と、通称腹へり入り江と呼ばれる港海岸の曲がり目がぶつかるあたりにある、あばら屋に住んでいた。ソロモン・スノービームが何をして家族を食べさせているのか、誰も知らなかった。彼は少し漁をし、少し「出稼ぎ」をし、少し猟をした。ミセス・スノービームはピンク色の盛りをすぎた大女、キャラウェー・スノービームと「おかっぱ」のスノービームとペニー・スノービームとヤング・ジョン・スノービームの、通称スノービーム団は、厚かましく人なつこいチビ助どもで、食べ物に不自由している風には見えなかった。六歳のミリセント・メアリ・スノービームは、厚かましくも人なつこくもなかった。ポリー・ガーランドがジェーンに語ったところでは、そもそもミリセント・メアリはいないも同然なのだ。ミリセントは無表情な濃いクリ色の目をして……スノービーム一家は全員美しい目をしている……赤みを帯びた金髪とみごとな肌の持ち主だった。ミリセントはぽっちゃりした腕をぽっちゃりした膝《ひざ》の上で組みあわせて、何時間もしゃべらずにいることができた。おしゃべりなジミー・ジョン一家に、いないも同然だと言われるのは、そのせいだろう。ミリセント・メアリはジェーンに無言の憧《あこが》れを抱いたらしく、夏じゅうジェーンに見とれて、ランタン丘をうろついた。ジェーンは気にしなかった。

ミリセント・メアリがしゃべらないとすれば、残りのスノービーム団がその埋めあわせをした。最初きょうだいたちはジェーンを敬遠していた。トロントから来たから何でも知っていそうだし、それを鼻にかけていると思っていたからだ。ところが、トゥームストーンおじさんにハマグリについて教わったほかにも、ジェーンがほとんど何も知らないとわかると、とても気安くなった。つまり、数えきれないほどの質問を浴びせてきたのだ。建て前の遠慮などというものは、スノービーム一家には無縁だった。

「あんたっちの父ちゃんは、お話に生きた人間を入れんのか?」ペニーが聞いた。

「いいえ」ジェーンは答えた。

「入れるって、このへんの人はみんな言ってるよ。入れられるんじゃないかって、みんなびくびくしてる。鼻をぶち折られたくなかったら、おれたちを入れねえほうがいいぞ。おれはランタン丘一喧嘩《けんか》の強い男なんだから」

「自分のことを、お話に書いてもらえるほど面白い人間だと思ってるの?」ジェーンは尋ねた。

これ以後ペニーは、ジェーンを少し恐れるようになった。

「あんたがどんな顔してるか、ずっと見たくてたまんなくってさ」オーバーオールを着て男の子のようにしているが、実はそうではないオカッパが言った。「だってあんたの父ちゃんと母ちゃんはリコンしたんだろ？」

「いいえ」

「じゃあ父ちゃんはやもめなん？」オカッパはしつこく迫った。

「いいえ」

「母ちゃんはトロントで生きてんの？」

「ええ」

「なんで父ちゃんとここで暮らさないん？」

「これ以上うちの親のことを聞いたらね、パパに頼んで、あんたたちをお話に入れてもらうから。あんたたち一人残らずをよ」ジェーンは言った。

オカッパが引きさがると、キャラウェーが後を引き受けた。

「あんたは母ちゃん似？」

「いいえ。お母さまはトロント一の美人よ」ジェーンは胸を張った。

「白い大理石の屋敷に住んでるの？」

「いいえ」

「ディンドン・ベルがそうだって言ってたのに」キャラウェーは軽蔑《けいべつ》を込めて言った。

「あいつって、とんでもないほら吹きだね。じゃあサテンのベッドカバーもかけてないんだろ」

「うちではシルクを使ってるわ」ジェーンは言った。

「ディンドンはサテンだって」

「肉屋が晩飯を届けに上ってくるよ」ヤング・ジョンが言った。「今晩何食うの？」

「ステーキよ」

「すんげえ！　うちじゃステーキなんて食ったことねえや。いっつもパンと糖蜜《とうみつ》と塩ブタの炒《いた》めたやつさ。父ちゃんがブタの顔見りゃついブウブウ鳴いちまうって言ったら、母ちゃんが、じゃあ何か違うもんを持って帰れって、そしたら喜んで料理してやるよ、ってさ。今作ってんのはケーキかい？　なあ、鍋《なべ》をなめさしてもらっていい？」

「いいわ。でもテーブルにくっつかないで。シャツがまぐさだらけでしょ？」ジェーンは命じた。

「態度でかいじゃないかよお」ヤング・ジョンが言った。

「けちんぼ！」ペニーが言った。

　一同は、ジェーン・スチュアートがヤング・ジョンを侮辱したからと頭に来て帰っていった。けれども翌日またもどってきて、太っ腹にもジェーンの庭の草とりと掃除をした。辛《つら》い仕事で、しかも暑い日だったので、ジェーンの気に入るように仕上げるころには、額はまっとうな汗でぐっしょり濡《ぬ》れていた。誰かにここまでしっかり働けと言われたら、一同は大声でわめいたにちがいない。だが面白がってやるのなら……いや、まったく面白いものだ。

ジェーンはミセス・ミードのクッキーの残りをやってしまった。どうせ明日《あした》になったら、ひとかま分焼いてみようと思っていたから。

ジェーンは既に、自分の庭のようなものは二つとないときめこんでいた。庭にはもう夢中だった。早咲きの、昔風の小花の黄色いバラは、既に花盛りだ。ひなげしの影がそこかしこで踊っている。石垣は真紅のつぼみをちりばめた野バラの茂みにおおわれている。薄黄色のレモンリリーとクリーム色のジューンリリーはあちこちの隅で葉を伸ばす。他にはリボングラス、ミント、ケマンソウ、アマランサス、ニガヨモギ、シャクヤク、レモンバーム、スズラン、ビジョナデシコがあり、いずれもビロード玉のようなハチをぶんぶんとわりつかせていた。マチルダ・ジョリーおばさんは古風な多年生植物がお気に入りだったようで、ジェーンももちろん大好きだったが、次の夏はぜひとも一年生植物も植えてみようと決心した。ジェーンは一年目の夏の初めから、次の夏の計画にかかったわけだ。

ジェーンはあっという間に園芸知識を吸収し、知りあいの誰彼から肥料について情報を集めた。ミスター・ジミー・ジョンは真剣な表情で、良く腐らせた牛糞《ぎゅうふん》がいいと助言したので、ジェーンはお隣の納屋からかごに何杯もの牛糞を引きずって帰った。ジェーンは花に水をやるのが好きだった。土が乾きかけ、花が切なそうに首を垂れている時が一番だった。庭はジェーンに応《こた》えてくれた。ジェーンは緑の指の持ち主だった。雑草は一本たりとも顔を出すのを許されなかった。ジェーンは毎朝早起きして草とりをした。太陽が海の上に出る時目を覚ますのは、すばらしかった。

ランタン丘の朝は、他のどこの朝とも違っているようだった。どこよりも朝らしいのだ。草を抜き、土をかき、鍬入《くわい》れをし、枝の剪定《せんてい》を行い、間引きをしながら、ジェーンの心は歌った。

「こんなことを誰に教わったんですかね、奥さま」パパが尋ねた。

「ずうっと知っていたみたいなの」夢見るまなざしでジェーンは答えた。

スノービーム団が、家の猫が子どもを産んだから、一匹あげてもいいと言ってくれた。ジェーンは選びに行った。子猫は四匹いて、哀れにやせこけた年寄りの母猫は、いかにも自慢そうだった。ジェーンはパンジーの顔をした黒猫を選んだ。真っ黒で毛がつやつやで、丸い金色の目をして、ほんとうにパンジー顔をしているのだ。ジェーンは子猫をその場でピーターと名づけた。それからジミー・ジョン一家が、負けじとばかりに子猫を一匹届けてきた。ところがこの子猫はすでにピーターと名前がついていて、ふたごのエラは誰にもかえさせたくないと、わあわあ泣いて抗議した。そこでパパが二匹をピーター一世とピーター二世と呼んではどうかと提案した。ミセス・スノービームはこれを聞いて、神聖冒瀆《ぼうとく》だと考えた。ピーター二世は、ふわふわの胸が白い、黒と銀色のかわいい猫だった。二匹のピーターはジェーンのベッドの足元で眠り、パパが椅子に座るや否や、じゃれかかった。

「犬がいない家なんてあんまりだ」パパは言って、港口のティモシー・ソルト老人に一匹もらってきた。名前はハッピーになった。ハッピーはほっそりした白犬で、しっぽのつけ根に茶色の丸いぶちがあり、首のまわりと耳が茶色だった。ハッピーはピーターたちに向かって幅を利かせ、ジェーンは胸が痛むほど犬をかわいがった。

「生き物がまわりにいるのって好きだわ、パパ」

パパは犬といっしょに八点鐘も持ち帰った。食事の時間をはかるには便利だとジェーンは思ったが、ランタン丘では他のことでは時間と縁がなかった。

ジェーンは最初の週の終わりには、ランタン丘とコーナーズ村の地理と住民を頭に入れてしまった。あたりの丘はどれも誰かのものらしい。大ドナルドの丘、小ドナルドの丘、クーパー爺《じい》さんの丘。大ドナルド・マーティンの丘と小ドナルド・マーティンの丘を見分けることもできる。丘のいただきから見える家々の光は、それぞれが特徴をそなえていた。どちらを向けば、ミンの母さんの灯《あか》りが、霧ふる山あいの小さい白い家から夜ごときらめくのか、ジェーンは知っていた。フクロウの目をした、元気のかたまりのロマの娘ミンは、すでにジェーンの親友になっていた。ミンの地味な母さんは、ミンの背景としての役割をのぞけば、まったく影の薄い存在であることをジェーンは知っていた。ミンは夏のあいだ靴も靴下もはこうとせず、そのはだしの足はランタン丘への赤い道を毎日とびはねてくるのだった。ディンドンという名前のほうが有名なエルマー・ベルも、時々いっしょにやってきた。ディンドンはそばかすだらけで、耳は横につき出ていたが、赤ちゃんの時におかゆに座ったという恥ずかしい逸話につきまとわれながらも、人気者だった。ヤング・

ジョンはひどく手に負えない時には、ディンドンに向かってわめいた。「おかゆ漬け。やあい、おかゆ漬けやろう」

エルマーとミンとポリー・ガーランドとオカッパとジェーンは全員同じ年ごろで、仲が良く、けんつくを食わせあったり、腹を立てあったり、年上や年下の子供仲間相手にかばいあったりした。ジェーンはこの子たちとこれまで友達でなかったとは、どうしても信じられなかった。ゲイ・ストリート六十番地を死んだと評した女の人がいたっけ。マチルダ・ジョリーおばさんの家は死んでいなかった。どこからどこまで生きていた。ジェーンの友達はみんなそこに群れ集った。

「おまえって最高。プリンス・エドワードに生まれてたらよかったのにさ」ディンドンはそう言った。

「生まれたもん」ジェーンは自慢げに言った。

19

ある日青い二輪車が小道をあがってきて、庭に大きな木箱を置いていった。

「お袋さんの瀬戸物と銀器がどっさり入ってるんだよ、ジェーン」パパは言った。「きみが使いたいかと思ってね。きみの名前をもらった人だから。これを開けるのも……」

パパは突然言いやめ、額にしわを寄せた。それを見るといつもジェーンは、なでてのばしてあげたい気持ちになった。

「これを開けるのも、ずいぶん久しぶりだ」

ジェーンはパパが言いかけた言葉のつづきを知っていた。「……きみのお母さんが出ていって以来だ」とか、そのようなことだ。やにわにジェーンはある事実に思い当たった。パパが家造りを手伝うのは……壁紙やカーテンやカーペット選びに夢中になるのは、これが初めてのことではないのだ。前にもお母さまと二人で同じことをした経験があるのだ。おそらく二人もその時、今のパパとジェーンのように楽しく……いやもっと楽しく過ごしたにちがいない。お母さまも自分の家をととのえるのが嬉《うれ》しかったはずだ。ゲイ・ストリート六十番地の家具調度について、お母さまは口を挟ませてもらえない。パパとお母さまが暮らした家は、この自分が生まれた家は、どんなだったのだろう。勇気をふるってパパに聞いてみたいことが、それはたくさんあった。それにしてもパパはほんとうにすてきな人だ。お母さまは何を思ってパパを捨てたのだろう。

スチュアートのおばあさんの箱を開けるのは、とても面白かった。中にはきれいなガラス器と陶器があった。スチュアートおばあさんの白と金のディナーセット、ステムの細いグラス、あらゆる種類の昔風で美しい皿の数々。銀器もある！　ティーセット、フォークにスプーン、洗礼記念の使徒つきスプーン、食卓用塩入れ、など。

「銀器は磨かなくちゃね」ジェーンはうきうきして言った。銀器を磨いたり、上品な薄手の皿を洗ったり、どんなに楽しいことだろう。月を磨くのなんて、くらべものにならない。

った。

実際月暮らしはかつての魅力を失った。お月さまごっこどころか、この家をしみ一つなしに保つ仕事だけで手いっぱいなのだ。それに島の月は、いつ見ても磨く必要がないようだった。

箱の中には他のものも入っていた。何枚もの絵と、青と赤の毛糸を縫い取った古い金言額――『神の平安がこの家にありますように』。すてきなものだとジェーンは思った。ジェーンとパパは絵をどこにかけるかではてしない話しあいをくりひろげたが、そのうちすべての絵がかけられ、部屋はみちがえるようになった。「壁に絵を一枚かけるたびに、壁は友達になっていく」パパは言った。むきだしの壁には敵意がいっぱいだよ」パパは言った。

金言の額はジェーンの部屋にかけた。毎晩寝る前と毎朝起きた時、ジェーンはその言葉を祈りのように唱えた。

木箱が届いたあと、ベッドは目もあやなパッチワーク・キルトで花開いた。スチュアートおばあさんが手がけたのは三枚だった。「アイリッシュ・チェーン」と「ブレージングスター」と「ワイルドグース」のパターンだ。ジェーンはワイルドグースをパパのベッドに、青のアイリッシュ・チェーンを自分のベッドにかけた。赤のブレージングスターは、予備の客室にベッドを入れる日まで、ブーツ棚にかけることにした。

箱の中には馬に乗った青銅の兵士とぴかぴかの真鍮《しんちゅう》の犬もあった。兵士は時計棚に置くことになったが、犬は瀬戸物の猫を監督させるために自分の机に置きたいと、パパは言った。パパの机はミードさんの下宿から『書斎』に引っ越してきた。スライド棚や隠し抽《ひ》き出しや分類棚のついた、光沢のある古いマホガニー机だ。猫はすみにおちついた。蛇のように長い首ときらめくダイヤの目をした、白と緑のぶち猫。なぜだかジェーンは、パパがそいつを大事にするのが気に食わなかった。パパときたら、こわれてはいけないからとわざわざそいつを手に持って、ブルックビューからランタン丘まで運んできたのだ。

ジェーンの特別な獲物は、白い鳥が飛んでいる青い皿だった。これから何でもその皿で食べたいと思った。それから金色の砂が入った、クルミ材の古い砂時計もすてきだった。

「十八世紀初頭のものだ」パパは言った。「ひいおじいさんは王党派で、カナダについた時は、この砂時計ぐらいしか持っていなかった。……あとは古い銅のやかんぐらいかな。ええっと……ほら、ここにある。ジェーン磨き屋さんに仕事が一つ。それからこれは、青白ストライプの瀬戸物ボウルだ。おふくろがこれでサラダをまぜていた」

「じゃあこれからはあたしがまぜるね」ジェーンは言った。

大きな箱の底の底に、小さな箱があった。ジェーンが飛びついた。

「パパ、これは何？」

パパは小箱を受け取った。その顔に奇妙な表情が浮かんだ。

「それ？　ああ、別に」

「パパったら！　殊勲賞じゃないの！　セント・アガサでもコルウィン先生が部屋に飾ってらしたの……弟さんが大戦でいただいたんだって。うわあ、パパって……パパって……」

ジェーンは見つけたものが誇らしくて、息もつけなかった。

パパは肩をすくめた。

「忠義のジェーンの目はごまかせない、って訳だ。ベルギーの激戦地、パッセンダーレの勲功さ。かつては自慢に思ったものだ。値打ちがあると思えたあの時……捨ててくれ」

パパの声は変に荒れていたが、ジェーンは恐れなかった。パパが一瞬かんしゃくを爆発させる時と同じで、怖くない。夏空に光る稲妻のようなもので、すぐに太陽が顔を出す。パパはジェーンに腹を立てたことはないが、トゥームストーンおじさんには一、二度かんしゃくを投げつけていた。

「捨てたりしない。あたしがしまっとく」

パパは肩をすくめた。

「そうかい。じゃあぼくの目には触れさせないでくれ」

ジェーンは勲章を自分のタンスに置き、毎日ほれぼれとながめた。その日は箱の中身で頭がいっぱいだったので、夕食のアイリッシュ・シチューに塩のかわりに砂糖を入れてしまい、面目なくて人生のハイライトのきらめきも、一瞬薄れた。ただし犬のハッピーはシチューを気に入った。

20

「ぼくのジェーン、もてなしをたのむよ。旧友のアーネット博士がシャーロットタウンに来ているんだ。夕食をごちそうして一泊してもらおうかと思うんだが。ぼくらはちゃんとやれるかな？」

「もちろんよ。でも客室にベッドを入れなくちゃ。チェストと鏡と洗面台はあるけど、ベッドがないのよ。たしか小ドナルドさんちがベッドを売りに出していると聞いたわ」

「そいつはぼくにまかせてくれ。でも夕食はどうする、ジェーン？　豪勢にやろうか？　ジミー・ジョンの奥さんから鶏を一羽、いや、二羽買うとするか？　買うとすれば、ジェーンはそいつを料理できるかい？」

「もちろん。うわあ、パパ、あたしにメニューを決めさせて。コールドチキンとポテトサラダにしましょう。メアリがポテトサラダを作るのをしっかり見てたの。……何度もジャガイモの皮むきを手伝ったんだから。……それからホットビスケット。コーナーズの店で、フルーウェルのベーキングパウダーを買ってきて。……フルーウェルよ、パパ。信用できるメーカーはそれだけなの」ジェーンはすでにベーキングパウダーのエキスパートだった。

「デザートはクリームをかけた野イチゴね。ミンと昨日丘のふもとで野イチゴの茂みを見つけたの。たくさん食べたけど、まだどっさりあるわ」

　アーネット博士を待ちかまえていた当の午後、運悪くアイリーンおばさんが訪れた。おばさんはパパとジェーンがベッドの鉄枠を運んで道をあがっているところに車で通りかかったのだ。パパは小ドナルドからベッド枠を買ったのだが、小ドナルドはひどく急いでいたため、家まで運んでくれる余裕がなく、道の入り口に置いていったのだった。風の強い日で、ジェーンは昨夜《ゆうべ》から歯がしくしく痛んでいたため、マチルダ・ジョリーおばさんの古ショールで顔をつつんでいた。アイリーンおばさんはぎょっとした顔つきだったが、庭に入ったところで二人にキスをした。

「それじゃあ、ドルーったら、チリー・ジョリーおばあちゃんの家を買ったのね？　なんてちっちゃくておかしなところかしら。ねえ、まず私に話してくれてもよかったと思うのよ」

「ジェーンが秘密にしたがったんだよ。ジェーンは秘密が好きなんだ」パパが軽い口調で説明した。

「あーら、ジェーンはもともと秘密好きだもの」アイリーンおばさんは、ジェーンに愛想よく人さし指を振って見せながら、言った。「秘密好きなだけだったらいいけどね。……だけどあなたの場合は腹黒っぽいんじゃないかしら」

アイリーンおばさんの顔は笑っていたが、声はとがっていた。おばあさまのいやみのほうがましだわ、とジェーンは思った。嬉しそうにする必要がないから。

「前もって知っていたら、絶対に反対したわよ、アンドルー。この家に四百ドル払ったんですって？　ジミー・ジョンに騙《だま》されたのよ。こんな狭いあばら屋に四百だなんて。三百でも充分なのに」

「でもながめをごらんよ、姉さん……ながめを。おまけの百ドルはながめの分さ」

「アンドルーたら、ほんとに世間にうといんだから」人さし指を振られるのは、今度はパパの番だった。少なくともこちらの指は笑っていた。「ジェーン、財布のひもをしめないとだめよ。でないとお父さんは、秋には文無しになってしまうわ」

「いやあ、うちはとんとんでやっていけそうだよ、アイリーン姉さん。無理ならできるだけ切り詰めるさ。ジェーンは小さいやりくり名人だ。彼女は家のことをよくかえりみ、怠りのかてを食べることをしない（箴言31章27節）」

「んまあ、ジェーンってば」アイリーンおばさんはわざとらしく面白がってくれた。「ドルー、どうせ家を買うのなら、どうして街の近くにしなかったの？　ケポックのほうにすてきなバンガローがあるの。そこをひと夏借りることもできたのに。そしたら私も近くだし、お手伝いやら……相談やらに……」

「ぼくらは北海岸が一番好きなんだ。ジェーンもぼくも、砂漠のフクロウ、荒野のペリカンだけど、二人とも玉葱《たまねぎ》が好きだから、ぴったりなんだよ。あのねえ、絵をかけることで、喧嘩《けんか》もしなかったんだよ。それって奇跡的だろう」

「冗談ごとじゃないのよ、アンドルー」アイリーンおばさんは泣かんばかりだった。「食べ物はどうしているの？」

「ジェーンがハマグリを掘ってきてくれる」パパは真面目な顔で言った。

「ハマグリ！　ハマグリだけで生きていくつもり？」

「だって、アイリーンおばさん。漁師さんが毎週訪ねてくれるし、コーナーズ村の肉屋さんは週に二回来てくれますから」ジェーンは憤然として言った。

「かああわいいいい！」そのとたんアイリーンおばさんは見下す態度に変わった。おばさんは何もかも見下した。……客室も、ジェーンが自慢している黄色いレースのひだべりつきカーテンも……「かわいい小部屋」とおばさんは優しく名づけた。庭も見下した。「何てかわいい田舎風の場所ねえ、ジェーン？」ブーツ棚も見下した。「ほおんと、マチルダ・ジョリーおばさんは、便利なものをそろえているのねえ、ジェーンちゃん？」

見下さなかった唯一のものは、使徒つきスプーンだった。それを見たおばさんの言葉は、甘ったるいだけではなかった。

「ドルー。お母さんは、スプーンを私にゆずるつもりだと思っていたのだけど？」

「おふくろはロビンにくれたんだ」〝ドルー〟は静かな声で言った。

ジェーンのからだがちりちりした。パパがお母さまの名前を口にしたのは、初めてだった。

「だけど彼女はもう……」

「その話はしたくないんだ、姉さん、申しわけないが」

「もちろん、そうよね、ボク。わかってるわ。ごめんなさい。それからねえ、ジェイニー、エプロンを貸してちょうだい。アーネット博士をお迎えするお手伝いをするわ。一人でおもてなしの用意を引き受けようなんて、何て気持ちのかわいいこと」

アイリーンおばさんはジェーンをこけにした。アイリーンおばさんはジェーンを笑った。

ジェーンは怒りに震えながらも無力だった。アイリーンおばさんは、にこやかに主導権を握った。チキンは焼きあがり、サラダもできていたが、おばさんはビスケットを作ってチキンを切り分けると言いはり、野イチゴを摘みに行くというジェーンに耳も貸さなかった。

「運良くパイを持ってきたの。アンドルーの好物ですものね。男は実のある食べ物が好きなのよ、わかるでしょ、ジェイニー」

ジェーンは激怒した。今週のうちにパイ作りをマスターしてやると、心に誓った。今はおとなしくしているしかなかった。アーネット博士が到着すると、にこやかで優雅な女主人と化したアイリーンおばさんが出迎えた。そしてさらににこやかに優雅にテーブルの上席に座り、お茶を注ぎ、博士がポテトサラダをおかわりすると、大喜びした。男たちは二人ともパイを喜んだ。パパはアイリーンおばさんを、姉さんはカナダ一のパイ作りだよ、とほめた。

「結局食べるってことは、後ろ暗い愉《たの》しみではないんだ」かすかな驚きを込めて、パパは言った。パイのおいしさに、まるで今初めてその事実を発見したようだった。ジェーンの心は悔しさであふれた。この瞬間ジェーンは、できるものならにっこり笑って全員を八つ裂きにしただろう。

アイリーンおばさんは帰る前に、皿洗いを手伝った。ジェーンは三日前にミンとコーナーズまで出かけてタオルを買った自分の運に感謝した。下着でお皿を拭《ふ》いていたなどと知られたら、アイリーンおばさんに何と言われたかしれない。

「もう行かなくちゃね……暗くなる前に帰りたいの。もっと近くに住んでいたらねえ。でも、できるだけちょくちょく来るわ。あなたのお母さんは、私がいなかったらどうしようもなかったことが何度もあったのよ、かわいそうに。ドルーとアーネット博士は海岸に行くつもりね。きっと夜明け近くまで大声で議論しあうわよ。アンドルーもこんな風に、あなたを一人にしてはいけないのにね。でも男って、ああだから。……ほんとに考えなしなんだから」

ジェーンは早く一人にしてほしかった。自分自身と語りあえる機会があるのはありがたい。

「いいんです、アイリーンおばさん。それにあたし、ほんっとにランタン丘が好きなんです」

「喜ばせるのが楽な子ねえ」……簡単に喜んでしまうおばかさんにされたような気分になった。どうやらアイリーンおばさんは、自分の好きなこと、考えること、することはとるに足りないのではないかと、相手に感じさせるとびきりのこつを心得ているようだ。そしてパパの家で主人風を吹かせるおばさんに、ジェーンはどんなに気を悪くしたことだろう。お母さまがパパと暮らしていた時も、おばさんはこんな態度だったのだろうか。もしもそうなら……。

「居間に置くクッションを持ってきてあげたのよ、ジェーンちゃん」

「あれは台所です」ジェーンは言った。

「次に来る時は、うちの古いチンツの椅子を持ってくるわ——客間用にね」

「かわいい小部屋」を覚えていたジェーンは、少しだけ気を良くして、言った。

「狭くて入らないと思いますけど」

アイリーンおばさんが帰ると、ジェーンはクッションをいまいましげに見た。見るからに新品でぱっと鮮やかなので、他のものがみなくすんでやぼったく思えた。

「ブーツ棚につっこんでしまおうっと」ジェーンは楽しげに言った。

21

その夜は蒸し暑かったので、ジェーンは丘のてっぺんに座りに行った。ジェーンの言い回しでは「自分をとりもどすため」ということになる。たしかに朝から何やらかにやらで自分を見失いがちだった。まず朝のトーストを焦がし、申しわけなさを一日じゅうひきずっていた。チキンを料理するのは少し骨だった。薪《まき》ストーブのオーブンは、メアリの電気オーブンのように行かなかったのだ。そしてアイリーンおばさんに面白がられながら客室のベッドメーキングをする——「こんな赤んぼが客間を持っているなんてねえ」とでも言いたげな目つきだった——のはもっと屈辱だった。だが今ジェーンはありがたいことに一人にもどり、何にも邪魔されず、さわやかでとっぷり濃い闇に好きなだけ座っていられた。風は南西から吹き、大ドナルドのクローバー原の香りを運んできた。ジミー・ジョンの犬たちが声をあわせて吠《ほ》えている。土地ではものみやぐらと呼ばれる巨大な砂丘が、何もない北の空に扇形に浮かんでいた。その向こうから、磯波の低く、長く尾を引く音が響いてくる。銀色の夜蛾が、ジェーンの顔をかすめて飛んでいった。ハッピーはパパとアーネット博士についていったが、二匹のピーターはぴょこぴょこあとをついてきて、じゃれかかった。ジェーンは猫たちのすべすべの腹を顔に押し当て、二匹に頬を甘嚙《あまが》みさせるにまかせた。まるでおとぎばなしが本当になったようだった。

家に帰るころには、もとのジェーンに戻っていた。親切ごかしのにこやかアイリーンおばさんなど、知ったことじゃない。この自分、ジェーン・スチュアートが、ランタン丘の女主人だ。そして自分は、パパが口癖のように言うように、叡知の三猿にかけても、パイ皮の作り方をマスターしてみせる。

パパがいないので、ジェーンはパパの机で、母への手紙を一、二枚書くことにした。初めは一か月に一度しか手紙を書けないなんて、どうやって生きていこう、と思っていたが、はっと気づいた。手紙を出すのが月にたった一回でも、毎日少しずつ書くのはかまわないわけだ。

「夕食にお客さまをまねきました」とジェーンは書いた。パパの名前を出せないので、もってまわった書き方になる。「アーネット博士とアイリーンおばさんです。ママはアイリーンおばさんが好きだった？　あの人がいると自分がばかになったように思えなかった？　あたしはチキンを焼きました。アイリーンおばさんはイチゴよりパイのほうがいいという考えでした。ママは野イチゴのほうがパイより上品だと思わない？　こちらで野イチゴを初めて食べました。とてもおいしいの。ミンとあたしは野イチゴの巣の場所を知ってます。明日《あした》は朝早く起きて、朝食用に摘んでくるつもり。たくさん摘んだらジャムの作り方を教えてくれると、ミンの母さんが言ってくれました。あたしはミンの母さんが好き。ミンも母さんが好きです。ミンは生まれた時、三ポンド半しかありませんでした。誰もミンが育つとは思いませんでした。ミンの母さんは冬越し用の肉のためにブタを一匹飼ってます。昨日あたしに餌やりをさせてくれました。あたしは餌やりが好きです。餌をやっていると、偉くなった気がします。ブタはもりもり食べます。あたしもです。島の空気には特別な何かがあるみたいです」

「ミランダ・ジミー・ジョンは、太っているのをからかわれるのが、がまんできません。ミランダは毎晩雌牛四頭の乳搾りをします。ジミー・ジョン家には雌牛が十五頭います。あたしは雌牛が好きなのかどうか、よくわかりません。雌牛は無愛想な顔をしてると思います」

「ジミー・ジョン家には天井の梁《はり》にハムをつるす大きなフックがいくつもあります」

「ジミー・ジョン家の赤ちゃんは、とても面白いけどまじめです。もう九か月なのに、笑ったことがありません。家の人はみんな心配しています。赤ちゃんは長くてくるっとカールした、黒いまつ毛をしています。赤ちゃんがこんなにかわいいなんて知りませんでしたよ」

「オカッパ・スノービームとあたしは、家の裏手の小さなエゾマツに、コマドリの巣を見つけました。中には青い卵が四個ありました。オカッパは、ペニーとヤング・ジョンには秘密にしとこうね、でないと二人に卵を吸われてしまうから、と言いました。秘密ってたまにはいいものです」

「今ではオカッパが好きです。本名はマリリン・フローレンス・イザベルといいます。あたしが子供にあげられるのは、とてもきれいな名前だけなの、とスノービームのお母さんは言っています」

「オカッパの髪の毛は白と言っていいくらいですが、目はほんもののブルーです。ママの目と同じようなの。でもママほどすてきな目をした人は、どこにもいません」

「オカッパは向上心にあふれています。向上心を持っているスノービームはあの子だけです。いつかレディーになってやる、でなくてもなる途中で死ぬんだと言ってます。レディーになりたいのなら、人に立ち入ったことを聞いてはいけないと言ってやったら、それから聞かなくなりました。でもキャラウェーはレディーであろうがなかろうがどうでもいいので、立ち入ったことを聞くし、オカッパはその答えを聞いてしまいます。ヤング・ジョン・スノービームは、あんまり好きではありません。あかんべをするんだもん。でも足の指で棒を拾えます」

「先週プラムプディングを作りました。うまくいけば、とてもおいしくできたはずでした。ジミー・ジョンのおばさんが言うには、プディングはゆでるんじゃなく、蒸せばよかったんだそうです。ジミー・ジョンのおばさんに失敗を知られても、気になりません。あんなに優しい目をしているんだもの」

「三本脚の深なべでジャガイモをゆでるのは、とっても面白いです」

「ジミー・ジョン家には犬が四匹います。そのうち三匹はみんなが行くところはどこにでもついてきて、残りの一匹は家でお留守番です。うちには犬が一匹います。ママ、犬ってとってもかわいいの」

「ジミー・ジョン家の雇い人は、『ヒトマタギ』という名前です。もちろん本名ではありません。ミランダが言うには、ヒトマタギはずっとジャスティナ・タイタスさまに恋しているんだけど、その恋は絶望的なんだって。ジャスティナさまは大戦で戦死したアレック・ジャックスさんの思い出を大切にしているからです。ジャスティナさまは、今も髪をポンパドールに結っています。ミランダの話では、アレックに別れを告げた時その髪形にしていたからだそうです。泣ける話でしょう、ママ」

「大好きなママ、この手紙が届いて、読んでもらえると思うだけで、嬉《うれ》しいです」

祖母も読むだろうことを考えると、ジェーンはあまり愉快な気分になれなかった。母が手紙を読むのを聞いて祖母の薄い唇がほころぶのが見えるようだった。「ほうら、類は友を呼ぶというでしょう、ロビン。おまえの娘は、ろくでもない人たちと仲良くなるこつを心得ているようね。ふふん！」

ふざけてベッドに勢いよくとびこみながら、ジェーンは考えた。「もしもアーネット博士じゃなくて、海岸にパパといるのはママで、二人してもうすぐここに帰ってくるのなら、どんなに嬉しいかしら。昔はそんなこともあったにちがいないのに」

アンドルー・スチュアートが、客をこぎれいな客室に案内したのは、未明だった。ジェーンはスチュアートおばあさんの青白二色の陶器に真っ赤なシャクヤクを盛って小卓に置いてあった。そのあと彼は忍び足でジェーンの部屋に入った。ジェーンはぐっすり眠っていた。娘の上にかがみこむ父親からは愛があふれ出ていて、ジェーンはそれを感じとり、眠りながらほほえんだ。彼は赤褐色の巻き毛に触れた。

「この子といるのは楽しい」アンドルー・スチュアートは言った。

22

『初めてのお料理』とミセス・ジミー・ジョンの助言と自分自身の負けん気のおかげで、ジェーンはパイ皮作りを驚くほど早く、また驚くほど上手にマスターした。アイリーンおばさんに聞くぐらいなら死んだほうがましだったが、ミセス・ジミー・ジョンに助けを求めるのは、かまわなかった。ミセス・ジミー・ジョンは賢く裏表のない人物で、親切心と叡知《えいち》にあふれた顔をしていた。何ごとがあっても、たとえ教会の夕食会でさえもうろたえないと、ランタン丘ではもっぱらの評判だった。ジェーンが、ケーキがふくれなかったとか、レモンフィリングがプレートに垂れてあふれて、パパがからかうように眉《まゆ》をひきあげたと言って真っ青になって訪れても、彼女は決して笑わなかった。実際のところジェーンは、もしもミセス・ジミー・ジョンがいなかったら、天性の料理の才能をもってしても、数えきれないへまをやらかしただろう。

「わたしならコーンスターチを、すりきりではなくて大さじ山盛りいれますよ、ジェーン」

「だってみんなすりきりって書いてあるんですもの」ジェーンはおずおずと言った。

「いつも本の通りに行くとはかぎらんさ」ご多分にもれずジェーンの進歩に興味津々のヒトマタギが言った。「カンにたよればいいんだよ。料理なんてな習うんじゃなくて、生まれつきのもんだってのが、おれの持論だ。で、あんたは生まれついての料理人だ。でなきゃおれの眼鏡違いさ。こないだ作った鱈《たら》団子なんざ、最高だったよ」

誰の手も借りずに、詰め物入りのローストラムとエンドウのクリーム煮と、トゥームストーンおじさんの口にさえあいそうなプラムプディングを作りあげた日は、ジェーンの人生最良の日だった。パパがお皿を差しだし、「こいつをもう少しもらえるかい、ジェーン？　こんなごちそうにくらべれば、微惑星説や量子論が何だというんだ。いいかい、ジェーン、量子論を知らないなんて言わないでくれよ。微惑星説を知らなくても女性は生きていけるかもしれないが、量子論はね、ジェーン、能率的な家事に必要なんだぞ」

パパが何をつべこべ言おうが、ジェーンは気にしなかった。量子論が何か知らなくても、ジェーンはプラムプディングがおいしいのはわかっていた。ミセス大ドナルドからレシピを手に入れたからだ。ジェーンはレシピ集めに関してはすご腕で、遅い太陽が沈むころ、

『初めてのお料理』の後ろの空きページに新しいレシピを書き足せずに終わると、その日は『負け』になった。ミセス・スノービームさえ、ライスプディングのレシピをくれた。

「うちのレシピはそれだけだよ。何せ安あがりだしさ」ヤング・ジョンは言った。ヤング・ジョンはいつも「鍋《なべ》こすり」をしにやってきた。どうやら第六感にすぐれ、ジェーンがケーキを作ろうとするのを、いつもかぎつけるのだった。スノービーム団は、ジェーンが台所用具全部に名前をつけたのを、とても面白がった。ふっとうするといつもコンロの上で踊りだすヤカンはティプシーで、フライパンはミスター・マフェット、洗い桶《おけ》はポリー、深鍋はティモシー、二重鍋はブートルズ、麺棒《めんぼう》はティリー・ティッドというのだった。

だがドーナツを作ろうとして、ジェーンは初めて敗北を喫した。いかにも簡単そうだったのに……スノービーム団でさえ、できあがったものは食べられなかった。負けを認めたくないジェーンは、何度も何度も挑戦した。誰もがジェーンのドーナツ修業に興味を抱いた。ミセス・ジミー・ジョンはどっさり助言をくれ、ミンの母さんはいろいろ提案を出してくれた。コーナーズの店主は、ラードの新商品を届けてくれた。ジェーンはまずティモシーであげてみて、つぎにミスター・マフェットを試した。お手あげだった。ひねくれドーナツは、毎回あぶらを吸ってべとべとになった。ジェーンは夜中に目を覚まし、くよくよ悩んだ。

「これではいけないよ、ぼくのかわいいジェーン」パパが言った。「心配ごとは身の毒、っていうだろう？　だいたいきみは、年の割にふけすぎてるって、みんなに言われてるんだ。風の歌に耳を澄まして。ぼくのジェーン。ドーナツなんて、頭から追いだしてしまおう」

実際ジェーンはどうしてもまともなドーナツを作れなかった。そのおかげで謙遜《けんそん》の気持ちを忘れず、アイリーンおばさんが来た時も、生意気な顔をしないでいられた。アイリーンおばさんはしょっちゅうやってきた。時には泊まっていくこともあった。ジェーンは大好きな客室におばさんを泊めるのがいやだった。ジェーンが客室を持つことを、おばさんはいつもそれはさりげなく冗談あつかいするのだ。しかもおばさんは、ジェーンがたきつけを割るのを見ると、大笑いした。

「たいていはパパがするんだけど、一日じゅう書き物で忙しかったので、邪魔したくなかったんです」ジェーンは言った。「それにあたし、たきつけを割るのが好きなの」

「まあまあ、小さいのにさとりきっちゃって」アイリーンおばさんは言って、キスしようとした。

ジェーンは耳まで真っ赤になった。

「ごめんなさい、アイリーンおばさん。あたし、キスされるの、いやなんです」

「実のおばさんに向かって、優しいお言葉だことねえ、ジェーンちゃん」美しい眉をおかしそうに引きあげて、裏の意味を込める。アイリーンおばさんは決して腹を立てない。ところんけんかをすれば、おばさんを好きになれるかもしれないのに、とジェーンは思った。

パパがジェーンとアイリーンおばさんがうまくいっていないのを少し気に病んでいること、しかもそれはジェーンが悪いと思っているらしいことを、ジェーンは知っていた。たしかにそうかもしれない。アイリーンおばさんを好きにならないのは、ひどく礼儀にはずれたことかもしれない。「だってあたしたちを見下すんだもの」とジェーンは考え、ぷんぷんした。おばさんが言う言葉ではなく、その言い方が問題なのだ。……まるであたしがパパとおままごとをしていると言いたいみたいなんだもの。

時々父と娘は街に出て、アイリーンおばさんの家でごちそうになった。なんとも豪勢な食事だった。初めのうちジェーンは、ごちそうを見ていたたまれない思いをした。けれども数週間すぎるころには、食事に関してはアイリーンおばさんと張りあえそうな気持ちになってきた。

「あなたはすごい子ね、ジェイニー。でも責任が重すぎるわ。いつもお父さんに言い聞かせているのだけど」

「あたし、責任が好きなんです」ジェーンはむっとした。

「そんなにかりかりするものじゃないわ」……いけないことだとでも言うように。

ジェーンはドーナツの作り方をマスターできなかったとしても、ジャム作りを覚えるには何の苦労もなかった。

「ジャム作りって楽しいんだもの」なぜそんな面倒なことをするのかとパパに聞かれると、ジェーンは答えた。食糧庫に入って、棚何段も並んだルビー色やこはく色のジャムやゼリーをながめるだけで、ジェーンは仕事をやりとげた深い満足感を味わった。毎朝毎朝ジェーンは早起きしてミンやスノービーム団とラズベリー摘みに出かけた。そのしばらくあと、ランタン丘からピクルスのスパイシーな香りが漂い流れた。コーナーズのジェニー・リスターが結婚前のご近所ジャム・ピクルス祝い《シャワー》を受けた日には、ジェーンも他の人々に交じり、ゼリーとピクルスをつめこんだバスケットを抱えてくわわった。ジェーンはお祝い行事をおおいに楽しんだ。このころには近所の人みんなと顔見知りになっていて、向こうもジェーンを知っていたからだ。うきうきと村に向かい、時々足を止めて知っている誰彼と言葉を交わした。村じゅうの犬が一日じゅうつきあってくれた。ほとんど誰もがそれなりに優しいとジェーンは思った。優しさにはたくさんのタイプがあった。

誰とでもどんなことでも苦労せずに話しあえた。子供たちと遊ぶのも好きだが、大人たちとしゃべるのも好きだった。緑色飼料、豚肉の値段、雌牛が木をかじるわけなどについて、ヒトマタギと熱っぽく議論を戦わせることもできた。毎日曜日の朝はジミー・ジョンと連れ立って農場を巡回し、穀物の出来具合を調べた。トゥームストーンおじさんは、馬の乗り方、荷車の扱い方を教えてくれた。

「あの子は一度見せただけで、ハンドルの切り方を覚えたんだよ」おじさんはそうジミー・ジョン一家に話した。

ヒトマタギはそれに負けまいと、ある日ジェーンに、ジミー・ジョンの大納屋に干し草を荷車一台分運ばせてみた。

「おれだってこれ以上うまくはやれねえぜ。ジェーン、あんたは馬の気持ちがわかるんだな」

だがジェーンお気に入りのボーイフレンドは、港口近く、エゾマツ林の陰にある低い軒の家に住むティモシー・ソルト老人だった。ティモシーは皺《しわ》だらけでなめし革を思わせる肌の持ち主で、ジェーンが会った中では誰より陽気で賢い顔をしていた。その深く落ちくぼんだ目は、笑いをたたえる井戸のようだった。ティモシーが二枚貝を割りながら、海であった古い遭難譚《たん》や、いつともしれぬ砂丘と本土の古伝説や、北海岸の、つかみどころのない幻のような過去のロマンスを語るのを聞きながら、ジェーンは何時間もすわっていた。時には他の老漁師や老水夫もいあわせて、物語をやりとりすることもあった。ジェーンはすわって耳を傾け、ティモシーの人なつこいブタが近づきすぎると、しっと言って追い払った。潮風がまわりを吹き抜けた。港のさざ波は日没時から流れを速め、しばらくすると漁船団が月に向かって漂っていくのだった。時に幽霊のような白い霧が砂丘から忍び寄ると、港対岸の丘陵は、霧に包まれて幻の丘となり、醜いものすら美しく謎めいたものに変えた。

「近ごろぁどんな具合だ？」ティモシーがしかつめらしく尋ねると、ジェーンも同じようにしかつめらしく、とてもいい具合よ、と答えた。

ティモシーは西インド諸島と東インド諸島で集めた、サンゴと貝殻がぎっしりつまったガラス箱を、ジェーンにくれた。ジェーンの庭に飛び石道を作るため、海岸から平石を引きずりあげるのを手伝ってくれた。のこぎりの使い方、釘《くぎ》の打ち方、泳ぎ方を教えてくれた。ジェーンは泳ぎ方、または浮き方を覚えるまでに大西洋の水をしこたまのみこんだが、やがて泳げるようになると、びしょ濡《ぬ》れの歓《よろこ》びの塊となって家に駆け戻り、パパに自慢した。さらにジェーンは樽《たる》板でハンモックを作りあげ、それはランタン丘の語りぐさになった。

「あの子は何が相手でも逃げないよ」ミセス・スノービームは言った。

ティモシーはハンモックを二本のエゾマツの間に吊《つ》ってくれた。パパはその手のことがあまり得意でないのだ。そのくせシルバーと韻を踏む言葉を思いついてくれたら、自分がするなどと、口では言っていた。

ティモシーは空の読み方を教えてくれた。それまでジェーンは空に親しみを抱いたことがなかった。ランタン丘にたち、空一面を見るのはすばらしい。ジェーンはエゾマツの根方に腰を下ろし、空と海を、または砂丘の陽気な黄金の谷間をながめて、何時間も過ごすことができた。さば雲は晴天の、また馬尾雲は風の兆しだと知った。朝焼けは雨のしるしとも教わった。小ドナルド丘の黒っぽい松林がくっきりと間近に見える時も同じだった。ジェーンはランタン丘の雨を歓迎した。都会の雨は好きだったためしがないが、この海辺では大好きだった。夜中に庭のシダに降る音を聞くのが好きだった。その音も匂いもさわやかさも好きだ。雨の中に出るのが……びしょ濡れになるのが好きだ。時々港を横切っていくにわか雨も好きだ。しっとりと紫色で、ランタン丘から見ると実にきれいなのだ。凹凸激しい砂州の向こうの海上を通ってくれて、あまり近づきすぎないかぎりは、雷雨さえ好きだった。だがある夜はすさまじい嵐になった。青い稲妻の剣が闇をつらぬき、ランタン丘一帯で雷鳴がはじけた。ジェーンが枕に頭を埋《うず》めてベッドにもぐりこんだ時、パパの腕を感じた。パパは怒るピーターコンビを押しのけて、ジェーンを抱きあげ、抱き寄せた。

「怖いかい、ぼくのジェーン？」

「う、うう……ん」ジェーンは雄々しく嘘をついた。「ただ……かっこうが悪いだけ」

　パパはけたけた笑った。

「言いえて妙だな。たしかにこんな雷相手じゃ、かっこうをつけにくい。でも間もなく通りすぎるよ。……ほら、行ってしまう。『彼が戒めると天の柱は震い、かつ驚く（ヨブ記26章11節）』この文章の出所はわかるかい、ジェーン？」

「聖書みたいだけど」丘をま二つに裂いたにちがいない轟音《ごうおん》のあと、ようやく息がつけるようになると、ジェーンは言った。「あたし、聖書は好きじゃない」

「聖書は好きじゃない？　ジェーン、ジェーン。それはいけないよ。聖書が好きじゃないのは、その人自身か、その人の聖書とのつきあい方がまちがっているんだ。これはどうにかしないといけないな。聖書はすばらしい本だよ、ぼくのジェーン。めざましい物語と世界でもより抜きの名詩にあふれている。最高に驚くべき人間的な〝人間性〟だらけだ。信じられないほど、時を越えた叡知《えいち》と真実と美と常識の宝庫なんだ。ほんとうなんだよ。なんとかしよう。嵐の頂点は過ぎ去ったようだな。これで朝が来れば、また太陽を浴びた小波のささやきが聞こえ、カモメの群れが飛び立って、砂州上空に銀色の翼が魔法を起こすわけだ。ぼくはメトセラ伝の第二篇にかかり、ジェーンは朝食を家の中でとるか外でとるか、楽しく迷うことになる。そしてもろもろの丘は喜び歌う、とこれも聖書の言葉だよ、ジェーン。きっと好きになる」

かもしれない。……ただそれには本物の奇跡がいるだろう、とジェーンは思った。それでも、パパのことは大好きだ。お母さまは宵の明星の残像のように、今なお人生に光を与えてくれる。だけどパパは……パパだもの！

ジェーンは再び眠りに落ち、怖い夢を見た。夢の中では玉葱《たまねぎ》と、青いつま先をつくろわなければならないパパの靴下が、どうしても見つからないのだった。

23

結局ジェーンは、聖書を好きになるのに奇跡は必要でないとわかった。ジェーンとパパは日曜日の午後になると海岸に出かけ、パパがそこで聖書を読み聞かせた。ジェーンはこういった日曜の午後が大好きだった。二人は夕食を弁当にしてたずさえ、砂にすわって食べた。ジェーンは生まれつき海と海にまつわるすべてのものへの愛情を持ちあわせていた。ジェーンは砂丘を愛した。砂浜の銀色の静寂に響き渡る、風の音楽を愛した。青く晴れた宵に家々の光をちりばめる、彼方《かなた》にかすむ海岸を愛した。また聖書を読み聞かせるパパの声を愛した。パパは何もかもを美しいと思わせる声の持ち主だった。万が一パパに、他に何の長所もなかったとしても、その声だけで好きになれると思った。また読みながらパパがさしはさむ短い註釈《ちゅうしゃく》も愛した。……そのおかげで聖句の数々が命を得てよみがえるのだった。ジェーンはこれまで、聖書にそんなものが含まれると夢にも思ったことがなかった。それに、パパはノップやタックの出るところは読まなかった。

『かの時には明けの星は相共《あいとも》に歌い（ヨブ記38章7節）』……創造の歓びの神髄がこの中にはあるんだよ、ジェーン。天体の不朽の音楽が聞こえないかい？『日よ、ギベオンの上にとどまれ、月よ、アヤロンの谷にやすらえ（ヨシュア記10章12節）』何ともすさまじい自信のかたまりだね、ジェーン。ムッソリーニも形なしだ。『おまえの高波は、ここにとどまるのだ（ヨブ記38章11節）』……向こうで轟《とどろ》く波をごらんよ、ジェーン……『ここまで来てもよい、越えてはならぬ（同前）』従うべき天上の掟《おきて》は、ゆらぎも誤りもない。『貧しさもなくまた富みもせず（箴言30章8節）』ヤケの息子アグルの祈りだ。アグルは思慮深い男だったんだよ、ぼくのジェーン。聖書は常識の宝庫だと言わなかったっけ？『愚かな者は怒りをことごとく表し（箴言29章11節）』箴言《しんげん》は誰により愚か者に厳しいのさ、ジェーン……しかも正しい。世界でもめ事を起こすのはみな、愚か者であって、悪者じゃないんだ。『わたしはあなたの行かれるところへ行き、またあなたの宿られるところに宿ります。あなたの民はわたしの民。あなたの神はわたしの神です。あなたの死なれるところでわたしも死んで、そのかたわらに葬られます。もし死に別れでなく、わたしがあなたと別れるならば、主はどうぞわたしをいくえにも罰してください（ルツ記1章16－17節）』ぼくの知っている中で、どこの国の言葉も、これほど心のひだを表したものはないよ、ジェーン。嫁のルツが姑《しゅうとめ》のナオミに言う言葉だ。しかもどれもが単純な言葉だ。長たらしいものはほとんどない。これを書いた人は他のだれよりも言葉の組みあわせ方を知っていた。またよけいな言葉を使いすぎてはならないことも知っていたんだ。ジェーン、この世でもっとも恐ろしいことも、また美しいことも、三語以内で表せるんだよ。『愛している《アイ・ラブ・ユー》』『彼は行ってしまった《ヒー・イズ・ゴーン》』『彼は来ている《ヒー・イズ・カム》』『彼女は死んだ《シー・イズ・デッド》』『手遅れだ《トゥー・レイト》』……その結果人生は光り輝く、か破滅する。『歌の娘たちは皆、低くされる（伝道の書12章4節）』ちょっとかわいそうだと思わないかい、ジェーン。おばかさんの、足取り軽やかな歌の娘たちが？　こんな侮辱を受けるいわれがあるんだろうか？『誰かが、主を墓から取り去りました。どこへおいたのか、わかりません（新約ヨハネによる福音書20章2－3節）』……切々たる悲しみの叫びだ。『いにしえの道につき、……その道に歩み、安息を得よ（エレミヤ6章16節）』ああ、ジェーン、ぼくたちの中には、いにしえの道から迷い出てしまうものがいるんだ。どんなにこがれても、もう戻る道は見つからない。『遠い国から来る良い消息は、かわいている人が飲む冷ややかな水のようだ（箴言25章25節）』きみは渇きに苦しんだことがあるかい、ジェーン？　ほんとうに渇きに苦しんだことが？　……熱に浮かされて、冷たい水こそが天国だと思ったことが？　ぼくはあるよ。一度ならず。『あなたの目の前には千年も過ぎ去ればきのうのごとく、夜の間のひと時のようです（詩篇90篇4節）』時に苦しい思いにあったら、そんな気持ちで考えればいい。『あなたは真理を知るであろう。そして真理は、あなたがたに自由を得させるであろう（新約ヨハネによる福音書8章32節）』世界で何より恐ろしくもすぐれた言葉だね……なぜならぼくらはみな、真理を恐れ、自由を恐れている。だから我々はイエス・キリストを殺したんだ」

ジェーンはパパの言葉の意味がすべてわかったわけではないが、いずれも記憶にとどめ、育くんでいくことにした。ジェーンは死ぬまでパパの言葉を思いだすたびに、悟りの光の輝きを感じた。その夏パパが読んでくれた、聖書と詩の光を。パパは言葉というものの美しさを教えてくれた。パパはまるで味わうように、言葉を読みあげた。

「『月下のひらめき』……不滅の文学的表現だよ、ジェーン。純粋な魔法がこもった言葉というものがあるんだ……」

「知ってる」ジェーンは言った。「『マンダレーへの道』でしょう？ コルウィン先生のお部屋の本で見つけたの……それから『かそけく響く妖精《ようせい》国の角笛』も。その言葉を読むと、気持ちよく胸が痛むの」

「きみは物事のもといを心得ているな、ジェーン。だけどね、ああ、ぼくのジェーン。なぜ……なぜシェイクスピアは、奥さんに二番目に良いベッドを遺《のこ》したんだろう」

「多分奥さんはそのベッドが一番好きだったのよ」

「『みどりごとちのみごとの口によって（詩篇8篇2節）』だな。まさに。果たしてその秀でて健全なる思いつきが、意味をつかもうと悩み苦しむ註釈学者の頭に浮かんだことなんてあるのだろうか。ジェーンは暗い貴婦人《ダーク・レディー》が誰か、わかるかい？ ほら、詩人があるご婦人をほめたたえると、その女《ひと》は不滅の存在になるんだ。……ベアトリーチェ、ローラ、ルカスタ、ハイランドのメアリなどなど。偉大な詩人たちに愛されたことで、亡くなってから何百年たっても人の口に上る。トロイの地に雑草が生い茂っても、ぼくらはヘレンを忘れない」

「ヘレンはきっと大口じゃなかったわね」ジェーンは悲しそうに言った。

パパは真面目な表情を崩さなかった。

「小さすぎもしなかっただろうな。女神のヘレンがおちょぼ口だったなんて、想像できるかい？」

「パパ、あたしの口って、大きすぎる？　セント・アガサの子たちはみんな、大きいって言うの」

「大きすぎはしないよ、ジェーン。ゆたかな口だ。与えるものの口だ、うばうものの口ではない。正直で、親しみのある口だ。口の両隅がきれいにきゅっとあがっているだろう、ジェーン。弱々しさがない。きみならパリスと駆け落ちして、ろくでもない騒動を引き起こしたりはすまい。きみなら心に誓ったことも、文字の上での誓いも、最後まで守るだろうよ、ジェーン。このはちゃめちゃな世の中ですらね」

パパはトロイのヘレンではなく、お母さまのことを思っているのだ、とジェーンはなぜかしら感じた。それでもパパが自分の口について言ってくれたことは慰めになった。

パパは古典だけを読むのではなかった。ある日は海岸にバーナード・フリーマン・トロッターの薄い詩集をたずさえてきた。

「外国にいた時、この人を知っていた。戦争で殺されたんだ。……ポプラの詩を聞いておくれ、ジェーン」

『そして私はポプラを歌う。いつか死ぬ時
私の目は碧玉《へきぎょく》の壁ではないものを、探し求めるだろう
それは英国の空を背景に、風にさやぐポプラの並木だ』

「天国に旅立つ時、きみは何をみたい、ジェーン？」

「ランタン丘よ」ジェーンは言った。

パパは笑った。パパを笑わせるのはとても楽しく……またとても簡単だった。とはいうもののパパが何で笑っているのかわけがわからないことが、幾度となくあった。ジェーンは少しも気にしなかった。ただ、お母さまは気にしたのだろうかと、考えることはあった。

ある夕方、パパがくたびれるほど詩を朗読してくれたあと、ジェーンはおずおずと切りだした。「パパ、あたしが暗誦《あんしょう》するのを聞いてくれる？」

そして『マチューの赤ちゃん』を暗誦した。楽々とできた。パパはとてもいい聞き手だった。

「やるね、ジェーン。よかったよ。そちらのほうの稽古《けいこ》を少しつけてあげよう。ぼくもフランス系の作品を朗読するのが、なかなかうまかったのさ」

「おばあさまのお好きでないある人が、フランス系カナダ人の詩を朗読するのがとても上手だったの」……ジェーンはその言葉を思いだした。これで謎がもう一つ解けた。

パパはごろりと転がり、たそがれの砂丘のすき間から自分たちの家が見える場所に移動

した。

「ジミー・ジョンの家の灯《あか》りが見える。……腹へり入り江のスノービームの灯りも。……だがうちは真っ暗だ。家に帰って灯りをつけようよ、ジェーン。ところで夕飯に作ってくれたアップルソースは、まだ残っているかな？」

　そこで二人は連れ立って帰り、パパは石油ランプをつけて机につき、メトセラの伝記物語……か何かしら、にかかった。そしてジェーンはロウソクをつけてベッドに向かった。ジェーンはランプよりロウソクが好きだった。優しい消え方をするからだ。薄い煙の筋をたなびかせ、くすぶる芯《しん》でちらりとウィンクをよこすと、人を闇の中に置き去りにする。

　パパはジェーンを聖書好きに改宗させると、今度は地理と歴史に生命《いのち》を与えた。この二つの科目がいつも辛《つら》いと、ジェーンが打ち明けたからだ。だが間もなく歴史は霧につつまれた冷たい大昔の、年代と名前のごたまぜではなくなり、物語をちりばめた時の回廊となった。パパが奇跡や王さまたちの栄華の物語を話してくれたからだ。海の音を響かせる声でパパが語ると、単純な出来事もロマンスと神秘の彩りを帯びるようで、これからは二度と忘れないだろうとジェーンは思った。テーベ、バビロン、テュロス、アテネ、ガリラヤ……古代都市は生身の人々が、顔見知りの人々が住んでいた土地になった。人々と知りあうと、その人たちと関係のある何もかもに、やすやすと興味を持つことができた。これまでは世界地図の上のことでしかなかった地理も、同じように面白みが増した。

「インドに行こう」パパが言い……二人は出かける。といってもその間、ジェーンはパパのシャツにボタンを縫いつけているのだ。ミンの母さんはボタンつけにうるさかった。間もなくジェーンははるか遠くにある美しい国々を、ランタン丘と同じように知ることになった。とにかくパパと一緒に旅をしたあとでは、そんなように思われた。

「いつかぼくと一緒に本当にその国々を見に行こう。真夜中の太陽の国……聞いただけでわくわくするだろう、ジェーン？　はるかなる中国、ダマスカス、サマルカンド、桜の季節の日本、帝国の遺跡を流れるユーフラテス川、カルナックの月の出、カシミールの蓮《はす》の谷、ライン河畔の古城……。アペニン山脈にはとある別荘がある。『曇り模様のアペニン』だ。見せてやりたいなあ、ぼくのジェーンに。それはそうと、失われたアトランティスの地図をかこうか」

「来年からフランス語が始まるの」ジェーンは言った。「好きになれそうな気がする」

「なるとも。そして言語というもののすばらしさに目覚めるよ。堂々たる宮殿の扉が目の前で開くと思えばいい。きっとラテン語も好きになる。死に絶えた言葉だがね。死んだ言葉とは、悲しいものだと思わないかい、ジャネット（ジェーンの愛称）？　かつては生きて、燃えて、輝いていたのに。その言葉を使って、人々はすばらしいことを言った。いやなことも言った。賢げなこともばかげたことも言ったんだ。いったい、生きたラテン語を口にした最後の人間とは誰だろうね。ジェーン、むかでがブーツをはくとしたら、ブーツは何足いるものだろうか」

いろいろなパパがいた。優しいパパ、まじめくさったパパ、夢見がちなパパ、そして楽しい冗談のかたまりのパパ。ジェーンはそういうパパをおばあさまがどう思ったか、よくよくわかった。

　ランタン丘の日曜日は楽しかった。パパとの聖書朗読会だけでなく、午前中ジミー・ジョン一家とクイーン浜の教会に行ったからだ。ジェーンは教会行きがたいそう気に入った。おばあさまに買ってもらった緑の麻のジャンパードレスを着て、賛美歌本を得意げに抱えていった。一行は大ドナルドの森沿いにくねる道を歩いて畑地を横切り、羊たちが草を食《は》む涼しい牧草地を抜け、街道のミンの母さんの家を通りすぎる。ここでミンが合流し、ようやく青草の繁る細道の奥の小さい「南教会」に着くのだった。ブナとエゾマツの木立に包まれた小さな白い建物で、木立ではいつも優しい風がクルルクルルと歌っているようだ。これほど聖バルナバ教会とほど遠いものは想像もできなかったが、ジェーンはこの教会が好きだった。窓は普通のガラスで、すぐ外に森と、教会に寄りそうようにのびた野生の桜の巨木が見えた。花盛りの桜が見られたらいいのに、とジェーンは思った。誰もがヒトマタギの言う「日曜日の顔」をしていて、トミー・パーキンス長老がえらくいかめしく浮世離れした顔つきをしているため、平日の陽気なトミー・パーキンスと同一人物とは、とても信じられなかった。ミセス小ドナルドはいつも座席の囲い越しにペパーミントをくれた。ジェーンはペパーミントが嫌いだったが、これだけは好きになれそうだった。なんだか心地よく宗教的な味わいがあるような気がした。

　ジェーンは初めて賛美歌の合唱に加わり、気持ちよく歌えた。ゲイ・ストリート六十番地の住人は誰一人、ジェーンが歌えるなど考えてもいなかった。だがジェーンには、少なくとも自分はメロディーについていけることがわかり、とてもありがたく思った。わからないでいたら、日曜日の夕方ジミー・ジョン家の果樹園で行われる『歌おう会』で仲間はずれの気分を味わったにちがいない。ジェーンはこの歌おう会が、ある意味日曜日のハイライトだと思った。ジミー・ジョン一家はムネアカヒワのように歌い、順番が回ると誰もが自分の好きな賛美歌を歌った。一同はページが折り返しだらけの、表紙がぐたぐたになった賛美歌集をまわし、とびぬけた低音のヒトマタギによれば、教会のより「くだけた」賛美歌を歌った。時には留守番役の犬まで歌おうとした。そしてみんなの向こうには、月光を浴びて美しい海が広がっていた。

一同は歌おう会を英国国歌でしめくくり、ジェーンはジミー・ジョン一家全員と留守番当番でない犬三頭につきそわれて家に帰る。パパは一度だけ、ティモシー・ソルトがジェーンに作ってくれた庭の石椅子に座り、へたれじいさんをふかしながら、「闇の美しさを堪能《たんのう》して」いたことがあった。ジェーンがかたわらにすわると、パパは肩に腕をまわしてくれた。ピーター一世はひそやかにあたりをうろつきまわっていた。ジミー・ジョンの牧場で牛が草を食む音が聞こえるほど静かで、おまけにひいやりしたので、ジェーンは肩に回されたツイードの袖《そで》のぬくもりが嬉《うれ》しかった。静かで涼しく気持ちがいい……そしてこの瞬間トロントでは、誰もが蒸されるような熱波にあえいでいる、と昨日のシャーロットタウン新聞に出ていた。でもお母さまは友人たちとマスコーカに避暑に出ている。かわいそうなジョディーだけが、熱くて狭い屋根裏部屋で息の詰まる思いをしているのだろう。ジョディーもここにいられたら！

「ジェーン」パパが口を開いた。「春にきみを呼ぶ手紙を書いて良かったのかな？」

「もちろんよ」ジェーンは答えた。

「だがほんとによかったんだろうか。誰かに……辛い思いをさせたんじゃないかな」

ジェーンの心臓がどきどきしはじめた。パパがお母さまの話題にこんなに近づいたのは、初めてのことだった。

「そうでもないと思う……だってあたし、九月には帰るでしょう？」

「ああ、そうか。うん。九月には帰るんだった」

ジェーンはつづきの言葉を期待した。だがそれきりだった。

24

「ジョディーを見かけることはありますか？」ジェーンは母に書いた。「ちゃんと食べさせてもらっているかしら。これまで三通もらったけれど、ジョディーの手紙には何も書いてありません。でもお腹を空《す》かせているような感じが伝わってきます。今でも友達の中ではジョディーが一番好きだけど、オカッパもポリー・ガーランドもミンもとてもいい子です。オカッパはすごく進歩しました。今では必ず耳の後ろを洗うし、爪もきれいにしています。すごく楽しいと思っていても、嚙《か》んだ紙つぶてを飛ばしたりしません。ヤング・ジョンは飛ばします。ヤング・ジョンは瓶のふたを集めて、シャツにつけます。あたしたちはみんなふたを集めてあげてます。

ミランダとあたしは毎週日曜日の夜、教会に花を飾ります。自分たちの庭のもたくさんありますが、タイタスのお嬢さまたちからも少しもらいます。もらいに行く時は、ディンドンのお兄さんのトラックに乗っていきます。お嬢さまたちは『小川の谷間』荘に住んでいます。きれいな名前でしょう？　ジャスティナさまがお姉さんで、バイオレットさまが妹さんです。二人とも背が高くてやせていて、見るからにお嬢さまっぽいです。お家《うち》にはすてきな庭があります。もしも二人と仲良くしたかったら、庭を褒めないといけないと、ミランダに言われました。そうしたら、何でもしてくれるそうです。ミランダの話では、春にはとてもきれいになる桜の並木道があるそうです。お嬢さまは二人とも教会を支える信者で、みんなにうやまわれています。でもジャスティナさまは、昔うっかりと『ミセス』と呼んだからといって、スノービームのお父さんを一生許しません。お父さんは、そう呼ぶほうが喜ばれると思ったのにな、と言っています。

バイオレットさまは縁飾り用刺繡《ししゅう》を教えてくれるそうです。育ちのいい女の子は縫い物ができたほうがいいんだって。バイオレットさまは、顔は年取ってますが、目は若いです。あたしはお嬢さまを二人とも好きです。

お嬢さまたちは時々もめます。二人はこの夏、去年亡くなったお母さまが育てていたゴムの木をめぐって、仲たがいしました。二人ともゴムの木はみっともなくても神聖なものだから、捨てようなんて夢にも思いません。ただバイオレットさまが、お母さまは亡くなったのだから木を裏の廊下に置けばいいと思っているのに、ジャスティナさまが、客間に置かないとだめ、と言ったのです。そのことで、二人はちょくちょく口をきかなくなりました。あたしは、それなら一週間ずつ交代で、客間と裏廊下に置けばいいと思うと言ってみました。二人ともその思いつきにはっとして、そうすることにしたので、今では『小川の谷間』荘は平和です。

ミランダは先週日曜日の夜、教会で『日暮れて四方は暗く』を歌いました（月に一度夜にお説教があります）。歌うと細くなった気がするから、歌うのが好きなんだそうです。とても太っているので一生恋人ができないんじゃないかと悩んでると、ヒトマタギが、心配するなよ、男は抱きしめがいがあるのが好きだからと言いました。これって下品なの、ママ？　ミセス・スノービームは下品だと言ってます。

日曜日の夜はジミー・ジョンの果樹園で、みんなで歌います。もちろん宗教的な歌ばかりです。ジミー・ジョンの果樹園は好きです。青草がとても気持ちよくて長くて、木はどれも好き放題に伸びています。ジミー・ジョン一家はみんなで楽しく過ごします。大家族ってすばらしいです。

パンチ・ジミー・ジョンは、足を痛くしないで裸足《はだし》で切り株畑を走る方法を教えてくれます。こちらではあたしも時々裸足で歩きます。ジミー・ジョン一家もスノービーム団もみんな裸足です。冷たく湿った青草の中を走り抜けたり、砂の中で足の指をもぞもぞさせたり、足の指の間から泥がぐにゅっと出るのを感じたりするのは、すごくいい気持ちです。お母さまは、裸足はいけないなんて言いませんよね？

ミンの母さんはうちの洗濯物を引き受けてくれます。あたしもできると思うんだけど、させてもらえません。ミンの母さんは、夏じゅう港岬の泊まり客の洗濯も引き受けています。ミンの母さんのブタがとても具合が悪くなったけど、トゥームストーンおじさんが手当てをして、治しました。病気が治ってよかった。だってもし死んじゃったら、ミンと母さんが次の春まで何を食べて生きのびられるかわかりませんから。ミンの母さんのクラムチャウダーは有名です。あたしに教えてくれるそうです。オカッパとあたしがハマグリを掘ります。

昨日ケーキを焼いたら、砂糖衣にアリが入りました。夕食にお客さまが来るはずだったので、ほんとにがっくりでした。アリを寄せつけないコツを知っていたらいいのに。でもトゥームストーンおじさんは、あたしがこれぞスープというスープを作れると言ってくれます。明日《あした》の夜はチキンを食べるつもりです。ヤング・ジョンには首肉を、オカッパにはドラムスティックをとっておくと約束しました。それからね、お母さま、池にはマスがどっさりいるの。うちではそれをつかまえて、食べます。自分のうちの池で魚をつかまえて、フライパンで焼いて晩ご飯にするなんて、すてきでしょ。

ヒトマタギは入れ歯です。何か食べる時はいつも口から出してポケットに入れます。夕方に仕事にいった家がお弁当を出すと、ヒトマタギはいつも『どうも。また来るよ』と言います。でもお弁当を出さないと、二度と行きません。『おれにも面子《メンツ》があるからね』とヒトマタギは言ってます。

ティモシー・ソルトに望遠鏡をのぞかせてもらいました。逆の側から物を見ると、とても面白いの。すごく小さくて遠くにあって、まるで別世界にいるみたい。

ポリーとあたしは昨日砂丘で香りガヤ《スイートグラス》が生えている場所を見つけました。いっぱい摘んだので、おみやげに持って帰ります。ハンカチの間にはさむといいんだって、バイオレットさまに教わりました。

昨日ジミー・ジョン家の子牛たちに名前をつけました。かわいいのには好きな人の名前を、みっともないのには嫌いな人の名前をつけてやりました。

オカッパとポリーとあたしは、来週コーナーズ村公民館で開かれるアイスクリーム・パーティーで、キャンディーを売る予定です。

このあいだ海岸に流れ着いた木でたき火をたいて、そのまわりで踊りました。

ペニー・スノービームとパンチ・ジミー・ジョンは、今ジャガイモの害虫取りで大忙しです。ジャガイモの害虫は大嫌いです。あたしはネズミを怖がらないから勇気があるとパンチ・ジミー・ジョンが言うと、ペニーが言いました。『へっへー、ジャガイモ虫をくっつけてやって、どんなに勇気があるか見てやんな』パンチが試しにくっつけてみなくて、よかったな。だってこわくて絶対我慢できなかったもの。

玄関の戸の開け閉めができにくくなったので、ヒトマタギにカンナを借りて、あたしが直しました。ヤング・ジョンのズボンのつぎ当ても、あたしがしました。ミセス・スノービームがつぎ当て布を切らしていて、ヤング・ジョンのお尻《しり》がはみ出そうになっていたのです。

ミセス小ドナルドがママレードの作り方を教えてくれるそうです。小ドナルド家では亡くなったおばさんから受け継いだ、それはかわいい石の壺《つぼ》にママレードを入れています。でもあたしは普通の密封容器に入れるしかありません。

トゥームストーンおじさんに、今ハリファックスにいる奥さんに手紙を書いてくれと言われました。あたしは『愛する妻へ』と書きだしましたが、おじさんは、今までそんな言い方をしたことがないので、奥さんはたまげてしまうから、『母ちゃんへ』にしてくれと言いました。自分でも書こうと思えば書けるけれど、綴《つづ》りでひっかかるんだそうです。

ママのこと、好き、好き、大好きです」

ジェーンは手紙に頭を載せ、のどのかたまりを飲み下した。お母さまさえここにいてくれれば……パパも一緒で、みんなで泳ぎに行って、砂浜でそろって寝そべって、池からとれたてのマスを食べて、つぎつぎに出てくる内々の冗談で笑いあって、月光の下を三人で走って……そんなことができたら、何もかもどんなにかすばらしいだろうに！

25

小さいエムおばさんが、ジェーン・スチュアートに会いに来るようにと、ランタン丘にことづてをよこした。

「行ったほうがいい」パパが言った。「小さいエムおばさんからのご招待は、森のこのあたりでは王室からの招待なみと考えられている」

「小さいエムおばさんって、誰？」

「ぼくだってよくは知らない。ミセス・ボブ・バーカーともミセス・ジム・グレゴリーとも呼ばれている。どっちがあとの旦那《だんな》だったか、どうしても覚えられない。まあ、それはどうでもいいんだ。みんな小さいエムおばさんと呼んでいるからね。背丈はぼくの膝《ひざ》ほどで、あんまりやせっぽちなんで、港まで風に吹き飛ばされて、また飛んで帰ってきたくらいだ。だけど賢い小鬼みたいなおばあさんだよ。こないだきみが、あの道はどこに行くのかと聞いた、小さいわき道に住んでいて、織ったりつむいだり、敷物用のボロ布を染めたりしている。草やら木の皮やら苔《こけ》を材料にして、懐かしい昔ながらの方法で染めているんだ。そういう染め方で小さいエムおばさんが知らないことは、知らなくたってかまわないことだ。おばさんの染めは色があせない。行くなら今夜がいいよ、ジェーン。ぼくはメトセラの伝記の三章を、今夜じゅうに仕上げなきゃならない。まだ三百歳の若造時代までしかできていないんだ」

ジェーンは初めのうちこそメトセラの伝記物語を、無邪気に信じこんでいた。だが今ではランタン丘の定番ジョークでしかなかった。次の一章をやっつけなければとパパが言った時は、サタデー・イブニング紙にまじめな論説文を書かなければいけないから、一人になりたいのだと、わかっていた。詩——恋愛詩や叙情詩やソネット——を書く時は、ジェーンがそばにいても邪魔にならない。だが詩では原稿料が稼げず、サタデー・イブニング紙の原稿なら稼げるのだった。

夕食後ジェーンは小さいエムおばさんに会いに出かけた。その午後すでに面白いことを一つ逃したスノービーム団は、一緒に行きたがった。が、ジェーンは来てほしくないと断った。するとそろってかんかんに腹を立てた一同は——望まれてもいないのに仲間に入ろとごり押しするのはレディーとしてふさわしくないと判断したオカッパだけは別で、腹へり入り江のわが家にもどった——かなりの距離を無理矢理ついてきた。そして大げさに怖がりながら塀にぴったりついて歩き、胸を張って道の真ん中を歩くジェーンにあざけりの言葉を投げつけた。

「かあいそうに。耳がつき出てるぜ」ペニーが言った。

ジェーンは自分の耳がつき出ていないと知っていたので、気にしなかった。だが次の言葉にはどきりとした。

「道を曲がってワニがいたらどうすんの?」キャラウェーがどなった。「雌牛よかこわいんだよう」

ジェーンはひるんだ。いったいスノービーム団は、どうやってあたしが雌牛がこわいと感づいたのかしら。とてもうまく隠していたつもりなのに。

スノービーム団は今や調子に乗って、悪口の集中砲火をあびせかけた。

「あんなにえっらそうで、きどりんぼのネエちゃん、見たことあるか？」

「猫みたいにそっくりかえって、荷車を走らせてるもんな！」

「うちなんかとは釣りあいがとれないってか」

「だいたい態度がでかいんだよ」

「小さいエムおばさんに何か食べさしてもらえるとでも思ってんの？」

「食べさしてくれるとしたら、何だろなあ。ラズベリー酢とクッキー二つとチーズがほんの一っ切れ！　わーい。誰がそんなもん食べる？　わーい！」ペニーがわめいた。

「知ってるよ。暗いのがこわいんだろ」

暗闇など少しもこわくないジェーンは、びくともせずに沈黙を保ちつづけた。

「よそもんのくせに」ペニーが言った。

それまでは何を言われても気にしなかった。ジェーンにはスノービーム団のやり口がわかっていたからだ。だがこれは逆鱗《げきりん》に触れるひと言だった。よそものだって？　自分が生まれたこの愛する島で、よりによって！　ジェーンはペニーに向き直った。そしてたっぷりと毒気をこめて言った。

「それじゃつぎに、ボウルの底をなめたくなった時まで、待ってるといいわ」

スノービーム団はぴたりと足をとめた。これは予想外だった。ジェーン・スチュアートをこれ以上怒らせてはまずい。

「あのう、気を悪くさせるつもりなんてなかったんだよ……マジにさ」キャラウェーが言った。一同は回れ右をして家に向かったが、抑えのきかないヤング・ジョンだけは、振り向きざまにわめいた。「あーばよっ、やせっぽち！」

スノービーム団を追っ払ったあとは、余裕を持って歩いていった。誰にも邪魔されず、あれこれ言われずに田舎道を好きなように歩けるのは、ランタン丘の暮らしでも最も楽しいことの一つだった。小さいエムおばさんの住むわき道を探検する理由ができて、ジェーンは嬉《うれ》しかった。これまでこの道は――うねりくねりを隠そうとでもするように松とエゾマツに縁取られたささやかな赤い小道は――いったいどこに向かうのだろうと考えていたからだ。空気は太陽にぬくめられ、実をつけた草の匂いにあふれていた。木々は失われた古代の優しい言葉でジェーンの噂をした。野うさぎがシダの茂みから飛びだし、また跳びこんだ。ちいさいくぼ地にかかると、道の脇に色あせた看板が見えた。とうにこの世を去った老人が、はるか昔に白い板に金くぎ流の黒い文字を書きこんでいた。

『もおし。のどのかわいた衆は、どなたでも飲みなされ』

木の間の踏み分け道をさす矢印をたどると、苔むした石に囲まれた、深く澄んだ泉が見つかった。ジェーンはかがみこみ、日に焼けた手に水をすくって飲んだ。ブナの古木から厚かましいリスが一匹近づいたが、ジェーンはしっ！　と手で追い払った。しばらくここにいたかったが、梢《こずえ》の上の西空は、すでに黄金の夕陽にあふれていたので、急がねばならなかった。小川の流れるくぼ地を抜けると、ちいさいエムおばさんの家が、丘の中腹に猫のようにまるまっているのが見えた。細く長い道が家までつづいている。道は白と金色のヤマハハコに縁取られていた。家までたどりついたジェーンに、勝手口の前で小さい紡ぎ機で糸を紡ぐ小さいエムおばさんの姿が見えた。銀色に光る羊毛の撚《よ》り子が、横のベンチにぴかぴかの山を作っていた。ジェーンが門をあけると、おばさんは立ちあがった。パパの膝より少しは背が高いが、ジェーンほどの背丈はなかった。巻き毛でもじゃもじゃの灰色の頭には、どちらかの元夫のものだったフェルトの帽子をかぶり、言葉はぶっきらぼうでも、小さい黒い目は親しげにきらめいていた。

「あんた、誰？」

「ジェーン・スチュアートです」

「わかってたよ」エムおばさんはしてやったりという声を出した。「あんたが道をあがってくるのを見たとたんにわかってた。スチュアート家のものは、いつどこで会っても、歩き方でわかるのよ」

たしかにジェーンの歩き方は独特だった。足早だがつんのめらず、軽やかでいて足取りはしっかりしている。スノービーム団はジェーンが気取り屋だと言うが、ジェーンはそんなつもりはなかった。小さいエムおばさんにスチュアートらしく歩くと言われたのは嬉しかった。そして小さいエムおばさんのことが、会ったとたんに好きになった。

「よかったら、しばらくいてちょうだいな」小さいエムおばさんは言うと、しわだらけの褐色の手をさしだした。「大ドナルドの奥さんに頼まれたやっつけ仕事を片づけたところなの。そうそ。今はたいしたことはないけど、昔はあたしもなかなかの女だったんだよ、ジェーン・スチュアート」

　エムおばさんの家にまっすぐな床は少しもなかった。どこもかしこも別々の方向に傾いていた。びっくりするほど整頓《せいとん》されてはいないが、気の置けない雰囲気に包まれ、ジェーンは気に入った。腰を下ろした古椅子は、友達のようだった。

「さてとおしゃべりしましょうかね」小さいエムおばさんは言った。「今日はそうしたい気分なのさ。気分でない時は、あたしからひとっことも引きだせないの。編み物をさせとくれね。あたしはレース編みも縫い物も刺繍《ししゅう》もかぎ針編みもしないけど、沿海州がよってたかったって、あたしの棒針編みには勝てないさ。ずっとあんたに会いたいと思っていたの。……誰もがあんたの噂をしているのでね。頭がいい子だって聞いたよ。大ドナルドの奥さんは、あんたがびっくりするほど手早く料理をするって。どこで習ったの？」

「あのう、どうも初めから知ってたみたいなんです」ジェーンは明るく言った。たとえ拷問にかけられても、島に来るまで料理をしたことがなかったなどと明かす気はなかった。そんなことを言ったが最後、お母さまが何を言われるやらわからない。

「先週メアリ・ハウのお葬式で大ドナルドの奥さんに聞くまで、あんたと父さんがランタン丘に来てるのを知らなかったのよ。お葬式でもないかぎり、めったに外に出ないからね。お葬式だけはいっつも出るようにしてるの。みんなに会えるし、いろんな話が聞けるからね。大ドナルドの奥さんに聞いてすぐ、あんたに会おうと決心したのよ。何て髪の毛が濃いこと。それに小さいきれいな耳をしてるねえ。首にほくろがあるのは、お金がどっさり入るしるしよ。あんまり母さん似じゃないのね、あんたは。母さんのことは良く覚えてるよ」

ジェーンの背筋がちりちりした。

「ほんとうに？」息を弾ませて言った。

「ほんとうだとも。二人は港岬の家に暮らしてて、あたしもすぐ近くにいたのさ。やせ地のむこうの、ちっちゃな農場にね。ちょうど二番目の、ひどい旦那《だんな》といっしょになってすぐあとさ。男にうまうまとだまされちまってねえ。あたしはいつもあんたの母さんにバターと卵を届けてて、あんたが生まれた晩には、あの家にいたんだよ。……何とも気持ちのいい夜だったね。母さんはどうしてる？　相変わらずきれいでおばかさんかい？」

ジェーンは母親をおばかさんと呼ばれて怒ろうかと思ったが、怒れなかった。小さいエムおばさんには何を言われても怒れない。こんなに目をきらきらさせているのだから。ジェーンはふと、小さいエムおばさんになら母の話ができるかもしれないと……これまで誰にも聞けなかったことを聞けるかもしれないと思った。

「母は元気です……ねえ、エムおばさん、教えてください。どうしても知りたいの。……

どうしてうちの親は、いっしょにいられなかったんでしょう」

「そうきたね、ジェーン・スチュアート！」エムおばさんは編み針で頭をかいた。「誰も本当のことは知らないんだよ。みんながそれぞれ違う考えをしていてね」

「二人は……二人は初めは本当に愛しあっていたのかしら、エムおばさん？」

「もちろん。見間違えるわけがないさ、ジェーン・スチュアート。二人とも常識はふっとんでいたけど、お互いにそれはそれは夢中だったよ。りんご、食べる？」

「だったらどうしてつづかなかったの？　あたしのせいですか？　二人ともあたしをほしくなかったの？」

「誰がそんなこと言ったのさ？　あんたが生まれた時、母さんは嬉しくて大騒ぎだったよ。あたしはその場にいたんだから。それに父さんもあんたを度外れて気に入ってたはずよ。まあ、喜び方は人と違ってたけどさ」

「じゃあ、どうして……どうして……」

「ケネディーのおばあさんが陰で糸を引いたと思ってる人は、たくさんいる。ほら、二人の結婚に大反対だったからね。戦争直後のあの夏、あんたの母さん親子は、南海岸の大きなホテルに泊まってた。父さんは除隊したばかりだった。一目ぼれだったよ。だからってあんたの父さんを責められない。母さんは見たこともないほどきれいだったからね。……金色の小さいチョウチョみたいだった。あのかわいい頭が、何というか、輝いてたね」

ああ、ジェーンがそれを知らないわけがない。お母さまの白いうなじに金色に輝く、美しい髪房をいつも見ていたのだから。

「それにあの笑い方……鈴をふるようで、きらきらしてて、若々しい笑い声。今もあの人は、そんな風に笑うのかい、ジェーン・スチュアート？」

　ジェーンはどう言えばいいかわからなかった。お母さまはとてもよく笑う。……鈴をふるようで……とてもきらきらしていて……でも若々しいかしら？

「とてもよく笑います」ジェーンは慎重に答えた。

「あの娘《こ》はたしかに甘やかされてはいたよ。それまでほしいものは何でも手に入れてた。だからあんたの父さんをほしいと思ったが最後……ねえ、どうしたって手に入れたくなったのさ。生まれて初めて、母親からもらえないものを、ほしくなったんじゃないかしら。おばあさんは、大反対だった。母さんはおばあさんにさからうことはできなかったけど、かわりに父さんと駆け落ちしたのさ。ケネディーのおばあさんは、はらわたを煮えくり返らせて、トロントに帰っていった。でもそれからも母さんにしょっちゅう手紙を書いて、プレゼント攻めにし、実家に遊びにおいでとかき口説きつづけた。父さんの実家のほうも、あんたの母さんとの縁組みが気に入らなかった。島の娘ならより取り見取りだったんだから。リリアン・モローという娘が、特にご執心だった。その娘は平凡でやせっぽちだったけど、やがていい女になったよ。ずっと独身を通してる。あんたのおばさんのアイリーンは、その娘をひいきにしてる。あたしはずっと言ってたんだけど、あの裏表のあるアイリーンは、おばあさんよりずっと厄介の種だったよ。あの女には毒がある。甘い毒がね。子どものころから、とってもかわいらしくて、毒のある言葉を言える子だった。あの女は、あんたの父さんをがんじがらめにしてたんだ。いつも甘やかして、べたべた世話を焼いた。……男ってのはね、ジェーン・スチュアート、賢いかバカかの両極端なのさ。父さんはアイリーンを欠点のない女だと思いこんでいるから、実はぶちこわし屋だなんて信じやしない。たしかにあんたの父さんと母さんには、いい時も悪い時もあったよ。だけどあの達者な舌をぺらぺら使って、二人に毒を注いだのは、アイリーンさ。『あの娘はほんの子どもなのよ、ドルー』……父さんが、自分は子どもじゃなくて、一人前の女と結婚したのだと信じたがっている時に、そんな風に言う。……『あなたは若いからねえ、かわいいわねえ』……母さんが、自分は父さんにふさわしいほど大人で賢くなれないのじゃないかとおびえている時、そんな風に言うよ。そして母さんを思うままに操るのさ。あの女なら、神さまだって思うままにしかねないよ。アイリーンは、母さんにかわって家を仕切った。あんたの母さんは家のことがよくわからなんだ。そこが弱みじゃああったろうね。受け流すとか見て見ぬふりとか、教わってこなかったしね……だいたい女は、他の女がしゃしゃり出て、かわりに手を出すのはいやなものなのよ。あたしならあてこすりの一つも言って、おっぱらってやるけどね。……でもあんたの母さんときたら、コンジョがなさすぎたね。アイリーンにさからえなかったんだよ」

もちろんお母さまは、アイリーンおばさんにさからえなかった。そもそも誰にもさからえない人なのだ。ジェーンは汁気たっぷりのりんごに、荒っぽくがぶりと噛《か》みついた。

「どうなのかなあ」小さいエムおばさんにというより、自分に向かってジェーンは言った。「他の人と結婚したら、二人はもっと幸せだったのかしら」

「いや、それはないよ」エムおばさんはずばりと言い返した。「あの二人は、赤い糸で結ばれてるよ。どんな邪魔が入っても、かわりゃしない。そんな風に考えちゃいけないよ、ジェーン・スチュアート。もちろん二人はけんかをしたさ。しない人間がどこにいる？　あたしは、一人目とも二人目とも何度もやったよ。誰にも口を出されずほっとかれてたら、あの二人は遅かれ早かれ落ちついたはずなんだ。あんたが三つになった時、母さんはおばあさんに会いにトロントに行って、それきり帰らなかった。みんなが知ってるのはそれだけだよ、ジェーン・スチュアート。父さんは家を売って、世界一周の旅に出た。少なくともみんなそう言ってるけど、あたしは世界が丸いなんて、信じちゃいないからね。もしも丸かったら、ぐるっとまわるたんびに、何で池から水が落っこちないのさ、そうだろう？　さてと、何か一口おもてなしをしようかね。コールドハムとビーツのピクルスがあって、庭にはアカスグリが熟れてるよ」

二人はハムとビーツを食べ、そのあと庭に出てスグリを摘んだ。庭は南向きの斜面にあり、雑然としたせまい土地で、全体に感じよくできていた。柵《さく》にはスイカズラがからまり——「ハチドリを呼び寄せるんだよ」と小さいエムおばさんは言った——暗い樅《もみ》の木立を背景に赤と白のタチアオイが、道沿いには強い色合いのタイガーリリーが咲いていた。庭の隅はナデシコが花盛りだった。

「外はいい気持ちだろう?」小さいエムおばさんは言った。「けっこうな、ふしぎな世界だよ。……ほんとに、けっこうなふしぎな世界だ。生きるのは好きかい、ジェーン・スチュアート?」

「はい!」ジェーンは心からうなずいた。

「あたしもよ。生きることに舌鼓を打ってるよ。いつまでも生きて、噂話を聞いていたいもんだ。いつまでも噂に耳を澄ましてさ。ここんとこ、勇気をかき集めて車にも乗ってみたいと思ってるんだ。まだそこまでかき集まってないけど、いつかやってみせるよ。大ドナルドの奥さんは、飛行機に乗るのが生涯の夢だというけど、あたしは空ぶんぶんはごめんだね。飛んでる時にエンジンが止まっちまったらどうするの? どうやったら下りられんのさ。さてと、来てくれて嬉《うれ》しかったよ、ジェーン・スチュアート。あたしたちはうまがあうよね」

小さいエムおばさんは、ジェーンが帰る時、パンジーの花束とゼラニウムの挿し芽をひとつかみくれた。

「今、月の丸さが植え時にぴったりなんだよ」おばさんは言った。「さよなら、ジェーン・スチュアート。あんたの飲むコップが、空になりませんように」

ジェーンはさまざまな思いに沈みながら、ゆっくりと家路をたどった。夜中にひとり外にいるのは好きだった。大きな白雲が時々星の上を流れていくのも気に入っていた。夜外にいるといつも思うのだが、闇とすてきな秘密を分けあっているような気分だった。

そして月が昇った。大きなはちみつ色の月だった。周囲一帯の野に優しい光が届いた。東の丘の、とんがり頭の樅林は、細いとんがり屋根が立ち並ぶ魔法の街のようだ。ジェーンはひとり歌いながら、楽しく歩を進めた。月光の道を、黒い影が一足先にかけていく。それから角を一つ曲がったとたん、目の前に雌牛の群れが現れた。白い変な顔をした大きな黒い一頭が、道の真ん中に立ちはだかっていた。

鳥肌が立った。何頭もの牛の横を通りすぎるなんてできない。絶対に無理だ。牛たちの向こうに行くとしたら、大ドナルド牧場の柵をよじのぼり、中をつっきって大回りするしかない。恥ずかしかったがジェーンはそうした。だが牧場を半分行ったところで、ぴたりと足を止めた。

「二、三頭の牛にも立ち向かえないあたしが、おばあさまに立ち向かえないお母さまを責められるわけがないわ」ジェーンは思った。

ジェーンは回れ右して、来た道を戻った。柵を乗り越え、道に戻る。雌牛たちはまだそこにいた。白い顔の牛は動いていなかった。ジェーンは歯をくいしばり、しっかりと目に力をこめて歩きつづけた。雌牛は動かない。ジェーンは高く頭をあげ、前を通りすぎた。最後の牛をやりすごすと、ふり返ってみた。どの雌牛も、ジェーンを気にも留めなかった。

「おまえたちなんかを怖がっていたなんて」ジェーンは軽蔑《けいべつ》を込めて言った。

やがてランタン丘と月下の港の銀の笑みが見えた。ジミー・ジョンの赤い子牛が庭にいたが、ジェーンは恐れることなく追いだした。

書斎をのぞくと、パパはすさまじい勢いで書いていた。ジェーンはふだんなら邪魔はしないが、今日は言うことがあったのを思いだした。

「パパ。言い忘れてたけど、昼すぎに家が火事になったの」

パパはペンを取り落とし、娘をまじまじと見つめた。

「か、火事?」

「うん。屋根に火花が落ちたの。でもあたしが桶《おけ》に水を汲《く》んで消したから。小さい穴があいただけ。トゥームストーンおじさんがすぐに直してくれたわ。スノービーム団が、見逃したってすごく怒ってた」

パパはあきらめたように首を振って、言った。

「ジェーンって子は、まったく!」

ほっとして、おまけに歩いてまたお腹が空《す》いたジェーンは、マスのフライで夜食を作り、寝に行った。

26

「だいたい週に一度は、ちょっとした刺激が欲しくなる」とパパが言うので、二人はハッピーをお伴に連れておんぼろ車に乗りこみ、ピーターたちにはミルクを置いて、東に、西に、わき道にと、道の向くままに旅をした。こういう気まぐれ旅は、たいてい月曜日ときまっていた。ランタン丘では毎日が何か意味を持っていた。火曜日はジェーンがつくろい物をする。水曜日は銀器みがき。木曜日は一階の、金曜日は二階のはき掃除。土曜日は床磨きと、日曜日用の追加のパン焼きだ。そして月曜日には、パパが言うように、ただばかげたことをするのだった。

そういうわけで二人は島をほとんど探検し、お腹が空くと時間も構わず道ばたで弁当を食べた。「まったくもう、家なき子じゃあるまいし」アイリーンおばさんはにこにことばかにした。最近のパパの地に足のつかない生活ぶりはジェーンのせいだと、おばさんが思っているのはわかっていた。ジェーンは自分なりの確固とした人生観で、おばさんとの間に一線を引きはじめた。アイリーンおばさんは言葉にこそできないものの、それを感じ取っていた。うまく表せるものなら、おばさんは、ジェーンは自分を見ると、目の前で静かに礼儀正しく、心の扉を閉ざしてしまう、とでも言っただろう。

「あの子には近づけないのよ、アンドルー」おばさんはこぼした。

パパは笑った。

「ジェーンは自分のまわりをきれいに空けときたいんだ。ぼくと同じさ」

二人が月曜日の行き先にシャーロットタウンを選ぶことはあまりなかったが、八月末のある日、おばさんのご機嫌とりに、夕食をともにした。もう一人女の人が来ていた。ミス・モローという人で、ジェーンはあまり好意をおぼえなかった。それはジェーンに笑いかける顔が、歯磨きの広告そっくりだったせいかもしれない。パパがその人を好きそうだからかもしれない。パパとミス・モローはやたらに笑い、からかいあった。ミス・モローは背が高く、髪が黒く、出っ張りぎみの茶色の目をして、ぱっとした美人だった。しかも気の毒に思えるほどジェーンに優しくしようとがんばっていた。

「お父さまと私とは、昔からとてもいいお友だちだったのよ。だからあなたと私もお友だちよね」

「お父さんの昔の恋人というわけよ。んねっ？」ミス・モローがパパに門まで送られて帰っていくと、アイリーンおばさんはジェーンにささやいた。「あなたのお母さんが現れなかったら、どうなってたかしら？　今からでも……ただ、アメリカでの離婚がプリンス・エドワード島でも法的に有効かが、わからないのよね」

そのあと街で映画をみたので、家路についたのは遅かった。別にそれはかまわなかった。ピーターたちは気にしないだろう。

「マーサー街道を通って帰ろう」パパは言った。「基線道路だから、人家はあまりない。だけど妖精《ようせい》のレプラコーンどもであふれてるらしいぞ。もしかしたらヘッドライトにつかまるまいと、必死で逃げだすやつが一匹ぐらい見られるかもしれない。目をしっかりあけておくんだよ、ジェーン」

レプラコーンがいようがいるまいが、マーサー街道は故障するにはまずい道路だった。背の高い樅やエゾマツが濃い影を落とす、狭く暗い丘をがたごと楽しげに下っていく途中、車が突然止まり、二度と……少なくとも内部に確実な手当てをほどこさないかぎり……動かなかった。パパは無駄にあちこち探ったりつついたりしたあげく、お手あげになった。

「修理工場からは十マイル、一番近い人家からは一マイル離れている上、今ごろはみな寝ているはずだ。十二時をすぎてるものな。ジェーン、どうしよう」

「車の中で寝ましょ」ジェーンは落ちついて答えた。

「もっとましな考えがある。あそこに古い納屋が見えるだろう？　あれはジェイク・マロリーの納屋で干し草が詰まってる。ぼくは干し草の中で寝たいという、やみがたい情熱にかられているんだよ」

「面白そうね」ジェーンも賛成した。

納屋は伐採あとの牧野にあった。至るところに小さな木が……少なくとも薄闇の中では木に見えるものが、ぽやぽやと生えていた。もしかしたら本物のレプラコーンがうずくまっているのかもしれない。納屋の二階はクローバーの干し草が詰まっていて、二人は開いた窓の前に横になった。そこからは明るくきらめく星々が見えた。ハッピーはジェーンに寄り添って丸まり、間もなく楽しげに野うさぎの夢を見はじめた。

ジェーンはパパも眠りこんだと思った。自分は眠れなかった。ことさら眠りたいとも思わなかった。とても幸せであり、それでいて少し気がめいっていた。幸せなのは、月のない夜の魔法にかけられて、パパといっしょにいるから。ジェーンはどちらかといえば、月がない夜が好きだった。そのほうが、野山の謎めいた空気に近づける気がした。それに暗い夜は美しく不思議な音でいっぱいだ。ここは内陸に入りこんでいるので、心を揺さぶる海のリズムは聞こえない。かわりに納屋裏のポプラの、ささやきとざわめきがあった。『風が吹き抜ければ、ポプラに魔法が宿る』……ジェーンはいつか聞いた言葉を思いだした。……すると妖精の足音のようなものがひたひたと通りすぎた。まさかだけれど、エルフがシダの茂みに現れたのではないかしら。そしてかなたの、星を友にたたずむ緑濃い丘たちがそろって聞いている……耳を澄ましているようだ。耳を傾ければ、自分にも聞こえるのではないかしら。ジェーンは島に来るまで、夜がどんなに美しいものか知らなかった。

しかしその間もジェーンは、ミス・モローとアメリカの離婚についてアイリーンおばさんの言った事が頭を離れなかった。どうもこの謎のアメリカ離婚とかいう幽霊が、何かというと顔を出す。フィリスもそんな話をしていたっけ？　アメリカの離婚は国の中だけの話にしてほしいと、ジェーンは心から願った。

小さいエムおばさんは、くっつこうと思えば、パパはたくさんの娘さんとくっつけたと、言っていた。パパがもうくっつかないとわかっているから、その人たちのことを考える分には安心だ。でもモローさんを見ると、考えるだけではすまないような気がする。さっきさよならを言う時、パパはあの人の手を長く握りすぎてなかったかしら？　なんだか人生にけんかを売られているみたいだ。

ジェーンはため息をいくつも押し殺したが、がまんできずに一つもらしてしまった。たちまちパパが振り向き、やせた力強い手でジェーンの手に触れた。

「ぼくのでかぶつジェーンが何かに悩んでいるという結論をくださざるを得ないようだな。

ハッピーにそいつを打ち明けてごらん。ぼくはさりげなく聞いている」

ジェーンはじっと横たわったまま、黙っていた。ああ、パパに何もかもしゃべれたら――知りたくてたまらないことすべての答えが見つけられたら！　けれどもできなかった。二人の間に目に見えない壁があった。

「お母さんは、パパを嫌いになれと教えたかい、ジェーン？」

ジェーンの心臓が跳びあがり、息が止まりそうになった。パパにお母さまの話はしないようにとトロントで約束させられたから、これまでその約束を守ってきた。だが今回話を持ちだしたのは、パパのほうだ。これに答えるのは間違っているだろうか？

ジェーンは直ちに心を決め、この機会を逃さないことにした。

「ううん。パパ。ぜんぜん。一年半前まで、パパが生きていることも知らなかったもの」

「知らなかったって？　そうか。どうせおばあさんの仕業だろう。パパが生きていると話したのは、誰なんだ？」

「学校の子。それで、パパはきっとお母さまにひどいことをしたんだろう、って、でないとお母さまがパパを……捨てたりするはずがないと思って……だからその時にパパなんか大嫌いだと思ったの。でもパパを嫌うようになんて、誰にも言われなかった。……ただおばあさまは、パパがあたしを呼んだのは、お母さまへのいやがらせだって……。そうだったの……そうなの、パパ？」

「まさか。ぼくはわがままものかもしれないよ。ジェーン、それは確かだ。一度ならずそう言われてきたから。だがそこまで自分勝手じゃない。ぼくは、きみがパパを嫌うよう育てられたにちがいないと、そしてそれはあんまり不公平だと思った。だから、できるならばパパを好きになるチャンスをもってもらいたいと思ったんだ。そこで来てほしいと手紙を書いたんだよ。お母さんとパパは結婚に失敗したんだ、ジェーン。たくさんの若いばか者たちが犯した過ちさ。要はそれなんだ」

「だけど……どうして……どうしてなの？　お母さまはあんなにすてきで……」

「お母さんがどんなにすてきか、きみに言われなくてもわかってるよ。初めて会った時、ぼくは泥と悪臭とぞっとする塹壕《ざんごう》から出てきたばかりで、あの人はよその星から来た生き物かと思った。それまではトロイ戦争なんか理解できなかった。だがその時わかったんだ。もしもトロイのヘレンが金髪のぼくのロビンみたいだったとしたら、戦争をする値打ちはあるだろう、ってさ。しかもあの目！　青い目だからといって美しいとは限らない。でもお母さんの目はあまりにあまりにきれいで、青い目以外は見る値打ちもないと思ってしまったほどなんだ。まつ毛ときたら、信じられない力を及ぼした。初めて会った時、お母さんはみどりの服を着ていた。……そうだな。他の人が着ていたら、ただのみどりの服、それだけだったろう。ロビンが着たら、それは魔法だった、神秘だった、妖精の女王ティターニアのドレスだった。そのすそにだってキスしただろうよ」

「そしてお母さまもパパに恋をしたの？」

「似たようなものをね。うん。しばらくはぼくを愛してたにちがいない。ほら、ぼくらは駆け落ちしたんだからね。……おばあさんにとって、ぼくはろくでなしだった。ロビンを自分から奪っていく男は、誰でも気に入らなかったとは思うがね。……でもぼくは貧乏でどこかの馬の骨だったから、まるで問題外だったのさ。

ある月の夜、ぼくはロビンに、いっしょに来てくれないかと頼んだ。古代からつづく月の魔法は、はずれがない。月の光の下では、何も信じるんじゃないよ、でかぶつジェーン。思い通りにできるものなら、月の夜にはぼくはだれだって外に出したりしない。ぼくらは港岬に家を構え、幸せだった。いやあ。『愛する人』にあたる新語を毎日発明したものさ。ぼくは自分が詩人だと気づいたよ。……ぼくは意味のないうわごとばかり言っていたのさ、ジェーン。……うん。最初の一年は幸せだった。ずっと自分のものだと……神々にさえ手出しできないものだと思っていた」

パパの声は激しかった。

「そしてそれから」ジェーンが苦々しげに言った。「あたしが生まれて……二人ともあたしなんかほしくなかったから……二人とも幸せでなくなったのね」

「ジェーン、誰にもそんなことは言わせないぞ。たしかに、きみをほしくてたまらなかったとは言わない。ぼくは幸せすぎて、三人目の家族なんかいらなかった。だがきみのまん丸い大きな目が、部屋にたくさんいる男たちの中からぼくを探し当てて輝いたのを覚えているよ。そのとたん、どんなに来てほしかったかが、わかったんだ。お母さんは、きみをほしがりすぎていたかもしれない。……何にしても、子供を愛するのは自分だけの役目だって感じだったね。きみに夢中すぎて、余分な時間も愛情も、ぼくには残されていないように思えた。きみがくしゃみでもすれば、てっきり肺炎になりかかっていると思いこみ、ぼくが大騒ぎしないと言って、冷血漢扱いした。落っことしやしないかと、ぼくに抱かせるのもこわがっていたよ。そうだなあ。きみのことだけじゃない。あのころになると、自分が結婚したのは架空の世界の誰かさんで、気がついたらそいつは夢の王子さまなんかじゃなくて、ただの平凡な名無しの権兵衛だったって、わかってたんじゃないかなあ。いろいろあったよ。パパは貧乏で、二人はパパの収入だけで食べていかなきゃならなかった。パパは嫁さんの母親が送ってくるお金に家計を助けてもらいたくなかった。……お金は送り返させた。お母さんが自分からそうしてくれたと思いたい。だがそのころからささいなことでけんかをするようになった。……ああ、ぼくが短気なのは知ってるね、ジェーン。一度お母さんに『黙れ！』と言ったことがある。だが世間の夫というものは、少なくとも一生に一度ぐらいは奥さんにそう言うよ、ジェーン。そう言ったからって、お母さんが傷ついたはずはないと思う。……だがお母さんは、ぼくが傷つけるつもりでなく言ったあれやこれやで傷ついていた。もしかしたら、ぼくは女というものがわかっていないのかもしれないね、ジェーン」

「うん。全然わかってない」ジェーンは認めた。

「ええっ、何だよ！」パパは意表をつかれ、ジェーンの手厳しい同意に気勢をそがれたようだった。「そんな、そういうつもりじゃ……いや、反論はするまい。だがロビンもぼくをわかっていなかった。ぼくの仕事に嫉妬《しっと》してたんだ……ぼくがロビンより仕事を大事にしていると思ったんだよ。……ぼくの作品が断られた時、心の底では喜んだのがわかってる」

お母さまもパパが焼きもちを焼いてると思ってたのよね、とジェーンは思いだした。

「アイリーンおばさんがどこかにからんでると思わない、パパ？」

「姉さんが？　冗談だろ。アイリーンおばさんはお母さんの親友だったよ。そういえばお母さんは、姉さんへのぼくの愛情にも嫉妬してたな。お母さんが焼きもち焼きなのは仕方がないけれどね。……何しろその母親ときたら、この世に生きているなかで一番焼きもち焼きだったから。あれはもう病気だね。とうとうロビンはトロントの実家に帰って……実家に着くと、もうこちらには帰らないと手紙をよこした」

「ああ、パパ！」

「まあ、おばあさんが後ろにいたとは思うよ。でもお母さんはパパを愛するのをやめた。それがわかった。パパだって、かつて愛にあふれていたあの目に、憎しみがふくらむのを見たくなかった。そんなのは恐ろしい。だから返事を書かなかった」

「ああ、パパ……その時もしも……もしもたのんでみたら……」

「何かに対する最大のつぐないはへりくだってたのむことだと言ったエマソンに、今なら同意する。でもそのつぐないが大きすぎることもある。一年たって、ぼくは折れた。……そしてお願いだから帰ってくれと、実際に手紙を書いた。ぼくだって同じぐらい悪かったとわかっていた。……ぼくはいやがらせを言ったしな。きみがサルみたいだと言ったんだよ。……いや、ジェーン、ほんとにそうだったんだ、その時はね。ほんとだったんだけど。……手紙の返事はもらえなかった。だから書いたのも無駄だったとわかった」

ジェーンの頭に疑問が一つ浮かんだ。お母さまは、その手紙を読んだのかしら？

「これでよかったんだ、ジェーン。ぼくたちは相性が良くなかった。……ぼくは十歳も年上で、しかも戦争で苦労したから、年の差は二十歳と言ってもいいくらいだった。ぼくは贅沢品《ぜいたくひん》も、大好きな浮かれ騒ぎの暮らしもあげられなかった。パパを……お払い箱にして、お母さんはとても……賢かったよ。これ以上この話はよそう。ぼくはジェーンにほんとうのことを知ってほしかっただけだ。それからぼくが話したことは、一切お母さんに言ってはいけない。約束してくれ、ジェーン」

ジェーンはみじめな気持ちで約束した。言いたいことはたくさんあったが、言えなかった。言うとお母さまを裏切ることになる。

だがこれだけは言わなければ。「ひょっとして……まだ間にあうかもよ、パパ」

「そんなバカな考えを、思いついても無駄だ。もう間にあわない。ぼくは二度とロバート・ケネディー夫人のご令嬢に、帰ってくれとたのみはしない。ぼくら二人はできるかぎりのことをしようじゃないか。ぼくときみは、お互いに相手を愛してる。……それはお祝いしたいほど嬉《うれ》しいよ」

その瞬間ジェーンは言うことがないほど幸せだった。パパは自分を愛してくれている。

……ようやく本当に信じることができる。

「ねえ、パパ、来年の夏も帰ってきちゃいけない……その先も夏にはいつも？」ジェーンは息もつかせず言ってのけた。

「本気かい、ジェーン？」

「うんっ」ジェーンは心を込めて言った。

「ではそうしなくちゃな。たしかにロビンがきみと冬じゅう過ごすなら、ぼくが夏じゅういっしょにいたっていいわけだ。恨まれる筋合いもない。きみはいいやつだね、ジェーン。はっきり言って、ぼくらは二人ともなかなかいけてると思うよ」

「パパ」ジェーンはこれだけは聞いておきたかったので、いっそずばりと切りこむことにした。「パパは……お母さまを……今でも愛してる？」

一瞬の沈黙があった。ジェーンは震えて待った。それから、パパが干し草の中で肩をすくめる音が聞こえた。

「散ったバラはよみがえらない」パパは言った。

それでは答えにならないとジェーンは思ったが、それ以上何も言ってもらえないのもわかった。

ジェーンは寝つくまでに、これまでのあれこれを考え直してみた。じゃあパパは、お母さまにいやがらせをするためにあたしを呼んだのではないのね。でもパパはお母さまをわかっていない。パパの人を……茶化す癖を、このあたし、ジェーンは好きだけど、きっとお母さまにはわからなかったんだ。それをパパは、赤ちゃんのせいでお母さまに無視されたと思って、それがいやだったんだ。それにパパは、アイリーンおばさんの正体が見通せない。お母さまがあの夜暗い部屋で泣いていたのは、そのことだったの？　ジェーンは闇の中で泣く母を思っただけで、切なくなった。

小さいエムおばさんとパパとから、ジェーンはこれまで知らなかったことをたくさん知った。だけど……。

「お母さまの言い分も聞いてみたいな」ようやく眠りこむ前にジェーンが考えたのは、そういうことだった。

目覚めた時、東の空には暁の、真珠色の光が射していた。眠る前には知らなかったことを、今では知っていると思った。パパは今でもお母さまを愛している。そのことに疑いはなかった。

パパはまだ眠っていたので、ジェーンとハッピーはこっそりはしごを下りて、外に出た。これほど美しい夜明けは、過去にはなかったにちがいない。納屋の周囲の古い牧草地は、これまで見たこともないほど静かな場所だった。また小さなエゾマツ……闇の中では何であれ、朝の光で見ればエゾマツだった……の下の青草には、妖精《ようせい》が織ったにちがいない、幻のような薄網がかかっていた。ジェーンが朝露で顔を洗っていると、パパが下りてきた。

「新しい一日の始まりを見られるのが、冒険の醍醐味《だいごみ》だね。今日は何が起こるだろう。どこかの帝国が滅びるかもしれない。将来ガンの治療法を発見する人物が生を受けるかもしれない。美しい詩が書かれるかもしれない……」

「それから車を修理しなくちゃならない」ジェーンが思いださせた。

二人は一マイル歩いて人家にたどり着き、修理工場に電話をかけた。昼少し前に車は立ち直った。

「よしよし。いい排気っぷりだ」パパが言った。

帰宅すると、二匹のピーターが喜んで迎えてくれた。湾は歌っている。門の前でミリセント・メアリがうっとりと見つめている。美しい八月の一日だが、ジミー・ジョンの小麦畑はもう金褐色に熟れ、九月が丘のすぐ後ろで待っていた。九月といえばトロントとおばあさまとセント・アガサとの再会であり、ここでの気楽な旅暮らしとはほど遠い、ぎりぎりの綱渡りの日々を意味した。九十五個もあった明日《あした》は、数えられるほどに減ってしまった。ジェーンはため息をつき……それから身を震わせた。あたしはどうしちゃったんだろう。ジェーンはお母さまが好きだ。お母さまに会いたくてたまらない。それでも……。

「パパといっしょにいたい」ジェーンはつぶやいた。

27

八月はするりと九月にすべりこんだ。ジミー・ジョンは、池の下手の大牧草地を、すきで掘り返した。ジェーンはすきたての赤いうねの様子が好きだった。ミセス・ジミー・ジョンのガチョウの群れが、池を泳ぎまわるのも好きだった。かつては月世界の紫の池で、白鳥の群れを飼った時代もある。だが今は本物のガチョウのほうが好きだった。小麦とオート麦の畑は、日に日に黄金の輝きを増していった。それからヒトマタギがジミー・ジョン家の小麦を刈った。ピーターたちは追い立てられた野ネズミをとってぶくぶく太ったので、パパがジェーンに、本気で猫たちをダイエットさせるようにと言ったほどだった。

夏は終わった。とどめをさしたのは大嵐だったが、それに先立つ一週間、不思議なほどおだやかな天候がつづいた。ヒトマタギは首を振り、気に食わないと言った。何かふつうでないことが近づいてるぜ、と。

この夏じゅう天気はいい顔をしつづけた。太陽あふれる日々と優しい雨の日々だ。ジェーンは北海岸の嵐の噂を聞いていたので、一度見たいと思っていた。その願いは徹底的に叶《かな》えられることになる。

ある日湾の水が青から不機嫌な灰色に変わった。丘はくっきりと輪郭を表し、雨を告げた。北東の空は黒く、雲は激しい風を含んで暗かった。

「おかしな天気がやってくるぜ……おれに責任をおっかぶせないでくれな」ジミー・ジョンの家からジェーンが帰ろうとした時、ヒトマタギは警告した。ジェーンは文字通り風に飛ばされて小道を進み、もしも途中にランタン丘がなかったら、小さいエムおばさんの噂に高い港往復空中旅行を再現するのではないかと思ったほどだった。世界じゅうが、荒々しく、よそよそしく、敵意のこもった様相を呈していた。いつもの木々さえ、近づく嵐の中で、よそものの顔をしていた。

「窓とドアをしっかり閉めるんだ。ジェーン」パパが言った。「わが家は東の風を笑ってやろう」

たちまち嵐がまきおこり、二日間つづいた。その夜の風はおよそ風の音ではなかった。……まるで、野獣の咆哮《ほうこう》だった。二日間見えるものといえば、灰色の雨の渦と、その雨を受けるもっと灰色の海ばかりだった。……聞こえる音は、眼下のクイーン浜で不動の岩塊に激しくぶつかる、巨大な波のすさまじい音楽のみだ。なれてしまうとジェーンはそのすべてが気に入った。からだの中の何かが、それに反応してわくわくした。それに、雨が窓に打ちつけ、風が吠《ほ》えたけり、湾が轟《とどろ》くこのような夜には、白樺《しらかば》をたく火の前にすわっているのがとても心地よかった。

「こいつはなかなかのものだよ、ジェーン」両肩にピーターを一匹ずつのせ、へたれじいさんをふかしながら、パパは言った。「人間は自分の炉の火と仲良くするのがいい。他人のストーブで暖をとるなんて、わびしい人生だよ」

そしてジェーンに、これからもランタン丘で暮らすことに決めたと語った。

ジェーンは歓《よろこ》びと安心で大きく息をついた。初めのうちは、ジェーンがトロントに帰れば、パパはランタン丘を閉ざし、冬の間街に行くというのが暗黙の了解になっていた。だからジェーンはこまごまとした心配で気が休まる暇が無かったのだ。

窓を埋めつくすゼラニウムはどうなるのだろう？　ジミー・ジョン一家は自分の家の面

倒だけで、手いっぱいではないのかしら？　パパはハッピーは連れていくつもりだけど、そしたらピーターたちはどうなるの？　それにこの家は……？　真っ暗な窓を想像するだけで耐えられなかった。家はどんなに寂しがるだろう。どんなにうち捨てられた気持ちになるだろう。

「うわあ、パパ。とっても嬉《うれ》しい。家が寂しがるだろうと思うだけでがまんできなかったの。でも、パパって……食事はどうするの？」

「ああ、生きてくぐらいは何とかできる、つもりだよ」

「帰る前にステーキの焼き方と、ジャガイモの茹《ゆ》で方を教えてあげる」ジェーンはきっぱりと言った。「そしたら飢え死にはしないでしょ」

「ジェーンは旦那《だんな》を尻《しり》に敷くタイプだな。……絶対にそうだ。だけどパパに料理を教えようたって無駄だよ。初めに作ったおかゆを覚えてるだろ。大丈夫。ジミー・ジョン一家はパパを黙って飢え死にさせたりしないさ。日に一度あの家でちゃんとした食事ができるように案配する。そうとも。ぼくはずっとここに住むぞ、ジェーン。ランタン丘の心臓を、きみのために動かしつづける。ゼラニウムに水をやり、ピーターたちの足がリューマチにならないよう気をつける。だけどきみがいないここがどうなるのか、想像もできないな」

「あたしがいないと少しは寂しがってくれる、パパ？」

「少し？　ぼくのジェーンは笑わせようとしてくれてるのかな？　だが確実なことは一つ。メトセラの伝記を少しは片づけられるだろう。あんまり邪魔が入らないからね。それにどんなにぶつくさ言っても、いやな顔をされないですむ」

「ぶつくさ言うのは日に一度だけにしてね」ジェーンは笑った。「ああ、ジャムをたくさん作っといてよかった。食糧庫はジャムでいっぱいよ」

パパが手紙を見せてくれたのは次の夜だった。夕食の皿洗いをすませてジェーンが入ってきた時、パパは足元にピーター二世を眠らせて、机に向かっていた。片手で頭を支えるその姿がくたびれて老けて見え、ジェーンの胸は突然鋭く痛んだ。ダイヤの目をした緑のぶち猫が、パパにウィンクしていた。

「パパ、その猫はどこで買ったの？」

「お母さんがくれたんだ……冗談で……結婚する前に。ショーウィンドーで見かけて、こいつの性悪さに魅《ひ》かれたんだな。そしてこれが……これがお母さんあてに書いた手紙だよ、ジェーン。お母さんがおばあさんとハリファックスに行っていた一週間に書いたやつだ。今晩抽《ひ》き出しを整理していて見つけた。ぼくは自分を笑っていたんだ。……世界一苦い笑いさ。ジェーンも笑うだろう。読むよ……『ロビン、今日あなたに詩を一つ書こうとしました。ところが、恋する男が花嫁にふさわしいほどの美しい衣服を探しだせないように、その詩にふさわしいほど美しい言葉を見つけられなくて、詩は完成しませんでした。昔の男たちが愛を歌うために使った古い言葉は、くたびれて手あかがつき、あなたにふさわしくありません。ぼくがほしかったのは、クリスタルのように透明な、でなければ虹色《にじいろ》の彩りをもつ、新たな言葉です。他の男たちの思いの色に染められ、しみのついた言葉などいりません……』ぼくはセンチなピエロだったよな。『ロビン、今夜新月をながめました。きみがいつも沈む新月をながめると言っていたから。あれ以来月は二人をつなぐ絆《きずな》です』……『ああ、何と優しく、人間みにあふれ、娘らしく、女王然としているあなた……聖女でいながら、女らしさのきわみのあなた』……『愛する人に何かすることはすばらしいものです。たとえそれが先に立ってドアをあけてあげるだけ、または本を手渡すだけであっても』……『あなたはバラのようだ、ぼくのロビン……月光の中の白いティーローズのよう……』」

「いつかあたしをバラにたとえてくれる人なんか現れるかしら」とジェーンは思った。現れるとは思えなかった。自分に似ている花など一つも思いつけない。

「こんな手紙はどうでもいいから、お母さんは持っていかなかったんだな、ジェーン。彼女が出ていったあと、贈り物にあげた小机の抽き出しで、見つけたんだ」

「だけどその時は、もう帰ってこないつもりなんかじゃなかったはずよ、パパ」

ピーター二世が足でおしのけられたように、ふーっとうなった。

「そうかな。そのつもりだったと思うが」

「絶対にそんなつもりじゃなかったわ」ジェーンは自信たっぷりだった。もっともその自信がどこからくるのかはわからなかった。「お母さまに渡してあげる」

「だめだ！」パパは力を込めて平手で机をばんと叩《たた》き、その痛みにひるんだ。「燃やしてしまおう」

「わあっ。だめ、だめ！」手紙が燃えると想像するだけで胸が痛んだ。「それ、あたしにちょうだい。トロントには持って帰らない。あたしの抽き出しに入れて置いてくから。……だけど、お願いお願い、燃やさないで」

「よし！」パパは手紙をジェーンに押しやり、手紙と娘を同時に振りきるように、ペンをとった。ジェーンはふりかえりふりかえり、のろのろと部屋を出た。あたしはこんなにもパパが好きなのに……壁に映ったパパの影、くっきりとしたきれいな影さえも好きなのに……お母さまはどんなつもりでパパを捨てられたのかしら？

嵐はその夜力尽き、荒々しい赤い夕焼けと、もっと荒々しい北西風――晴天を告げる風だ――を残した。海岸は翌日も泡立ち渦を巻き、砂の上には怒れる黒雲の影が切れ切れにとびつづけたが、雨は止み、雲間から太陽がのぞいた。とりいれ間近な畑はずぶ濡《ぬ》れにもつれあい、ジミー・ジョンの果樹園は一面りんごで埋まった。……そうして夏は終わった。すべてに秋の兆しの、見間違いのない変化が訪れていた。

28

最後の数日はジェーンにとって幸福と悲しみのまじるものとなった。大好きであっても、次の夏まではしそうにない仕事を、ジェーンはひたすらしつづけた。おまけに次の夏は百年も先のことのように思えた。おかしな感じだ。初めは来たくなかったのに、今度は帰りたくない。ジェーンは家じゅうを掃除し、皿類を一枚残らず洗い、銀器をすべてみがき、ミスター・マフェットと仲間たちの顔をぴかぴかになるまでこすった。ジミー・ジョン一家とスノービーム団が十月のクランベリー摘みの相談をするのを聞くと、寂しく、仲間はずれにされた気分になった。そしてパパが「二週間たったころ、エゾマツの丘に赤く輝くあのカエデを見せられたらなあ」と言うのを聞いて、そのころには二人は千マイルも離れているのだと気づいた。まったく、生きていけそうもなかった。

ある日ジェーンが猛烈に大掃除をしているところに、アイリーンおばさんが現れた。

「まだままごとに飽きないの？　かあわいい」

だがいかにものアイリーンおばさん的態度にもジェーンは動じなかった。

「来年の夏も来るんですもの」ジェーンは得意満面で言った。

アイリーンおばさんはため息をついた。

「それはすてきねえ……と思っておきましょ。でもそれまでにいろんなことがあるかもよ。お父さんは気まぐれで今ここにいるけれど、いつまた気まぐれを起こさないともかぎらないし。それでもあきらめないでおきましょうよ。ジェーンちゃん」

最後の日が訪れた。ジェーンはトランクを荷造りした。母へのおみやげにするとっておきの野イチゴジャム一びんと、ジェーンとジョディーにとポリー・ガーランドが特別にくれたラセット種のリンゴ二ダースも、忘れずにつめた。ポリーはジョディーについてすっかりくわしくなっていて、くれぐれもよろしくとことづけた。

お昼のご馳走《ちそう》はチキンだった。ふたごのエラとジョージがミランダからよろしくと運んできた鶏《とり》だ。今度胸肉をまるまる食べられるのはいつかしらと、ジェーンは思った。午後になるとジェーンは一人で海岸にさよならを告げに行った。浜辺に打ち寄せる淋《さび》しい波に、胸がかきむしられそうだった。海の音も潮風も押しよせる波も、ジェーンを放してくれない。今では野山も風騒ぐ黄金の浜辺も、からだの一部になっていた。ジェーンとふるさとの島は、互いにわかりあっていた。

「あたしはここの人間なのね」ジェーンは言った。

「すぐに帰っておいで。プリンス・エドワード島はあんたがいなくちゃな」ティモシー・ソルトがナイフに刺した四つ割りリンゴをすすめながら、言った。「すぐ帰ってくるとも。島はあんたの血に流れこんでるよ。人によってはそうなるんさ」

ジェーンとパパは最後の晩を二人静かに過ごしたいと思っていたのに、サプライズ・パーティーになってしまった。ジェーンと仲良しの友達が、老いも若きもやってきた。ミリセント・メアリさえも来て、一晩じゅう片隅にすわり、ひと言も口をきかずにジェーンをまじまじと見つめていた。ヒトマタギもティモシー・ソルトもミンもミンの母さんもディンドン・ベルも大ドナルド一家も小ドナルド一家も、はてはジェーンは知りあいとも思っていなかった人々まで、コーナーズからやってきた。

誰もがお別れのプレゼントをたずさえてきた。スノービーム団は金を出しあって、寝室の壁にかけるようにと、白しっくいの丸い額をもってきてくれた。二十五セントもする上、青いターバンをかぶり赤い服を着たモーゼとアーロンの絵までついていた……ジェーンにはそれを見たおばあさまの顔が目に浮かぶようだった。小さいエムおばさんは来られなかったが、タチアオイの種をジェーンにとっておくとことづてをよこした。一同は非常に楽しい一夜を過ごしたが、『あの子はいいやつ』を全員で歌ったあと、女の子たちがわっと泣きだした。ポリーの皿拭《ふ》きを手伝っていたオカッパ・スノービームはふきんをハンカチがわりにおいおい泣いたので、ジェーンは乾いたのを一枚出してやらないといけなかった。

ジェーンは泣かずに、心に思っていた。「こんなに楽しい時って、これから先何年もないわね。みんなとても優しくしてくれたなあ」

「ジェーン、おれが今どんな気持ちでいるか、わかるまいよ。見てくれ、このハートを」ヒトマタギは言いながら、腹をさすった。

客が帰っても、パパとジェーンはしばらく立ちあがらなかった。

「ここではみなきみを好きなんだな、ジェーン」パパが言った。

「ポリーとオカッパとミンは、毎週手紙をくれるんだって」ジェーンが言った。

「それでは丘とコーナーズのニュースが聞けるわけだ」パパが柔らかな声で言った。「ぼくは手紙を書けないんだよ、ジェーン……きみがあの家にいるかぎりは」

「おまけにおばあさまはあたしからも、パパに手紙を書かせてくれないわ」ジェーンは悲しげに言った。

「だが、パパがいるときみにわかっていて、ジェーンがいるとぼくにわかっている限り、どうってことはないさ。だろう？　ぼくは日記をつける。だから来年の夏来た時に読むといい。手紙を一度に束でもらうようなものだ。それにどうせしょっちゅう思いあうのなら、特別な時間をきめようじゃないか。ここでの夜の七時は、トロントでは六時だ。毎週土曜日の夜七時に、パパはきみのことを考えるから、きみはパパのことを考えておくれ」

こういうことを計画するのは、いかにもパパらしかった。

「それからね、パパ。春になったらあたしのかわりに花の種を蒔《ま》いてくれる？　あたしはここにいなくて、種まきができないから。キンレンカとコスモスとフロックスとキンセンカなの……えっとね、ミセス・ジミー・ジョンがやり方を教えてくれる。それからあたし、小さい菜園もほしいな」

「配慮いたします、ジェーン女王さま」

「それから、パパ、夏にはニワトリも何羽か飼っていい？」

「そのニワトリはもう卵からかえっているな」パパが言った。

パパはジェーンの手をぎゅっと握りしめた。

「ぼくらは楽しく過ごしたね。そうだろ、ジェーン？」

「二人してよく笑ったわねえ」笑いのないゲイ・ストリート六十番地を思い浮かべながら、ジェーンは言った。「春になったら手紙で呼んでくれるのを忘れないでね、パパ。忘れないよね？」

「まさか」とだけパパは言った。「まさか」は時にはいやな言葉だが、すばらしい言葉のこともあるのだ。

次の朝は早起きしないといけなかった。パパが車でジェーンを街まで送り届け、臨港列車に間にあわせ、トロントに向かうミセス・ウェズリーに預ける予定だからだ。ジェーンは一人でもちゃんと帰れると思ったのだが、パパはそこだけはゆずらなかった。

明け空は赤く、木々を黒く浮き立たせていた。糸のようにかけた月が空に残り、大ドナルドの丘のカバ林にかかって、さかさの新月のようだった。くぼ地はまだ霧に煙《けぶ》っている。ジェーンは家じゅうの部屋にお別れを言い、家を出る直前、パパが八点鐘を止めた。

「ジャネキン、きみが戻ったら、またこいつを動かそう。冬の間は腕時計で間にあう」

ゴロゴロのどを鳴らすピーターたちともここでお別れだったが、ハッピーは街までついてくることになった。アイリーンおばさんと、おまけにリリアン・モローまでが駅にいた。ミス・モローは髪を波打たせ、香水をぷんぷん匂わせていた。パパは会えて嬉《うれ》しそうで、二人ならんでホームを行きつ戻りつしていた。彼女はパパを「ドルー」と呼んだが、その名前はむつごとかキスのように聞こえた。ミス・モローがいなくても、見送りには充分だろうに。

アイリーンおばさんはジェーンに二度キスして、泣いた。

「いつまでも私だけはお友だちよ。忘れないで。ジェーンちゃん」……ジェーンには他に友だちがいないとでも思っているのだろうか。

「そんなに泣きそうな顔をしないで」リリアン・モローはほほえみかけた。「だっておうちに帰るんでしょう?」

「おうち《ホーム》」！　『家とは心が住まうところ』と、どこかで聞いたか読んだかしたことがあった。そしてジェーンは自分の心を、パパとともに島に残していくのだった。そして今ジェーンは、これまでに言ったさよならをひとまとめにした以上の悲しみをこめて、パパにさよならを言った。

ジェーンは船の上から、島の赤い海岸が水平線上に青くにじむ筋になるまでずっと眺めていた。さあ、またビクトリアにもどるのだ。

トロント駅の改札を抜けた時、どこにいてもわかる笑い声が聞こえた。この笑い声を立てるひとは、世界にたった一人だけだ。ああ、お母さまだ。白いファーの襟がついた、新調の真っ赤なベルベットのすてきなマントを羽織り、下にはキラキラ光る宝石をちりばめた、白いシフォンのドレスを着ている。つまりお母さまはこれから晩餐《ばんさん》会に出かけるわけだ。そしておばあさまは、ジェーンが帰ってくる最初の夜だからとお母さまが約束をほごにするのを、許さなかったのだ。それでもスミレの匂いのするお母さまは、泣き笑いしながらジェーンをしっかと抱きしめた。

「かわいいかわいい……わたしだけのお嬢ちゃん。帰ってきたのね。ああ、あなたがいなくて、どんなに……どんなに淋しかったか」

ジェーンは母を……いつにもまして美しく、いつにもまして青い目の母を、激しく抱きしめた。六月より少しやせたことに、すぐに気づいた。

「帰ってきて嬉しい、いい子ちゃん?」

「ママにまた会えて、ほんっとに嬉しいわ」ジェーンは言った。

「背が伸びたのね。……まあ、わたしの肩まであるわ。……それに、きれいに日焼けしたこと。でももう二度と行かせないわ……行かせませんとも」

ジェーンはそれについての自分の意見は、胸に納めておいた。光あふれる大きな駅を母と歩いて行くジェーンは、不思議なほどに変わり、大人びていた。フランクがリムジンで待ちかまえていて、二人はせわしなく人の行き交う通りを抜け、ゲイ・ストリート六十番地に向かった。六十番地はせわしなくも人が行き交ってもいなかった。鉄の門が背後でがちゃんと閉まる音は、弔いの鐘のように思われた。ジェーンは牢獄《ろうごく》に戻ってきたのだ。だだっぴろくて、冷たくて、静まりかえった屋敷は、ジェーンの魂まで凍りつかせた。母はそのまま晩餐会に出かけ、祖母とガートルード伯母《おば》が出迎えた。ジェーンはガートルード伯母の細長く白い顔、祖母のゆるんで皺《しわ》だらけの顔にキスをした。

「背が伸びたのね、ビクトリア」祖母が冷たい声で言った。ジェーンが同じ高さから目をあわせるのが、気に食わないのだった。また祖母は、ジェーンがどうやら手足の使い方を心得、完全に自信を身につけたことを、一目で見抜いた。「口を閉じたまま笑わないでもらえるかしらね。わたくしにはモナリザの微笑の魅力は、どうしてもわからないのよ」

夕食になった。六時だった。家のほうでは七時だ。今ごろパパは……ジェーンは口の中のものを飲み下せそうになかった。

「わたくしが話しかけている時は、耳をかたむけてもらえないかしら、ビクトリア？」

「すみませんでした、おばあさま」

「この夏何を着ていたのかと聞いているのよ。おまえのトランクをのぞいたら、持って行った服にまるで袖《そで》を通していないように見えたのだけれど」

「緑の麻のジャンパードレスだけ、教会とアイスクリーム・パーティーに着て行きました。家ではギンガムの服を着てました。だってお父さまのために主婦役をしないといけなかったから」ジェーンは答えた。

祖母はナプキンで念入りに唇をぬぐった。まるで何かのいやな味をふき取っているようだった。

「おまえの日々の生活を聞いたのではありません」ジェーンは祖母にじっと手を見られているのを感じた。「そんなことは忘れるのが身のためだから……」

「だけど、おばあさま、あたし来年の夏も行くつもりで……」

「お願いだから口を挟まないでちょうだい、ビクトリア。それから、長旅で疲れているだろうから、すぐに寝に行ったほうがいいでしょう。メアリがお風呂《ふろ》の用意をしてくれてるわ。また本物のバスタブにつかれて、嬉しいでしょうね」

夏じゅう湾をバスタブがわりにしていたジェーンに、何を言うのか。

「その前に急いでジョディーに会いに行かなくちゃ」ジェーンはそう言うと……出て行った。新しくつかんだ自由をそう簡単に忘れるわけがなかった。祖母は一文字に口を結んで、その姿を見送った。おそらくジェーンが、かつての気弱でおどおどしたビクトリアには二度と戻らないことに気づいたのだろう。ジェーンはからだだけでなく、精神も成長したのだった。

　ジェーンとジョディーは大喜びの再会を果たした。ジョディーも成長していた。以前よりやせて背が高くなり、その目はさらに悲しげだった。

「ああ、ジェーン。帰ってくれて嬉しい。すごく長かったよ」

「あたしもジョディーがまだいてくれて、嬉しい。ミス・ウェストに施設にやられたんじゃないかと、心配してたの」

「いっつも施設にやると言われてるの。……今もその気だと思う。島がそんなに気に入ったの、ジェーン？」

「とにかく大好き」少なくともここには愛する島と父親のことを自由に話せる人間が一人いる。そう思うとジェーンは嬉しかった。

　ふかふかのじゅうたんを敷いた階段を寝室へあがって行きながら、ジェーンはひどいホームシックにかかっていた。ひょいとひとっとびで、ランタン丘の敷物のない、ペンキ塗りだけの階段に戻れればいいのに。屋敷の部屋は、少しも親しみをましていなかった。窓辺にかけより、開き、目を凝らす。けれども星がきらめく丘はなく、月が照らすのは森深い野ではなかった。ブルア・ストリートの騒音は耳をつんざいた。六十番地の古木は自分しか好きではなく、人懐こいカバやエゾマツとはちがう。吹き抜けようとする風を、ジェーンはかわいそうに思った。風はこちらをためし、あちらにぶつかっている。だが西からの風だった。ここからまっすぐ島に向かうのかしら……ランタン丘の下に広がる港の灯をちりばめた、濃く暗い夜のほうへと？　ジェーンは窓から身を乗りだし、パパにキスを投げた。

ジェーンはビクトリアに語りかけた。「そうよ。今から、あと九か月だけやりすごせばいいのよ」

29

「あの子はランタン丘のことなど、すぐにみんな忘れてしまうわ」祖母は言った。

母はそれほど自信が持てなかった。ジェーンの変化を感じ取っていた。それは他の人たちも同様だった。デイビッド伯父《おじ》一家はジェーンが「急速の進歩をとげた」と思った。シルビア伯母が、ビクトリアは家具をこわす心配もなく部屋を歩けるようになったのね、と言った。フィリスも、まだまだ進歩の余地はあるとしながらも、偉そうな態度を少しだけおさえた。

「あっちでははだしで歩いてたって聞いたけど？」フィリスが面白そうにたずねた。

「あたりまえでしょ」ジェーンは言った。「夏には子供はみんなそうよ」

「ビクトリアはプリンス・エドワード島にすっかりなじんだようですよ」祖母はいつもの

苦々しげな笑みを浮かべて言った。まるで「ビクトリアは野性に返ってしまったのですよ」とでも言ったように聞こえた。祖母は早くもジェーンをいらだたせるこつを心得ていた。島についてちょっと辛辣《しんらつ》なことを言えばいいのだ。祖母はそのこつを容赦なく用いた。ジェーンを傷つけるのが以前よりむずかしくなったと察したからだ。ジェーンは今でも祖母に嫌みを言われると顔色を変えたが、昔のようにはちぢこまらなくなった。ひと夏ランタン丘の女主人役と、舌鋒《ぜっぽう》するどい大人のインテリの相手を、むだにつとめたわけではなかったのだ。ハシバミ色の目からは新しい精神が……自由で超越し、飼いならそうにも傷つけようにももはや祖母の手には余る精神が、のぞいていた。祖母の針に仕込まれた毒は、この新しいジェーンには効かなくなったようだ。……島をけなす時だけは別だったが。

なぜならジェーンは、今も島で暮らしているようなものだったから。暮らしているつもりで、最初の二週間の堪え難いホームシックをやわらげることができた。音楽のおさらいをしながら、ジェーンはクイーン浜の波の轟《とどろ》きを聞いていた。食事をしながら、パパが長い散歩から帰り、ハッピーを従えて入ってくるのを待っていた。大きな暗い屋敷に一人でいる時も、ピーターたちがそばにいた。千マイルも彼方《かなた》にいる猫二匹が、こんなに慰めになってくれるなどと、誰に想像できただろう。……夜中に一人ベッドにいると、懐かしい島の音がはっきりと聞こえた。何ひとつ変わらない恐怖の居間で、祖母とガートルード伯母に聖書を読む時、ジェーンはものみやぐらにいるパパに読み聞かせているのだった。

「聖書は、もう少しうやうやしい態度で読んでもらうほうが、わたくしは好きですけれどね、ビクトリア」祖母が言った。ジェーンは古代のヘブライ戦争の物語を、勝利のラッパを声に響かせ、パパならこう読むだろうと想像して読んでいたのだった。祖母はジェーンを恨めしげに見た。聖書朗読がジェーンにもはや苦痛でないことは明らかだった。積極的に楽しんでいるようだ。今さら祖母に何ができるというのだろう。

ジェーンは島に戻るまでの九か月分の表を、算数のノートの後ろに書き、九月を消した時は、にんまりした。

ジェーンはセント・アガサに戻るのがおっくうで仕方なかった。ところが戻ってほどないある日、驚いたことに「あたし、学校に行くのが好きだ」と言っていた。

これまでセント・アガサでは、何となく取り残されたような……仲間はずれにされたような思いでいた。ところが今では理由はわからないながら、もうそんな風に感じなかった。まるで一夜にしてみんなの仲間入りを果たし、リーダーに選ばれたようだった。同級生たちはジェーンを尊敬の目で見た。先生たちは、なぜ自分たちは今までビクトリア・スチュアートがこれほど非凡な生徒だと気づかなかったのだろうと、首をかしげた。実に人の上に立つ資質にあふれているではないか。

勉強ももう試練ではなくなった。それどころか楽しみになった。パパに追いつくために、死ぬほど勉強したかった。歴史上の暗い幽霊たち……美しく、不幸な王妃たち……残忍な暴君たち……が、生身の人間になった。パパと読んだ、教科書の中の詩は、ジェーンにとって大きな意味を持つものになった。想像の中でさ迷った古代の国々は、ジェーンにはなじみの愛《いと》しい土地だ。だからそこについて学ぶのは、とても楽だった。ジェーンはもはや悪い成績表を持って帰らなくなった。母は喜んだが、祖母はそれほど嬉《うれ》しくなさそうだった。ある日ジェーンがポリー・ジミー・ジョンに手紙を書いていると、祖母は便せんをつまみあげ、目を通し、バカにしたように落とした。

「フロックスの綴《つづ》りは f-l-o-x ではないのよ、ビクトリア。でもおまえのいいかげんなお友だちは、おまえがどう綴ろうが、気にしないんでしょうね」

ジェーンはまっ赤になった。フロックスの綴りはちゃんとわかっていたのだが、ポリーには話すことが……聞くことが……はるかな愛しい島の海辺の人々に送る言葉がたくさんありすぎたので、良く考えずにひたすら書きなぐっていたのだ。

「ポリー・ガーランドは、ランタン・コーナーズ学校で一番綴りの成績がいいんです」ジェーンは言った。

「まあ、もちろん……もちろんわかっているわ。……その子は片田舎の優等生でしょうとも」

祖母の冷笑も、島から受け取る手紙へのジェーンの歓《よろこ》びは損なえなかった。手紙は、バラムブローサの落ち葉のごとく降るように届いた。ランタン丘か腹へり入り江かコーナーズの誰かが、常にジェーンに手紙をよこした。スノービーム団の手紙は寄せ書きだった。綴りはめちゃくちゃでインクの染みだらけで、文章はとびとびだ。だが誰よりもおかしなことを書くセンスに恵まれ、便せんのへりは、オカッパの手になる驚くほどたくみなさし絵で飾られていた。スノービーム団の手紙を読むと、ジェーンは大声で笑いたくなった。

トミー長老がオタフク風邪になった……オタフク風邪のトミー長老ってどんなかしら？

……オカッパはとんでもなくおかしい描線で、その様子を描いて見せた。大ドナルドさんの荷車の尾板が、小ドナルドの丘を登ってる最中にぱっかり開いて、カブが全部ころころ丘を転がり落ちたから、大ドナルドさん、かんかん！　ブタがコーナーズの墓地に入りこんだ。ミンの母さんはシルクのキルトを作ってる最中……ジェーンはすぐさまミンの母さんのために、端布《はぎれ》を集めはじめた。……ディンドンの犬がアンディー・ピアスンの二番目にいいズボンのお尻《しり》をそっくり食いちぎった。霜でダリアが全部枯れた。ヒトマタギにおできができた。この秋にはたくさん面白いお葬式があった。ミセス・ドゥーガル・マッケイが死んで、そのお葬式に出た人はみな、とってもはなやかなご遺体だったと言っている。ジミー・ジョンちの赤ちゃんが、やっと笑った。大ドナルドの丘の大木が、風で倒れた。……ジェーンはその木が大好きだったので、悲しかった。『ジェーンがいなくてすっごくさみしい』『ねえ、ジェーン。ハロウィーン・ナイトにここにいてくれたらなあ』

ジェーンも本気でそうしたかった。その一晩だけでいいから、闇の中を、川や山や森を越えて飛んで行けたら！　カブやかぼちゃで作ったちょうちんを、走りまわって門口に置いたり、よその門をはずしたりするいたずらに加われたら、どんなに楽しいだろう。

「何を笑っているの、いい子ちゃん？」母が尋ねた。

「家《うち》からのお手紙」ジェーンはうっかりと言ってしまった。

って叫んだ。

「まあ、ジェーン・ビクトリアったら、ここは家ではないと言うの?」母は泣きそうにな

ジェーンは口が滑ったことは後悔したが、正直な気持ちだった。海を見晴らす小さな家、白いカモメ、行き来する船、エゾマツ林、湾一帯からの冷たい潮風、おだやかな……静けさ。それこそが家だ。ジェーンの心の唯一の家。けれども母を傷つけたくなかった。今ではジェーンは、不思議に母を守りたい気持ちをおぼえはじめていた。母は保護し、かばわないといけないものに思えた。ああ、もしもお母さまと気兼ねなく話すことができたら……パパのことを何もかも話せたら……あらゆる謎をとくことができたら……。島からの手紙を読み聞かせられたら、どんなにか楽しいだろうに。ジェーンはジョディーには読み聞かせた。ジョディーはジェーンと同じくらいランタン丘の人々に興味があった。そしてポリーとオカッパとミンにことづけをするようになった。

ゲイ・ストリート六十番地を囲むニレが汚い黄色に変わった。はるか遠くではカエデの赤い葉が散っているだろう。秋の霧が海から立ちのぼってくるだろう。ジェーンはノートを開き、十月を消した。

十一月は陰気で乾燥し、風の強い月だ。その月のある週、ジェーンは祖母に密《ひそ》かな勝利をおさめた。

「メアリ、あたしにお昼のコロッケを作らせて」ある日ジェーンは頼んだ。メアリはひどく悩んだあげく、コロッケが失敗でも冷蔵庫にチキンサラダがどっさりあるのを思いだし

た。失敗はなかった。まさにコロッケのお手本のような仕上がりだった。誰が作ったのか誰も知らなかったが、ジェーンはみんなが食べるようすを見て楽しんだ。祖母はおかわりまでした。

「メアリもようやくちゃんとしたコロッケを作れるようになったのね」祖母は言った。

パパが殊勲章の受勲者なので、ジェーンは休戦記念日に赤いひなげしを身につけた。パパがどんな様子か聞きたくてたまらなかったが、島の文通相手に聞くわけに行かなかった。パパと手紙のやりとりがないのがばれてしまうからだ。それでも時には手紙の中でパパに触れているものが……たいていほんの一、二行だが……あった。ジェーンはそれを頼りに日々を暮らした。夜中に起きあがると、ふるさとの手紙を読み直した。毎土曜日の午後には子ども部屋に閉じこもり、パパに手紙を書いて封をし、メアリのトランクに隠してもらった。夏が来たらそろえてパパに持って行き、パパに読んでもらう間、自分はパパの日記を読むつもりだった。パパに手紙を書く時には、いつもいい服に着替えることにしていた。外では風が吹き荒れる中、パパに、とても遠くにいるのにとても近くに感じる父親に、その週にしたすべてのことを、二人ならわかりあえる小さな、大好きなことどもを書き知らせると、心が躍った。

ある午後手紙を書いていると、初雪が、蝶《ちょう》のように大きな雪ひらになって舞い降りてきた。島も雪だろうか？　ジェーンは朝刊をさがしてきて、沿岸部の天気予報を調べた。あった……寒くて降雪あり。夜にはやんで冷えこむ予想。ジェーンは目を閉じ、そのようすを思い浮かべた。黒っぽいエゾマツ林を背景にした灰色の一帯に、大きくふわふわの雪ひらが降りしきるさまを……家の小さな庭は童話の世界のように美しいだろう。ジェーンとオカッパだけが知っている、からのコマドリの巣には雪が散り敷いているだろう。白い陸地を取り囲む黒い海。『夜にはやんで冷えこむ予想』冷え冷えとした星ぼしが、もっと凍《い》てついた宵の青い空気にかがやきわたり、その下に、雪で白く薄化粧した静かな大地が広がる。パパはピーターたちをちゃんと入れてやったかしら？

ジェーンは十一月を消した。

30

これまでクリスマスは、ジェーンにはさして意味がなかった。毎年同じことを同じ手順でやるだけだ。祖母の言いつけで、ゲイ・ストリート六十番地にはツリーも靴下もなく、朝のお祝いもなかった。祖母は午前中は静かなのが良いと言い、聖バルナバ教会の礼拝に出かけるのだが、計り知れない何らかの理由で、その日にかぎって一人で行きたがるのだった。それからみんなでウィリアム伯父《おじ》かデイビッド伯父の家で昼食をとり、夜はプレゼントを並べた六十番地で一大晩餐《ばんさん》会が開かれた。ジェーンはいつもたいしてほしくないものをどっさりと、本当にほしいものを一つか二つもらえた。母はクリスマスには、常の日よりはしゃいでいるように見えた。はしゃぎすぎよね。一瞬でもはしゃぐのを忘れたら、何か思いだしそうなのを怖がっているみたい。賢くなったジェーンはそう感じた。

だが今年のクリスマスシーズンは、ジェーンにとってこれまでにない意味が加わっていた。その一つはセント・アガサでのコンサートで、ジェーンは花形出演者の一人だった。またもやフランス系カナダ人の詩を、実にみごとに暗誦《あんしょう》して見せた。それというのも、ジェーンは千マイル彼方《かなた》のある聞き手に向かって演じていたので、祖母の恨みがましい顔つきや引き結んだ唇など、目にも入っていなかった。プログラムの最後は活人画で、四季の精に扮《ふん》した四人の少女が、クリスマスの精を囲んでぬかずく、というものだった。ジェーンは秋の精に扮し、赤褐色の髪にカエデの葉を巻きつけていた。

「お孫さんはとてもおきれいなお嬢さんにおなりでしょうね」上品なご婦人が祖母に声をかけた。「もちろん、美しいお母さまには似ていらっしゃらないけれど、お孫さんのお顔にははっと目を引くものがおありですわ」

「みめより心と申しますしね」祖母の口調を聞くと、その基準に照らせば、ジェーンには容姿端麗になれる可能性などまるでないと言わんばかりだった。ジェーンはその言葉を聞かなかったが、たとえ聞いても気にしなかったろう。パパが自分の骨格をどう思っているか、わかっていたから。

ジェーンは島にプレゼントを贈ることができなかった。買うお金が無かったからだ。お小遣いは一度ももらったことがない。仕方がないので友達全員に特別な手紙を書いた。みんなはこまごましたプレゼントを贈ってくれたが、それはトロントでもらった贅沢《ぜいたく》なものより、ずっとジェーンを喜ばせた。

ミンの母さんはキダチハッカを一包みくれた。

「こちらでは誰もキダチハッカなど好まないわ」祖母は言った。つまり自分は好まないということだ。「うちはセージのほうが好みです」

「ミセス・ジミー・ジョンは詰め物にキダチハッカを使うし、ミンの母さんもミセス大ドナルドもそうします」ジェーンは言った。

「おやおや。もちろんわたくしたちはとんでもなく時代遅れなんでしょうねえ」と祖母は言った。またジェーンが、ヤング・ジョンから来たエゾマツガムの包みを開けると、祖母は言った。「あらあら、今ではレディーもガムを嚙《か》むのねえ。時代が変われば、人も変わると申しますからね」

祖母はディンドンが送ってきたカードを取りあげた。ブルーと金で塗った天使の絵がついていて、その下にディンドンはこう書いていた。「きみにそっくり」祖母は言った。

「常々言われていることだけど、恋は盲目なのだわね」

祖母はたしかに相手を間抜けな気分にさせる名人だった。

だがその祖母さえも、ティモシー・ソルトが速達で送ってきた流木の束はバカにしなかった。そしてクリスマスイブに、ジェーンに暖炉でくべさせた。母は青と緑と紫の炎が気に入った。ジェーンは火の前にすわりこみ、夢見心地でいた。とても寒い夜だった。霜と星のきらめく夜だ。島もこれぐらい寒いのかしら。ゼラニウムが凍ってしまわないかしら？　ランタン丘の窓には、白いふわふわが厚く積もっているかしら？　パパのクリスマスはどんなかしら？　ジェーンはパパがアイリーンおばさんの家にごちそうを食べに行くと知っていた。おばさんがとてもきれいに編みあげたセーターをプレゼントに送ってきて、添えつけた短い手紙に、そう書いていたのだ。「古いお友だち何人かもいらっしゃいます」とアイリーンおばさんは書いていた。

古いお友だちの中にはリリアン・モローもいるのだろうか。何となくいてほしくなかった。リリアン・モローとあの甘い「ドルー」と呼ぶ声を思いだすたび、ジェーンの心に奇妙でもやもやとした小さな不安がわくのだった。

ランタン丘はクリスマスにはからっぽだ。ジェーンはそれがいやだった。パパはハッピーは連れて行くだろうが、かわいそうなピーターたちは、取り残されてしまう。

クリスマス当日、ジェーンは誰にも知られずにあるスリルを味わった。そろってデイビッド伯父宅で昼食をとった時、図書室にサタデー・イブニング紙がおいてあったのだ。ジェーンはそれにとびついた。パパの書いたものが何かのっているかしら？　あった！　またもや第一面で「沿海州におけるカナダ連邦の意義」についての論説記事だ。ジェーンにその内容はさっぱりわからなかったが、それでも誇らしく喜ばしく、一語残らず読みきった。

つづいて猫が登場した。

31

ゲイ・ストリート六十番地で晩餐がすみ、一同は大きな客間に移った。炉に火が燃え盛っていてさえ、冷え冷えと暗く感じられる部屋だ。フランクがバスケットをかかえて入ってきた。

「届きました、大奥さま」フランクは言った。

祖母はフランクからバスケットを受け取り、ふたを開けた。まっ白な、見事なペルシャ猫が顔を出し、薄緑の目で一同を、さもいやそうな、不信感いっぱいの顔で見まわした。

メアリとフランクはそれまで台所で、この猫についてあれこれあげつらっていたのだった。

「大奥さまは今度はいったいぜんたい何を思いついたんだか」フランクが言った。「たしかあの方は猫が嫌いで、何があろうとビクトリアさまに飼わせなさらなかったのに。ところが今度はプレゼントだとよ。……しかもこいつは七十五ドルもするんだ。……猫一匹に七十五ドルだぜ！」

メアリは言った。「あの人にはお金なんて問題じゃないのよ。それと、大奥さまの思いつきがどこから来たのか教えてあげる。あたしだって二十年も料理人をつとめてくりゃあ、あの人の心ぐらい読めるようになったわよ。ビクトリアさまは島で猫を飼っているの。おばあさんはその猫を心から締めだしたいわけ。この家でビクトリアさまが猫を飼わせてもらえないから、アンドルー・スチュアートが飼わせてくれたというのは、いやなのね。大奥さまはビクトリアさまを島から引き離そうと必死で、その答えがこの猫さ。多分……七十五ドルもする本物のペルシャで、猫の帝王みたいな顔をしたこいつを見たら、お嬢ちゃんはすぐに平凡なやせ猫なんかいらなくなると踏んでるんでしょうね。このクリスマスに大奥さまがビクトリアさまにあげたプレゼントをごらんよ。『こんなものはお父さんからはもらえないよ！』とでも言ってるみたい。ええ、ええ。あたしにはわかってますとも。でも、とうとう大奥さまにもライバルの登場ね。でなきゃ、あたしの眼鏡違いよ。もう今までみたいにビクトリアさまをおさえこむことなど、できやしない。自分でもわかりかけてきてると思うわ」

「これはおまえへのクリスマス・プレゼントよ、ビクトリア」祖母は言った。「本当は昨夜《ゆうべ》届くはずだったのだけれど、ちょっとした行き違いでね……具合が悪くなった人がいたの」

全員が、ジェーンが浮かれ騒ぎでもはじめないかと期待するような目で、見つめた。

「ありがとう、おばあさま」ジェーンは無表情に言った。

ジェーンはペルシャ猫が好きでなかった。ミニー伯母《おば》が一匹飼っている。血統書つきの青みを帯びた猫で、ジェーンはどうしても好きになれなかった。ペルシャ猫は見掛け倒しだ。あんなにふわふわしてふっくらと見えるのに、ぎゅっと抱きしめてやろうと抱きあげると、中には骨しかないのだ。たいていの人はペルシャ猫を好きなのだろうが、ジェーンはその中に入らない。

「名前はスノーボールというのよ」祖母は言った。

では自分の猫に名前もつけられないということか。なのに祖母はジェーンがこの猫を気に入るよう期待している風なので、ジェーンはつづく何日も、猫を好きになろうと雄々しく努力をかたむけた。問題は、猫のほうが好かれたがっていないことだった。薄緑色の目が、優しくあたたかく輝くことは、ついぞなかった。なでられたりかわいがられたりするのも、いやがった。ピーターたちはこはく色の目をしたかわいがられ好きで、ジェーンは初めから二匹の言葉で話しかけることができた。だがスノーボールはジェーンが話す言葉に耳を貸す気も無かった。

「たしか……まちがっていたらそう言ってほしいのだけれど、おまえは猫好きのはずではなかったかしら」祖母は言った。

「スノーボールはあたしを好きじゃないんです」ジェーンは言った。

「おやまあ」祖母は言った。「そうなの。おまえの猫の趣味は、友達の趣味と変わりがないわけね。それではたいして手の施しようがないわねえ」

「いい子ちゃんたら、スノーボールを少しは好きになれないの？」母は二人きりになるなりたのみこんだ。「おばあさまを喜ばせればいいの。あなたが喜ぶだろうと思ってくださったのよ。せめて好きなふりぐらいできない？」

ジェーンはふりをするのがうまくなかった。だがまじめにスノーボールの世話をした。毎日ブラシをかけてやり、ちゃんとした餌を、それもたっぷり与えるよう気をつけた。寒い外に出て肺炎にかかったりしないよう注意した。……もっとも万が一かかったところで、そう気にしなかっただろう。ジェーンは、自分勝手に向こう見ずな謎の冒険に出かけ、そのあと玄関に現れて、あたたかいクッションがほしい、クリームをなめたい、だから部屋に入れてくれとねだるような子猫が好きだった。スノーボールはジェーンの気遣いを当然のように受け取り、太いしっぽを振って六十番地をのし歩いては、訪問客たちにちやほやされた。

「かわいそうなスノーボール」祖母は皮肉っぽく言った。

これを聞いたジェーンは、うっかりくすくす笑ってしまった。どうしても我慢できなかったのだ。スノーボールには同情をかうようなところはかけらもなかった。ソファの腕木に座るさまは、あたりを睥睨《へいげい》する王者であり、いたって満足していた。

「あたしは抱きしめられる猫が好きだわ」ジェーンは言った。「抱きしめられるのが好きな猫が」

「おまえは、話す相手がジョディーではなく、わたくしだということを忘れているわね」祖母は言った。

三週間後スノーボールは姿を消した。幸いジェーンはセント・アガサにいたが、そうでなければ祖母は、ジェーンが猫の失踪《しっそう》に一役買った犯人だと疑ったにちがいない。家じゅうのものが外出している間に、メアリが玄関をほんのわずか閉め忘れたのだ。スノーボールは外に出て行き、どうやら四次元世界にでも迷いこんだらしかった。迷い猫の広告を出してみたが、無駄だった。

「盗まれたんさ。高い猫なんか買うから、こういうことになるんだよ」フランクは言った。

「あたしは別に悲しくないわ。あいつは人間の赤ちゃんより甘やかされないと気が済まなかったもの」メアリは言った。「それにビクトリアさまだって、こんなことに胸を痛めると思えない。今でもピーターたちに会いたくって仕方ないんだから。……お嬢さんはところ心を変える人間じゃないよ。大奥さまも、そこんとこ、とっくり考えてみなくちゃね」

ジェーンは嘆きにくれるふりができず、祖母は大変な立腹ぶりだった。何日も怒りをくすぶらせつづけるので、ジェーンは居心地が悪かった。たしかに自分は恩知らずだったかもしれない。たしかにスノーボールを好きになろうとの努力が足りなかったかもしれない。

そうしたある夜――ジェーンと母が吹雪のさ中に街角でブルア行きの市電を待っていた時のことだ。大きい白のペルシャ猫が、ふいに姿を現した。そして明らかに知った顔を見つけたようすで大喜びし、必死になってジェーンの足元にとりついて、みゃあみゃあとかすれた声をはりあげたので、ジェーンは心から歓声をあげた。

「ママ……ママ……スノーボールよ」

風吹きすさぶ一月の夜にジェーン母子が街角で市電を待つ図、というのは、めったに見られないことだった。その夜セント・アガサでは催し事があった。上級生の演劇会で、母も招待されたのだ。フランクがインフルエンザで寝こんでいたので、母子はミセス・オーステンに車に同乗させてもらった。劇が半分すんだころ、家族に急病人が出たと、ミセス・オーステンに知らせが届いた。だからジェーンの母は「わたしたちのことは、気にならないで。ジェーンとわたしは市電でちゃんと帰れますから」と言ったのだった。

ジェーンはいつも市電に乗るのが大好きだった。しかも母と一緒となれば嬉《うれ》しさも倍になった。二人きりで外出することはめったにない。だがたまに運良く出かける時には、母は最高の相手だった。何にでもおかしな面を見つけだし、おかしなことをひょっこり思いつくたびに、ジェーンに目で笑いかけてくれた。ブルアで下りる時になると、ジェーンはいつも悲しかった。家のすぐそばまで来てしまっているからだった。

「いい子ちゃん、この子がスノーボールのわけ、ないでしょう?」母は言い聞かせようとした。「たしかにそっくりよ。……でもここは、家から一マイルも離れているじゃないの」

「ママ、フランクはずっと、スノーボールは盗まれたんだと言ってたわ。この子はスノーボールにきまってる。よその猫が、あたしに会ってこんなに騒ぐわけがないもの」

「スノーボールでも、そんなに騒がないと思うけど」母は笑った。

「きっと顔見知りに会えて嬉しいのよ」ジェーンは言った。「どんな扱いをされていたか、わからないし。触った感じじゃ、すごくやせてるわ。家に連れ帰ってやらなくちゃ」

「市電で……?」

「ここに置いておけないでしょ。あたしが抱いてるから……きっとおとなしくしてるわよ」

スノーボールは市電に乗ったあと、しばらくの間静かだった。乗客は少なかった。一番奥のシートに座っていた少年たち三人は、ジェーンが腕いっぱいに猫を抱えて腰かけると、くすくす笑った。ぽっちゃりした男の子が一人、怖がって、ジェーンからたじたじと離れた。あばた面の男は、ペルシャ猫を見ただけで目が汚れるとでもいう風に顔をしかめた。

やにわにスノーボールが暴れだした。油断してゆるんだジェーンの腕から荒っぽくとびだすと、車内をかけまわり、シートをとびこえ、ジャンプして窓に貼りついた。ご婦人たちが悲鳴をあげた。ぽっちゃりぼうやはとびあがって泣きわめいた。スノーボールにとびかかられて帽子をふっとばされたあばた男は、悪態をついた。車掌がドアを開けた。

「猫を出さないで!」息を切らして追いかけながら、ジェーンがわめいた。「ドア、閉めて。……閉めてくださいってば!……行方不明だった猫なの。家に連れて帰るの」

「ちゃんと抱いといてくれないと、困るなあ」車掌がつっけんどんに言った。

「満腹はごちそうも同様」、とスノーボールは思ったにちがいない。おとなしくジェーンにつかまった。少年たちは、ジェーンがあたりに目もくれずシートにもどると、声を揃えてげらげら笑った。ジェーンの靴からはボタンがふっとび、ころんでシートの手すりにぶつけたため、鼻をすりむいていた。それでもジェーンは、ビクトリア（勝利）の名の通り、勝利の女神だった。

「まあ、この子ったら、ほんとにこの子ったら」母は笑いにひくひく震えた。本物の笑い声だった。お母さまが前にこんな風に笑ったのは、いつだったかしら。おばあさまに見せてやりたいわ。

「何とも危険な猛獣だ」あばた男が、脅すように言った。

ジェーンは少年たちに目をやった。連中があおるように変な顔をして見せたので、ジェーンも負けずにし返してやった。今のスノーボールは、これまでになく好きになれた。それでも六十番地の扉が後ろで音を立てて閉まるまで、決して手をゆるめなかった。

「おばあさまぁ。スノーボールを見つけましたぁ」ジェーンは勝ち誇って叫んだ。「連れて帰ってきましたよ」

ジェーンが放すと、猫はその場でぼんやりとあたりを見まわした。

「その猫は、スノーボールではないわ」祖母は言った。「雌猫ではありませんか」雌猫というだけで由々しい問題がある、と言わんばかりの口調だった。

あらたな迷い猫の広告を出すと、雌猫の飼い主はすぐに見つかり、以後ゲイ・ストリート六十番地にペルシャ猫が現れることはなかった。ジェーンは十二月を消し、一月はあっという間にすぎて行った。ランタン丘のニュースは、相変わらず興味深いものだった。誰もがスケートをしている。池で、またはコーナーズの向こうの、木々に囲まれた、小さい丸い水たまりで。オカッパ・スノービームはクリスマス・コンサートの女王になり、扇型の縁飾りのついたブリキの王冠をかぶった。新しい牧師の奥さんは、オルガンが弾ける。ジミー・ジョン家の赤ちゃんは、お母さんが丹精したサボテンの花を、一つ残らず食べてしまった。小ドナルドの奥さんはクリスマスのごちそうに、飼っていた七面鳥を出した。ジェーンはサンゴ色の肉垂れをしたりっぱな白七面鳥を覚えていたので、哀悼の意を表した。トゥームストーンおじさんがミンの母さんのブタをつぶし、ミンの母さんはパパにブタのローストを贈った。今は新しいブタを手に入れて育てている。トミー長老そっくりのピンクのきれいなブタだ。コーナーズに住むスプラッグさんの犬が、ローニーさんの犬の目に噛《か》みついたので、ローニーさんは訴えるつもりだ。ミセス・アンガス・スキャッタビーは、十月に旦那《だんな》さんと死に別れて、がっかりしている。「後家さんになるって、思ってたほど面白くないのね」と言ったという噂だ。シャーウッド・モートンが聖歌隊に入ったので、主事たちは屋根に余分に釘《くぎ》を打った。……ジェーンは、これはヒトマタギの冗談にちがいないと思った。大ドナルドの丘はすばらしいそり遊びのコースになっている。パパは犬をもう一匹手に入れた。むくむくの白犬で、名前はベッピンという。ジェーンのゼラニウムがきれいに咲いている。……「なのにあたしは、こんなに遠くにいるから、見られないんだわ」ジェーンはそう思い、胸が痛んだ。ウィリアム・マカリスターとトーマス・クラウダーが喧嘩《けんか》をした。理由はトーマスがウィリアムに、もしもおまえがほおひげを生やしたとしたら、そのひげがいやだと言ったからだ。島に樹氷がおりた。……ジェーンにはその様子が見えるようだった。……氷の宝石。カエデ林はこの世のものと思えない美しい世界だろう。庭の雪から突き出た枝はみな、水晶の槍《やり》のようだろう。ヒトマタギは泥ぬりをしている。……泥ぬりって何かしら？　夏になったらつきとめよう。スノービーム家の豚小屋の屋根が風で吹き飛んだ。……「だから去年の夏、あたしの言う通りに棟木をしっかり釘づけしとけば、そんなことにならなかったのに」とジェーンは訳知り顔に思った。ボブ・ウッズが犬の上に落っこちて、背中がねんざした。……ねんざしたのは、ボブの背中？　犬の背中？　キャラウェー・スノービームは扁桃腺《へんとうせん》をとらないといけなくなったので、えらく天狗《てんぐ》になっている。ジェイベズ・ギブズがスカンクわなをかけたら、かかったのは自分の猫だった。トゥームストーンおじさんは友達を全員招待して、牡蠣《かき》をおごった。コーナーズのアレック・カーソンの奥さんにまた赤ちゃんができたという噂。でも違うと言うひともいる。

これほどに色彩と味わいあふれるニュースに対抗できるものが、ゲイ・ストリート六十番地にはあるだろうか。ジェーンは一月を消した。

二月は嵐の月だった。風がゲイ・ストリートを吠《ほ》えながら行き来する嵐の夜、ジェーンは種苗カタログを読みふけり、春が来たらパパに植えてもらうものを選んで過ごした。野菜の説明書きを読み、ランタン丘に幾畝もまくのを想像するのは、大好きだった。夏になったらパパに作ってあげようと、メアリの得意料理のレシピを、すべて書き写した。……そのパパはこの瞬間、外の白い雪嵐をよそに、足元に犬を二頭うずくまらせて、気持ちよく炉辺でくつろいでいるはずだった。ジェーンは二月を消した。

32

三月を消した時、「あと二か月半よ」とジェーンはささやいた。ゲイ・ストリート六十番地でもセント・アガサでも、人生は一見変わりなくつづいていた。イースターが来て、四旬節のあいだお茶に砂糖を入れないと誓ったガートルード伯母《おば》が、また砂糖を入れるようになった。祖母は母のためにこれ以上ないほど美しい春服を買いととのえたが、母のほうはあまり関心がないようだった。ジェーンは夜になると島の呼び声を耳にしはじめた。

四月も末の、ある荒れ模様の雨の朝、手紙が届いた。何週間も来るのを待ちわび、そろそろ心配しかけていたジェーンは、手紙を母に運んで行った。その顔は、

『長き追放の後故郷の遠き国より
よき知らせ届きし人』のものだった。

手紙を受け取った母は蒼白《そうはく》で、それを見た祖母の顔にたちまち朱が差した。

「またもやアンドルー・スチュアートの手紙が来たのね？」名前を口にすれば唇が火傷《やけど》でもすると思っているような、言い方だった。

「ええ」母はか細い声で言った。「手……手紙で、ジェーン・ビクトリアを夏の間彼のもとに帰すようにと言って来ました。……ジェーンが行きたいと言えばだけど。この子が自分できめるようにと」

「それでは、この子は行かないわ」祖母は言った。

「もちろん、行かないわよね、いい子ちゃん？」

「行かない？　ううん。行かなくちゃ。帰るって約束したんだもの」ジェーンは大声をあげた。

「あなたの……あなたのお父さんは、約束にしばりつけはしないわ。あなたが思う通りに

きめればいいと、はっきり言っているのだもの」

「だって、あたし、帰りたいの」ジェーンは言った。「あたし、帰るの！」

「いい子ちゃん」母はすがるように言った。「行かないで。去年の夏もわたしから巣立って行ったのよ。また行かれたら、もっとあなたを失ってしまうわ」

ジェーンは目を伏せてじゅうたんを見つめた。その唇は一文字に結ばれ、奇妙なほど祖母の唇に似通っていた。

祖母は母から手紙を取りあげ、ざっと目を通すと、ジェーンを見つめた。

「ビクトリア」祖母にしては何とも優しげな声で言った。「このことではおまえの考えが足りないのではないかと思いますよ。わたくしからは何も言いますまい。……もともと感謝など期待もしません……けれどお母さまの気持ちに重きをおいても罰はあたらないでしょう。ビクトリア……」祖母の声に厳しさがました。「……話しかけられている間は、こちらを見るぐらいの礼儀は心得てもらえないかしら？」

ジェーンは祖母を見た。……ひるむことなく、臆することなく、まっすぐに目を見つめた。祖母は常にない自制心を保っているようだった。その話し方は相変わらず優しげだった。

「これまで言わなかったけれどね、ビクトリア。この夏おまえとお母さまをイギリス旅行に連れて行こうと、この間から考えていたの。七月と八月を向こうで過ごしましょう。きっと楽しいことよ。イギリスでのひと夏と、プリンス・エドワード島の開拓地の小屋でのひと夏をくらべれば、おまえでも迷うことはないと思うわ」

ジェーンは迷わなかった。「ありがとうございます、おばあさま。ご親切にそんなすてきな旅行に誘ってくださって。どうかお母さまと二人で楽しんできてください。でもあたしは島にいくほうがいいの」

ロバート・ケネディー老夫人でさえ、自分の敗北をさとった。しかしおとなしく負けを認めることはできなかった。

「そのがんこさは父親譲りね」そう言った祖母の顔は怒りにゆがんでいた。一瞬だがただの意地悪ばあさんにしか見えなくなった。「日に日にあの男に似てくるわ。……そのあごなんかそっくりよ」

ジェーンは誰かから強い意志を受け継いだのを感謝した。パパに似ているのが……パパのあごにそっくりなのが嬉《うれ》しかった。でもでも、お母さまが泣かないでくれればいいのに。

「涙なんか流しても無駄よ、ロビン」悪意たっぷりにジェーンから顔をそむけると、祖母は言った。「この子にはスチュアートの血が現れてきたの。……そうなるのだから仕方がないわ。おまえよりあちらの貧乏臭い友達のほうがいいと言うのだから、おまえにできることは、もう何もありません。わたくしは、この件については、言いたいことは言いましたからね」

母は立ちあがり、透けるようなハンカチで涙をぬぐった。

「そうね、わかったわ」明るくぎこちなく母は言った。「あなたは思う通りにきめたのね。

わたしもおばあさまと同じで、もう何も言うことはありません」

母は、胸が張り裂けんばかりのジェーンをその場に残し、出ていった。母にあのような硬く、冷ややかな口調でものを言われたのは、生まれて初めてだった。突然、母からはるか遠くに突き放された気がした。けれども自分の選択は悔やまなかった。実際のところ選択の余地は無かったのだから。どうしてもパパの許《もと》に帰るのだ。もしパパかお母さまのどちらかを選べと言われたりしたら……ジェーンは子ども部屋に駆けこみ、白熊の毛皮に身を投げだした。そして子どもに味わわせてはならない、涙も出ない苦しみにのたうった。

ジェーンが落ちつくまで一週間かかった。母のほうは、一瞬の激情にかられたあとは、以前より優しく愛情あふれる態度になった。おやすみを言いに部屋に入ってくると、母はジェーンを黙ってきつく抱きしめた。

ジェーンは母に抱きつき、引き寄せた。

「あたし、行かなきゃならないの、お母さま……行かなきゃ……。でもお母さまのこと、大好きだから」

「ああ、ジェーン、そうだと嬉しいけど……だけど時々あなたが離れていって、宇宙の果てに行ってしまったように思えるの。……どうか……どうか、誰にもわたしたちを引き離させないで。わたしのお願いはそれだけよ」

「そんなこと、誰にもできない……だれもしないわ、お母さま」

ある意味では、これは本当とは言えない、と、ジェーンははたと気づいた。その気にさえなれば、祖母は楽々と二人を引き離そうとするだろうから。けれども母の言う「誰にも」はパパのことだとわかっていたから、今のこの答えは本当なのだった。

四月の最後の日に、ポリー・ガーランドから手紙が来た。……歓《よろこ》びあふれるポリーから。

「この夏もあんたが帰ってくるので、みんな大喜びです。ねえ、ジェーン。沼地の猫柳を見せてあげられたらなあ」

ジェーンもそうしたかった。ポリーの手紙には他にも楽しいニュースが詰まっていた。ミンの母さんの雌牛が老いこんだので、新しいのを飼うつもりらしい。ポリーのめんどりが九個もの卵を抱いている。……ジェーンにはちっちゃな本物のひよこが九羽、駆けまわる姿が見えた。そうそう、パパがこの夏めんどりを何羽か約束してくれてたっけ。……ヒトマタギからのことづけでは、今年の春はどえらい春で、おんどりまで卵を抱いているそうだ。赤ん坊はウィリアム・チャールズと名づけられ、そこいらじゅうをよちよち歩きまわって、だんだんやせてきた。大ドナルド家の犬が毒を食べて、六回もけいれんの発作を起こしたが、元気になった。

33

「あとたった六週間」一月で数えていたのが、今では週になった。家ではコマドリがランタン丘をのし歩き、海からもやが立ちこめるだろう。ジェーンは四月を消した。

ジェーンがその家を見たのは、五月の最後の週だった。ある夜母は新築の家に引っ越したばかりの友人を訪ねることにした。家は最近ハンバー川堤に開発されたレイクサイド地区にあった。母はジェーンを連れて行った。毎日の行動が型にはまりきっているジェーンにとっては、天からの贈り物とも思える事件だ。ジェーンはトロントにこれほど美しい場所があるとは、夢にも思っていなかった。何と、ここにあるのはまさに美しい田舎の風景ではないか。……シダや野生のオダマキが繁る丘や谷間に、川に木立……緑にもえる柳、雲にも似た巨大なオーク、針葉が羽毛のようにやわらかな松林……そしてそう遠くないところに、オンタリオ湖が青く煙《けぶ》っていた。

　ミセス・タウンリーはレイクサイド・ガーデンズという通りにある新築の家を、自慢げに案内してくれた。とても大きくて豪華な家だったので、ジェーンはあまり興味がわかなかった。しばらくするとひとりでこっそり抜けだし、戸棚やバスルームの話は母とミセス・タウンリーにまかせて、黄昏《たそがれ》の通りを探検することにした。

　ジェーンはレイクサイド・ガーデンズが確かに気に入った。一つは通りがくねくねと曲がっていたからだ。親しみやすい通りだった。家々はつんとそっくり返ってにらみあったりしていない。大きな屋敷さえ横柄な態度ではなかった。家々は庭をはさんでどっかり腰を据えていた。泡のような花のシモツケに囲まれ、つま先をチューリップと水仙に埋《うず》めて、こう言っている。「私たちにはたっぷり余裕があるよ。肘《ひじ》で押しあわなくてすむ。だからこんなに品良くしていられるのだよ」

ジェーンは歩きながら、家々を注意深く調べて行ったが、そのうち通りのはずれについてしまった。その先はまた新しい通りがくねくねと湖までつづくのだが、道の境目でジェーンは、「あたしの家」に出会ったのだ。ここまで歩く途中、ほんとうに気に入った家がたくさんあったのに、その家を一目見たとたん、これこそ自分の家だとわかった。……ランタン丘の家の時とまさに同じだった。

その家はレイクサイド・ガーデンズにしては小ぶりだが、ランタン丘の家よりはるかに大きかった。灰色の石造りで、蝶番《ちょうつがい》で開く窓がついている。ふつうの家ならあるはずのない場所に、美しく配置された窓もある。板葺《いたぶ》きの屋根は黒に近い茶色だった。家は木々の梢《こずえ》を見晴らせる谷間のふちにあり、すぐ裏手には大きな松が五本あった。

「なんてかわいいの!」ジェーンは息を呑《の》んだ。

新築の家だ。ついこの間建ったばかりで、芝生に「売り家」の立て札があった。ジェーンは家のまわりをぐるりと一周し、菱形《ひしがた》ガラスの窓一つ一つから中をのぞいた。家具をそなえればそのまま居ついてしまいそうな居間があり、ドア一つでサンルームと食堂がつながっている。中でもすてきなのは備えつけの瀬戸物戸棚がある、クリーム色の朝食コーナーだ。椅子とテーブルは黄色にすればいいな。奥まった窓のカーテンをゴールドとグリーンの中間にすれば、陰気な日でも日が射しているように見えるわ。……そう、この家はジェーンのものだった。この家にいて、カーテンを掛けたり、ガラス戸をみがいたり、台所でクッキーを焼いたりする自分が見えた。売り家の立て札がいやだった。誰かがこの家を……自分の家を買うかもしれないなんて、身を切られるように辛《つら》かった。

　ジェーンは何度も何度も家の外をまわってみた。裏側の地所は一段おりたところが谷底だ。そこにはロックガーデンとレンギョウの茂みがあり、早春には淡い金色の泉に変わるはずだ。カバがレースのような影を落とす石段が谷底まで三段つづき、その片側にはほっそりしたロンバルディアポプラの若木が生い茂っていた。コマドリが一羽、ウィンクをよこした。近所のロックガーデンから、でっぷりと貫禄《かんろく》のある猫が姿を現した。ジェーンは捕まえようとしたが、猫は「失礼します。今日は忙しいもので……」と言って、石段をぱたぱたと下りて行った。

　最後にジェーンは玄関の段に腰を下ろし、ひっそりと楽しみを味わった。道の向かい側の木立にすき間があり、そこから紫がかった灰色に煙る丘が見えた。川の対岸は薄緑にかすむ森だ。ランタン丘を囲む森も、今は緑にかすんでいるだろう。はるか眼下の松林の向こう、日没の空に、夜の都会の旗印が翻る。カモメの群れが川上空に白々と舞いあがった。

　暗くなってきた。家々に灯《あか》りがともった。ジェーンはいつも、夜になって、家に灯りがともるとわくわくした。この後ろの家にも灯りがあれば。この自分がともし役をしたい。この家に住みたい。この家でなら幸せになれる。ここなら風や雨とも友達になれる。たとえ湾のしぶきや轟《とどろ》きがなくても、この湖なら愛せる。生意気なリスのためにクルミを置いてやり、羽の生えた仲間に巣小屋をかけてやり、ミセス・タウンリーが話していた谷間のキジに餌をやろう。

やにわにオークのいただきに、金色のほっそりした新月がかかった。世界は静かだった……まるでおだやかな夏の夜のクイーン浜のように静かだ。湖岸道路には黒い肌の麗人の胸を飾る宝石のネックレスのように、灯りがきらめいていた。

「いったいさっきまでどこにいたの、いい子ちゃん?」家に帰る車内で、母が尋ねた。

「手ごろな家を探してたの」ジェーンは夢見るように言った。「ゲイ・ストリート六十番地じゃなくて、このへんに住めたらなって」

母はしばらく黙りこんだ。

「あなたは六十番地があまり好きではないのよね、でしょう、ジェーンちゃん?」

「うん」ジェーンは言った。それから、自分でも思いもかけず、つけくわえた。「お母さまは?」

母がただちに、それもさもいやそうに「大っ嫌いよ!」と言ったのは、もっと思いもかけないことだった。

その夜ジェーンは五月を消した。あとたった十日だ。週の数で数えていたのが、今は日数になった。ああ、もしも病気にかかっていけなくなったりしたら! いいえ、まさか。神さまはそんなことしない。そんなこと、させない!

34

祖母は冷ややかに、ジェーンに必要な服を……あるとすればだが……買うように母に命じた。ジェーンは母と午後のショッピングを楽しんだ。ジェーンは買う品は自分で選んだ。……ランタン丘と島の夏にふさわしい品々だ。母は流行の小さいニットセーターと、細かいフリルつきのローズピンクのオーガンジードレスを、ぜひともと買ってくれた。いったいどこに着て行くのかと、ジェーンは首をかしげた。小さい南教会には派手すぎる。それでも母を喜ばせたくて、おとなしく買ってもらった。母は見るからにすてきな緑の水着も買ってくれた。

「考えてもみて」ジェーンはうっとりした。「一週間したら、あたしはクイーン浜にいるのよ。水が冷たすぎずに、泳げればいいんだけど……」

「うちも八月に島に行くかもしれないの」フィリスが言った。「お父さまはずいぶん長い事行ってなかったから、またあそこでお休みを過ごしてみたいんですって。そうなったら港岬ホテルに泊まるつもりだし、あそこからクイーン浜まではそう遠くないわ。だからあえるかもね」

ジェーンはそれを聞いて嬉《うれ》しいのか嬉しくないのかわからなかった。フィリスに来てもらいたくない。……島をバカにしたり、ランタン丘やブーツ棚やスノービーム団を見下したりしてほしくない。

今回ジェーンはランドルフ夫妻と沿海州に旅立った。一行は夜汽車ではなく朝の汽車で出発した。どんよりと曇った日だったが、ジェーンはそれはそれは幸せで、太陽のようにさんさんと幸福感を放射していた。ジェーンについてのミセス・ランドルフの意見は、ミセス・スタンリーとは正反対で、こんなにチャーミングな子どもは初めてだと思った。何にでも興味を示し、あらゆる場所に、それがたとえニュー・ブランズウィックの果てしないパルプ材地帯と建材の森であろうと、美を見いだすのだから。ジェーンは時刻表を子細に調べ、どの駅にも友達のように挨拶《あいさつ》をした。レッド・パイン、バルティボグ、メムラムクックなど、駅の名前が風変わりで楽しい場合にはなおさらだった。サックビルで本線をはずれ、トーメンタイン岬に向かう小さな支線の列車に乗り換えた。島に向かわない客たちを、ジェーンはどんなに気の毒に思っただろう。

トーメンタイン岬……カー・フェリー……島の赤い崖《がけ》をさがす……ほら、見えた……実際はどんなに赤いか、ジェーンはすっかり忘れていた。……その向こうの緑の丘陵も。またもや雨だった。が、それが何だ？　島のすることは何でも正しい。島が雨がほしいと言うなら……もちろん、ジェーンも雨がほしい。

朝の列車でトロントを発《た》った一行は、午後の半ばにシャーロットタウンに着いた。汽車からおりたったとたんに、ジェーンはパパを見つけた。パパときたら、にやにや笑ってこう声をかけた。「失礼ですが、どこかでお見かけした顔ですね。もしやあなたは万が一……」けれどもジェーンは既にパパにとびついていた。二人は遠く離れてなどいなかった。ジェーンも島を離れたりしていなかった。世界がまた本物になった。自分は再びジェーンだった。ああ、パパ、パパ！

もしやアイリーンおばさんも来ていないかと心配していた。下手をすればミス・リリアン・モローも一緒ではないかと。だがどうやらアイリーンおばさんはボストンの知りあいを訪ね、ミス・モローも連れていったらしい。おばさんがボストンで楽しく過ごして、長い間帰る気にならなければいいのに。ジェーンはひそかにそう願った。

「でもって車がまた気まぐれを起こしちゃってね」パパは言った。「コーナーズの修理工場にあずけて、ヒトマタギの馬と荷車を借りる羽目になったんだ。気にしないよな?」

気にするどころか。ジェーンは大喜びだった。ランタン丘までのドライブはゆっくりなほどいい。ドライブしながら、道をじっくり味わえる。それに馬の後ろに乗るのも好きだった。車には無理だが、馬には話しかけられる。実際、パパがたとえランタン丘まで歩こうと言ったとしても、ジェーンは気にしなかっただろう。

パパはジェーンのわきに、やせた力強い手を差し入れると、ひょいと抱きあげて馬車に乗せた。

「ではとりあえず、中断したところから前に進もう。ぼくのジェーンは去年の夏から背が伸びたかい?」

「一インチも」ジェーンは自慢げに言った。

雨は止んだ。太陽がのぞきかけている。遠くで港の白波が、ジェーンに笑いかける……ジェーンに手を振っている。

「街に寄って、ぼくらの家にプレゼントを買おう」

「水漏れしない二重鍋《なべ》がほしいわ、パパ。ブートルズはもるの、ちょっぴりだけど。それからポテトつぶし。……パパ、うちにはポテトつぶしを買う余裕はある？」

予算にそれぐらいの余裕はある、とパパはうなずいた。

買い物は楽しかった。だがジェーンは街をあとにし、大好きなものがそろうわが家への道をとるなり、がぜんはつらつとした。

「パパ、ゆっくり行ってね。道沿いの何ひとつ見逃したくないの」

ジェーンは何もかもを目のごちそうにした。……エゾマツの繁る丘、そこここにちらりとのぞく、無名の美があふれる庭園、きらめく海のかけら、青い川。……川は去年の夏もこんなに青かったかしら？　早春の花の競演はおわっていた。ジェーンはそれが残念だった。タイタスお嬢さまがたの有名な桜並木が咲き誇るさまを、いつか見ることがあるだろうか。

二人はミセス・ミードに会うため、少しだけ店に立ち寄った。ミセス・ミードはジェーンにキスして、ミスター・ミードは耳がジロウで寝ているので、会えなくて申しわけないと謝った。それから途中おなかがすいたときのための小腹おさえにと、ハムサンドイッチ一包みとチーズをくれた。

外海の音は、目に入る前から聞こえていた。ジェーンはその音が大好きだった。まるで海の精に呼びかけられているようだ。つづいて空気にふいと潮の香りがまじる。……そこはいつも最初の潮風を感じる特別な丘だった。またそこからは、ランタン丘の姿が最初にちらと望めた。こんなに離れた場所からわが家を見られるのは……これから馬のひと足ごとに家に近づいていると思えるのは、すばらしいことだった。

ここからはジェーンの庭だ。道沿いのあらゆるものに再会して、わくわくした。……緑濃い森の小道、両腕を広げて迎えてくれる、懐かしい古い農場たち。一列に並んだエゾマツは変わらずに小ドナルドの丘を行進している。砂丘、帰港する漁船、笑いかけてくれる青い池……そしてランタン丘。流刑を終えて故郷へ！

誰かが……後にスノービーム団だとわかったが……通り道に白い石で「おかえり」と書いていた。ハッピーは庭で待ちかまえていて、危うくジェーンを生きながら食べてしまうところだった。新入りの太った白犬ベッピンは、離れて座ってこちらを見ていた。けれどもあまりにかわいいので、ジェーンはその場でベッピンであることを許した。

最初に家じゅうの部屋に挨拶した。どの部屋もあたたかく迎えてくれた。何も変わっていなかった。ジェーンは何も無くなっていないか確かめようと、家じゅうをめぐり歩いた。小さい青銅の兵士はやはり青銅の馬にまたがり、緑の猫はパパの机を見守っていた。だが銀器は磨かなければならず、ゼラニウムは剪定《せんてい》しないといけなかった。台所の床は、いったいいつふき掃除をしたのだろう？

ランタン丘を九か月留守にしていたのに、今ではずっといたような気がしていた。たしかにここでずっと暮らしていたのだ。ここはジェーンの心の家だった。

小さな、けれど楽しい驚きがひと山あった。庭にめんどりが六羽いて、奥に小さい鶏《とり》小屋が建っていた。玄関のガラス戸の上には三角屋根ができている。……そしてパパは、電話を引いていた。

ジェーンが二階から下りてくると、ピーター一世が大きなネズミをくわえ、狩人《かりゅうど》の腕をひけらかして玄関の石段にすわっていた。ジェーンはネズミも気にせず、ピーター一世にとびついた。それからピーター二世を探して、あたりを見まわした。二世はどこにいるのだろう？

パパはジェーンに腕を回し、抱き寄せた。

「ピーター二世は先週死んだんだよ、ジェーン。何が原因だかわからない。……具合が悪くなったんだ。獣医にも見せたんだが、どうしようもなかった」

ジェーンの目の奥がちくちくした。泣きたくない。が、息が詰まった。

「あ……あたし、大好きな生き物が死ぬなんて、考えてなかった」そう、パパの肩口にささやいた。

「ああ、ジェーン。愛も死をとめられないんだよ。幸せな一生だった……短くはあったが。みんなで庭に埋めてやった。さあ、庭を見に行こう、ジェーン。きみが来ると聞くなり、庭は花の洪水だ」

二人が足を踏み入れると、一陣の風が吹き抜け、庭じゅうの花と茂みが、うなずいたり手を振ったりしたようだった。パパの耕した片隅には、野菜が整然と小さな列を作ってのびていた。一年生植物のための新しい花壇もあった。

「ミランダが、きみのほしいものを種屋から買ってくれた。みんなそろっているはずだよ。松虫草まで。ジェーンは松虫草に何を期待してるんだ？　気持ち悪い名前じゃないか。もぞもぞしそうで」

「だって、花はきれいなんだもの。それにもっとすてきな名前もいっぱいあるのよ。レディーの針山とか、喪服の花嫁とか。パンジーがきれいねえ。去年の八月に蒔《ま》いといてよかった」

「きみこそパンジーみたいだよ、ジェーン。あそこの黄金の目をした赤茶色のやつだ」

ジェーンは、自分を花にたとえてくれる人がいつか現れるだろうか、と悩んだことを思いだした。ライラックの下にできた海岸の石の小山……ピーター二世の墓にヤング・ジョンが積んだのだ……は切ないが、それでもジェーンは幸せだった。何もかもがなんとも美しい。ミセス大ドナルドの丘の頂で、青空に向かってはたはたとひらめく洗濯物さえ、いとしかった。はるか灯台下では、波が砂浜に打ち寄せている。ジェーンは騒ぐ波にとびこみたかった。けれどもそれは明日《あした》までとっておこう。今はまず夕食のしたくだ。

「台所にもどるって、わくわくするわ」エプロンをかけながら、ジェーンは思った。

「料理長が戻ってくれてうれしいよ」パパは言った。「パパはひと冬塩ダラで生きてたようなものだ。あれが一番簡単だからね。ただしご近所に兵站部《へいたん》の援助を仰いだことは否定しない。しかも今日の夕食のために、果てしなく物資を送りつけてくれたよ」

ジェーンが食糧庫をのぞくと、たしかにぎっしりだった。ジミー・ジョン一家からコールドチキン、ミセス大ドナルドからバターひとかたまり、ミセス小ドナルドから生クリーム一瓶、スノービーム団の母さんからチーズ、ミンの母さんからバラ色の早生《わせ》のラディッシュ、ディンドンの母さんからパイ。

「きみも同じぐらい上手にパイが焼けるのはわかってるけど、暇ができるまでの間にあわせになるだろうから、と言ってたよ。ジャムもまだけっこう残っているし、はっきり言うとピクルスは手つかずだ」

ジェーンとパパは夕食をとりながら、おしゃべりをした。冬じゅうの話がたまっていたのだ。あたしがいなくて淋《さび》しかった？　さあ、今はどうかな？　ジェーンはどう思う？　二人は満足そうに顔を見あわせた。ジェーンは開け放したドアの前で、右肩越しに新月を見やった。パパは立ちあがり、八点鐘を動かした。再び時間が動きだした。

心優しくも再会の歓《よろこ》びを邪魔しないよう気をつかっていたジェーンの友人たちが、夜になってからやってきた。日に焼け、バラ色の頬をしたジミー・ジョン一家と、スノービーム団と、ミンと、ディンドンだ。全員がジェーンに会えて喜んだ。クイーン浜はジェーンを忘れていなかった。またひとかどの人物になれるのはすばらしい。誰の気も悪くせず好きなだけ笑えるのも、幸せな人々の中に交じれるのもすばらしかった。その時ふとジェーンは、ゲイ・ストリート六十番地では誰一人幸せでないことに気づいた。もしかしたら、メアリとフランクは別かもしれない。だがおばあさまは幸せではない。ガートルード伯母《おば》さまも、お母さまも……。

庭用に手押し車一台分の羊の糞を持ってきたよ、とヒトマタギがささやいた。「門のわきにおいといたからな。よく腐らせた羊の糞ほど庭にきくもんはないぞ」ディンドンはピーター二世のかわりにと、子猫をつれてきた。母猫の前足ほどしかないチビすけだが、将来は四本の足に白ソックスをはいた、堂々たる黒猫になりそうだった。ジェーンとパパはありとあらゆる名前を考えたが、さて寝ようとする時になってようやく、耳の間にある白く丸いぶちにちなんで、シルバーペニーにすることにきまった。

カバの若木が窓に腕をのべる愛《いと》しいわが部屋に入り、夜の海が立てる音を聞き……朝目覚めたら、今日は一日じゅうパパといっしょだと思えるなんて！

ジェーンは着替えて朝食を食べながら、朝星の歌を歌った。

朝食後最初にしたのは、海岸まで風とかけっくらし、そのあと荒れる波におおはしゃぎでつかることだった。ジェーンはまさに海の腕の中にとびこんだ。

そしてお昼までは、銀器と窓みがきに夢中になった。見かけの変化はいくらかあったが、本当には何も変わっていなかった。ヒトマタギはのどを悪くしたため、あごひげを生やした。大ドナルドは家を塗り替えた。去年の夏の子牛は大人の牛になった。小ドナルドは丘の牧草地を耕した。ふるさとに戻るのはすばらしい。

「パパ、ティモシー・ソルトが今度の土曜日に、タラ釣りに連れてってくれるんだって！」

35

デイビッド伯父《おじ》とシルビア伯母とフィリスは七月に港岬ホテルに宿泊に訪れたが、一週間しかいられなかった。伯父夫婦はある日の午後遅く、フィリスを連れてきて、街の友人を訪ねる間ランタン丘に預けていった。

クイーン入江のジョー・ゴーティエがボストンの女友達にラブレターを送るというので代筆を引き受け、家に帰ってきたばかりのジェーンを、シルビア伯母はあきれ顔で見つめながら、「九時ごろには戻ってくるわ」と言った。ジェーンが挑戦してみないものは、もはやないも同然だった。今日も午前中干し草をジミー・ジョンの納屋に運び入れていたので、ジェーンはカーキ色のオーバーオールを着たままだった。オーバーオールは古くて色あせていた上、とある部分に緑のペンキのしみがべったりとついているため、さらに風采《ふうさい》があがらなかった。実はある日ジェーンは古い庭用椅子を緑に塗り替え、ペンキが乾かないうちに腰を下ろしてしまったのだ。

パパは留守だったので、フィリスの勢いをそぐものは何もなく、いつもよりさらに態度が大きかった。

「お宅のお庭は、ちょっとしたものじゃない?」フィリスは言った。

ジェーンはわざとらしく鼻を鳴らした。ちょっとしたもの？　タイタスお嬢さまがたのお屋敷をのぞけば、誰もがここそクイーン浜地区一美しいと認める庭なのに。フィリスには、奇跡にもひとしい豪華絢爛《けんらん》なキンレンカの洪水が目に入らないのかしら。郡全体を見てもこれほどのものはないのに。こっちのかわいい赤カブと金色のニンジンは、半径数マイル以内のどこの菜園より二週間も生長が速いのにも、気がつかないの？　ヒトマタギの羊糞肥料をほどこしたピンクのシャクヤクが村の噂になっているのに、フィリスの耳には届いていないのかしら？　もっともジェーンはその日いささか心おだやかでなかった。ボストンから舞い戻ったアイリーンおばさんとミス・モローが前日に現れ、おばさんはいつものように優しく人を見下して、いつものようにジェーンの気持ちをさかなでしたのだ。

「お父さんがあなたのために電話を引いて、ほんとうに良かったわ。……私がそれとなくほのめかしておいたのが、きいたんだといいのだけど」

「あたし、電話なんかほしくなかったのに」ジェーンは膨れっ面で言った。

「あらあ、でも、ジェーンちゃん、一人にされてることが多いのだから、電話はなくちゃいけないわ。もしも何かあったら……」

「何があるっていうんです、アイリーンおばさん？」

「おうちが火事になるかもしれないし……」

「去年なったけど、あたしが消したわ」

「でなければ、泳いでる最中に足がつるかもしれないわ。今まで思いもしなかったけど……」

「そうなったって、海から電話はかけられないと思います」

「じゃあ、もし流れ者が……」

「この夏は、まだ一人しか来てないし、ハッピーが脚に食いついて怪我をさせちゃったの。あたし、その人に申しわけなくて……かみ傷にヨードチンキを塗って、お食事をあげました」

「ジェーンちゃんたら、ほんとうに口が減らないこと。ケネディーのおばあさまにそっくりだわ」

ジェーンは祖母に似ていると言われるのが、気に食わなかった。さらに夕食後、パパとミス・モローが二人きりで海岸に散歩に出かけたのは、もっと気に食わなかった。アイリーンおばさんは二人を、いわくありげな顔で見送った。

「あんなに相性がいいのにねえ。……ほんとに惜しいわ」

何が惜しいのかジェーンは聞かなかったが、その夜は長い間眠れず、フィリスが来て庭を小ばかにした時も、そのもやもや状態から立ち直っていなかった。けれども一家の主婦としてのつとめがあるジェーンは、台所じゅうの鍋釜《なべかま》類に思いきりしかめっ面を見せはしても、ランタン丘を見下させるつもりはなかった。ジェーンの用意した夕食に、フィリスは目を丸くした。

「ビクトリア……まさか全部自分でお料理したなんてこと、ないわよね」

「したにきまってるでしょ。ちょちょいのちょいよ」

夕食後ジミー・ジョン家の子供たちとスノービーム団が現れた時、料理で自信がゆらいでいたフィリスは、いたって礼儀正しく接した。一同はうちそろって海岸に水浴びに出かけた。だがフィリスはさかまく波に恐れをなし、他の子供たちが人魚のようにふざけ騒いでいる間、砂浜にすわって波と戯れていた。

「ビクトリアがあんなに泳げるなんて知らなかったわ」

「海がないでる時のあたしを見てくれなくちゃ」ジェーンは言った。

それでも、デイビッド伯父とシルビア伯母がフィリスを迎えに来る時刻になると、ジェーンはほっとした。ところが電話が鳴った。デイビッド伯父が街からかけてきたのだった。車が故障して帰りが遅れる、どうも遅くなりそうだから、ランタン丘から誰かがフィリスをホテルまで送り届けてはくれまいか、と伯父は言った。ああ、はい、はい、わかりました、そうします、とジェーンは請けあった。

「パパは真夜中まで帰れないから、歩くしかないわ」ジェーンはフィリスに言った。「あたしがついていったげる」

「でも、港岬までは四マイルもあるのよ」フィリスは息を呑《の》んだ。

「野原を突っきる近道をとれば、たった二マイルよ。歩き慣れてるからだいじょうぶ」

「でも、もう暗いわ」

「まさか、暗闇が怖いなんて言わないわよね？」

フィリスは怖いとも怖くないとも言わなかった。ただ、ジェーンのオーバーオールを見つめた。

「そのかっこうで行くの？」

「ううん。これは家の近所で着るだけ」ジェーンはかみくだくように言った。「午前中荷車で干し草を運んでたの。ジミー・ジョンおじさんは留守だし、パンチは足を怪我して働けないから。ぱぱっと着替えるから、出かけましょ」

ジェーンはスカートとおしゃれなセーターに着替え、とび色の髪をふんわりと梳《す》いた。すれちがう人々は、ジェーンの髪をふり返って二度見直すようになっていた。フィリスは二度以上見直した。実にみごとな髪だ。ビクトリアに何が起こったのかしら。いつもばかにしていたビクトリアに？　この背が高く手足の長い少女は、どうやら手足の扱い方を心得たらしく、しかもどうみてもばかではなかった。フィリスは小さなため息をついた。そして、二人ともはっきり気づいていなかったが、このため息を境に、二人の立場はそれまでと逆転した。フィリスはジェーンを見下すかわりに、見あげるようになった。

宵の涼しい空気は、二人が出発するころには露を重く含んでいた。風は影深い峡谷に押しこまれていた。高地の牧草地ではすみずみでシダが高く薫っている。とてもおだやかで静かなので、遠くのあらゆる音が耳に届く。……クーパー爺《じい》さんの丘をがらがらと下って行く荷車、腹へり入り江から上るくぐもった笑い声、大ドナルドの丘のフクロウが、小ドナルドの丘のフクロウを呼ぶ鳴き声。そのうち闇はどんどん深まり、フィリスはジェーンに身を寄せた。

「ねえ、ビクトリア、こんなに暗い夜ってないわよね」

「そうでもないわ。あたし、もっと暗くなってから外にでたことがあるもの」

ジェーンが少しも怖がらないので、フィリスは感心した。ジェーンは感心されているのを感じ取った。フィリスが怖がっているのがわかった。ジェーンはフィリスが好きになりだしていた。

二人は柵《さく》を乗り越えねばならず、フィリスは転げ落ちて服を破り、膝《ひざ》をすりむいた。そうか、フィリスは柵も上れないのね、とジェーンは思った。といっても優しい、保護者のような気持ちで思ったのだ。

「きゃっ。あれ、何?」フィリスがしがみついた。

「あれ？　ただの牛よ」

「ああん。ビクトリア。あたし、牛が怖い。通り抜けられないわ。……絶対に無理。……牛が何か思って……」

「牛が何を思おうと、知ったことじゃないわ」ジェーンは堂々と言いきった。自分も昔は牛を恐れたり、牛にどう思われるかを気にしたことなど、忘れ果てていた。

しかもフィリスは泣いていた。その瞬間からジェーンの、フィリスへの苦手意識は、跡形もなく消えた。トロントでのあんなに偉そうで完ぺきなフィリスと、島の丘の牧草地で縮みあがっているフィリスとは、まったくの別人だった。

ジェーンはフィリスの肩を抱いた。「さ、行こう、フィリスちゃん。牛はあなたを見もしないわよ。小ドナルドさんちの牛とは、みんなお友達なの。それにあと小さな森を抜けたら、すぐにホテルだからね」

「お願い……あたしと牛の間を……歩いてくれる？」フィリスはすすり泣いた。

フィリスはジェーンにしっかりとしがみつきながら、無事に守られて通り抜けた。そのあとにつづく森の小道は恐ろしく暗かったが、短かった。そして道を抜けると、ホテルの灯《あか》りが見えた。

「これで大丈夫。あたしはここでさよならするわ」ジェーンは言った。「急いで帰って、パパの夕飯を用意しなくちゃ。パパが帰る時には家にいてあげたいの」

「ビクトリアったら。一人で帰るつもりなの？」

「そりゃそうよ。他にどうしろと？」

「ちょっと待っていてくれたら……お父さまが帰ったら車で送ってくれると思うわ」

ジェーンは笑った。

「三十分でランタン丘に帰ってるわよ。それにあたし、歩くのが好きなの」

「ビクトリアみたいに勇気のある女の子って、あたし、一人も知らないわ」フィリスは熱を込めて言った。その口調に見下す色はかけらもなかった。それからも永遠になかった。

ジェーンは一人で帰り路《みち》を楽しんだ。優しい夜が母鳥のように抱いてくれていた。小鳥たちはつばさをたたみ、巣で眠っていたが、外では野生の生き物たちが活動をつづけていた。遠くでキツネが鳴いている……シダの中に足音が聞こえる。青白い蛾の羽のひらめきを見つけ、星たちに気安く方角をたずねることにした。

星々は終わりのないハーモニーを歌いついでいるようだ。今のジェーンは星に詳しかった。ジェーンが北斗七星しか知らないと気づいたパパが、ひと夏天文学の講義をしてくれたのだ。

「これじゃあいけないよ、ぼくのジェーン。星とは知りあいにならなくては。星に詳しくないのを責めるわけじゃない。明るい大都市に暮らす人間は、星から切り離されているからね。田舎に住む人たちも、星があるのになれっこすぎて、その驚異に気づかない。もし千年に一度しか見られなかったら、星空はどんなに想像を絶する光景と思われるだろうか、とかいうことを、エマソンがどこかで言っている」

というわけで、二人はパパの望遠鏡をたずさえ、月のない夜に星探しにでた。そしてジェーンは遠い宇宙の恒星たちについての科学的知識をわがものにしたのだった。

「今夜はどの星を訪ねよう、ジャネレット？　さそり座か、フォーマルハウトか、天狼星《シリウス》か」

ジェーンは天文学が気に入った。広大な世界が大空のそれぞれの軌道を進む下で、闇と美しい孤独に包まれて、パパと丘に座っているのは、すばらしかった。北極星、牛飼い座、こと座、カペラ、牽牛星《けんぎゅうせい》……もうみんな知っている。宝石をちりばめた玉座についたカシオペアが、澄んだ南東の空にさかさまにかかる南斗六星が、天の川を永遠に飛びつづける巨大なわし座が、天の畑で収穫をしているしし座の黄金の鎌が、空のどこにあるかもわかっていた。

「心配事があれば、星を見ればいいよ、ジェーン」パパは言った。「星はひとを支えてくれる、慰めてくれる、受け止めてくれる。ぼくももし……何年も前に、そうしていれば……だが星の教えに気づいた時は、もう手遅れだったよ」

36

「エルミラおばさんがまた死にかけてるよ」ディンドンが嬉《うれ》しそうに言った。

ジェーンはディンドンが家の納屋の屋根ふきをするのを手伝っていた。しかもとても腕が立ち、疲れを知らずに働いた。浮き浮きと風に乗る雲の下に広がる田園風景をのぞみながら、ご近所が何をしているかがありありとわかる高みにいるのは、とても楽しかった。

「今度はすごく悪いの？」ジェーンは金槌《かなづち》の手を休めずに尋ねた。

エルミラおばさんの危険な発作について、ジェーンはすべて知っていた。一定の期間を置いて発作に見舞われ、何とも困った騒ぎを引き起こすのだ。エルミラおばさんは都合の悪い時を狙っては死にかける。いつも特別な行事が近づくたびに、死ぬことにきめ、時にはほんとうに危ないとしか思えなくて、ベル一家は息の止まる思いをするのだ。エルミラおばさんの心臓の具合は実際にあてにならないから、いつ今度こそ本当に死んでしまう、なんてことにならないともかぎらない。

「ベルの連中はおばさんに死んでもらいたくないんさ」ヒトマタギがジェーンに教えてくれた。「連中はおばさんが入れる食費をたよりにしてるんだ。おばさんが死ぬと年金もぱあになっちまう。それに家じゅうで出歩く時には、留守番をしてもらえて便利だしな。おまけにはっきり言えば、連中はほんとにおばさんが好きなんだよ。死にかけてない時は、いい人なんだ」

ジェーンにもそれはわかっていた。ジェーンとエルミラおばさんは、気のあう友達だった。けれどもこれまで死にかけているおばさんを見た事はなかった。死を前にすると弱りきって、人と顔をあわせる気力もない、とおばさんが言うものだから、ベル一家も危ない橋をわたりたくないのだった。ジェーンは持ち前の驚くべき直感によって、エルミラおばさんの発作について自分なりの考えを持っていた。それを心理学用語で説明することはできなかったが、いつだったかパパに、エルミラおばさんは何かの恨みを晴らしたいんだと思う、でもそもそも何が恨めしいかもわからないみたい、と話したことがあった。エルミラおばさんは注目を集めるのが好きなのに、年をとるにつれ、うやうやしく中心から締めだされることに腹を据えかねているのだと、ジェーンは理屈ではなく勘でわかっていた。死にかける、というのは少なくとも一時的に主役の座を取り戻せる方法だ。エルミラおばさんはわざとやっているわけではない。いつも心から自分は死にかけていると思い、そのせいでひどくふさぎこんでしまうだけなのだ。生きるというこのすばらしい仕事を、おばさんはやすやすと手放すつもりはないはず。

「すっごく悪い」ディンドンは言った。「これまで見た中で一番具合が悪い、って母さんは言ってる。アボット先生が言うには、おばさんは生きがいをなくしたんだって。どういうことかわかる？」

「何となくはね」ジェーンは慎重に答えた。

「みんなではげまそうとするんだけど、おばさん、すっごく落ちこんでるんだ。食べようとしないし、薬も飲みたくないって。母さんはぶち切れかけてるよ。ブレンダの結婚式は準備万端ととのってるのに、これじゃどうすればいいのか、わかんないよ」

「おばさんはこれまでのところ、いつも死んでないじゃない」ジェーンは慰めた。

「だけどもう何週間も何週間も寝たっきりでさ、毎日今日でおしまいだって言うんだ」ディンドンは心配そうに言った。「エルミラおばさんはさ、ぼくに七へんも最後のお別れを言ったんだ。なあ、おばさんが死にかけてるのに、盛大な結婚式なんかできると思うかい？　なのにブレンダは派手にやりたがってる。だってカイズの家に嫁にいくんだし、カイズ家は派手にしてもらいたがってるって言うんだ」

ディンドンの母親が夕食を食べて行くよう勧めてくれた。パパが留守なので、ジェーンはありがたく受けることにした。目の前でブレンダがエルミラおばさんの食事を盆にならべていた。

「また一口も食べてくれないのかしら」ミセス・ベルは気がかりそうに言った。色の薄い優しい目をし、やつれてはいるが感じのいい顔をしたご婦人で、何にでもひどく気をもんだ。「まだ生きていられるのが不思議よ。それに気力が萎《な》えていてね。もちろん病気のせいだけど。もうくたびれきって、良くなろうとも考えられないって、おばさんは言うの。かわいそうに。だって、心臓がねえ。みんなそろってはげまして、心配させるようなことは何も言わないようにしてるんだけど。ブレンダ、今朝白い雌牛がのどを詰まらせて死んだことは、言うんじゃないよ。それからゆうべお医者さんがどうおっしゃったか聞かれたら、すぐに良くなりますと言われたって。うちの父親は、病人には本当のことしか言うなと言っていたけど、エルミラおばさんには元気になってもらわないとね」

夕食が終わっても、ジェーンはディンドンについていかなかった。所在なげにうろうろしていると、やがてブレンダがおりてきて、エルミラおばさんは一口も食べられなかったと報告した。そのあと梳毛《そもう》所に送りだす羊毛のかさを相談するために、母親を外に連れだした。そのすきにジェーンは階段を駆けあがった。

エルミラおばさんはベッドに横になっていた。小さくちぢこまったおばあさんで、乱れた白髪がしわだらけの顔のまわりでもつれあっている。テーブルの盆には手がついていなかった。

「ジェーン・スチュアートじゃないかい？」エルミラおばさんはか細い声で言った。「あたしを忘れないでいてくれる人がいて嬉しいね。それじゃ、あたしの最期を見届けに来てくれたのかい、ジェーン？」

ジェーンは言い返さなかった。椅子に腰をおろし、とても悲しそうにエルミラおばさんを見つめた。おばさんはがりがりの手を盆に向けてひらひら振った。

「何にも食べたくないんだよ、ジェーン。でも、それでいいの。……やれやれ、それでいいの。みんなはあたしが食べるもんまで、惜しがってるみたいだしねえ」

「そうかも」ジェーンは言った。「だって不景気だし、買い取りの値段も安いでしょう？」

エルミラおばさんは、こんな答えは予想していなかった。奇妙なこはく色の金つぼ眼にちらりと火花が散った。おばさんは言った。

「あたしは自分の食費を出してるよ。そのずっと前から生活費を稼いでるしね。なるほど、あたしはこの家ではもうどうでもいいってわけなのよ、ジェーン。病気になってしまうと、そんなもんだね」

「うん。そんなものかも」ジェーンはうなずいた。

「ええ、ええ。あたしがみんなのお荷物だってことは、よおっくわかってますよ。でもそれも、もう長くはないの、ジェーン。長くはないのよ。死に神の手が迫ってる。誰にもわからなくても、あたしにはわかるのさ」

「そうかな。みんなもわかってるみたいだけど。お葬式までにって、納屋の屋根ふきを急いでるもの」ジェーンは言った。

エルミラおばさんの火花が燃えあがった。

「もう何もかも手配はすんでるってわけかい、ええ？」

「ええっと。おじさんがどこにお墓を掘ろう、とか言ってたのは、確かに聞いたの。でもそれって白牛のかもしれない。多分牛のじゃないかな。ほら、今朝のどが詰まって死んじゃったでしょ。それから何かに間にあうように、南の門を白く塗り替えなくちゃ、とかも言ってたけど……。そこんとこ、良く聞こえなかったの」

「白ぉ？　何ちゅうことを！　あの門は赤と決まってるんだよ。やれやれ、あたしが心配して何になる？　どうせもう関係ないんだから。死に神の足音が聞こえているのに、浮き世の心配なんかするもんか、ねえ、ジェーン。納屋の屋根をふいてるって、言ったね。たしかに金槌の音がしてたっけ。あの屋根は葺《ふ》き替えなんかしなくていいのに。だけどサイラスは、がつんと言ってやる人間がいないと、無駄遣いをしたがるんだ」

「お金がかかるのは屋根板だけよ。手間賃はただなの。ディンドンとあたしでやってるから」

「そうかい。それでオーバーオールなんかはいてるんだね。あたしの娘時代には女の子のオーバーオールなんてとんでもなかったけど。だけどもう、どうだっていい。ジェーン、ただ、はだしはやめなさいよ。サビ釘《くぎ》を踏んじまうかもしれないから」

「でも、靴を履かないほうが、屋根を歩きやすいの。それにシドぼうやは靴を履いてたけど、昨日サビ釘が足に刺さったわ」

「そんな話、聞いてないっ！　あたしがそばで面倒を見てやらないと、あの子は敗血症にされてしまうよ。あたしのかわいがりっ子なのに。……ああ、でもどうせ先は長くないんだ。……あたしが埋めてほしい場所は言ってあるけど、墓を掘るなんて、あたしが死ぬまで待っててもらいたいもんだ」

「あのね。お墓って、きっと牛のよ」ジェーンは言った。「それにきっと、おばさんのお葬式は盛大にやってくれるわよ。あたしが頼めば、パパがすてきな死亡記事を書いてくれると思う」

「あらそう。いいの、いいの。もうそんな話はたくさんだよ。とにかく死ぬまでは、埋めてほしくないもんだ。それはそうとうちのもんは、あんたにちゃんとした食べ物を出したかい？　ネティーは人はいいけど、料理の腕は世界一ってわけじゃないからね。このあたしは料理上手だったよ。ああ、達者な時に作った料理ときたら。……あたしの作った料理はほんとに……」

ジェーンは、これからもたくさん料理が作れるわ、と励ますタイミングを、逃してしまった。

「お食事はおいしかったわ、エルミラおばさん。それにとても楽しかったの。ディンドンがしゃべってしゃべって、あたしたちは笑って笑いっぱなしだったの」

「あたしが死にかけてるのに、よくも笑えるもんだ」エルミラおばさんは悔しそうに言った。「なのにこの部屋にくると足音を忍ばせて、いつもいつも悲しそうなふりをするわけさ。ところで昼までずっと聞こえてた、ものを引きずるような音は何だったのかねえ？」

「おばさんとブレンダが居間の模様替えをしてたの。きっと結婚式の下準備でしょ」

「結婚式？　結婚式って言ったかい？　誰の結婚式なのさっ」

「ブレンダにきまってるじゃない。ジム・カイズと結婚するの。おばさん、ご存じだと思ってた」

「もちろん、あの二人がそのうち結婚するとは知ってたさ。……だけど、あたしが死のうっていうこの時に？　ほんとに今も準備を進めてるっていうの？」

「だってえ。結婚式を先延ばしすると、縁起が悪いっていうでしょ。おばさんの邪魔にはならないから。だっておばさんは上の部屋に一人なんだし……」

エルミラおばさんはベッドに起きあがった。

「入れ歯をとっておくれ」おばさんは命じた。「タンスの上にあるから。これからこの盆の料理を食べて、起きだしてやる。死んだってかまうもんか。あたしに内緒で結婚式を挙げようなんて、大間違いだよ。医者の言うことなんて知ったことか。どうせあの人のでっちあげた容態の半分も悪くないのは、わかってるよ。値打ちものの家畜は半分死ぬ、子供は敗血症になる、しかも赤門を白に塗り替えるだってぇ！　誰かがひとこと言ってやらなくちゃ！」

37

ランタン丘でのこれまでのジェーンの経歴は、いたって地味だった。裸足《はだし》で納屋の屋根をふく姿を見られた時でさえ、せいぜい近所を騒がせただけで、しかもミセス・ソロモン・スノービームをのぞけば、誰もうるさく言わなかった。ミセス・スノービームだけは度肝を抜かれた。そして、あの子は何が相手でも逃げないんだからね、とまたもや言ったものだ。

それから突然、ジェーンは有名人になった。シャーロットタウン各紙は二日つづきでジェーンに第一面を割き、トロントの新聞さえジェーンとライオン……とりあえずライオン……の写真入りの記事を掲載した。ゲイ・ストリート六十番地の騒ぎは推して知るべしだろう。祖母は苦虫をかみつぶしたようで、まるでサーカスの芸人じゃありませんか、こんなことになるだろうと、初めからわかっていたわ、と言った。母は口には出さず心の中だけで、ジェーンがプリンス・エドワード島でライオンのたてがみをつかんで歩きまわるなんて、誰にもわかっていなかったくせに、と思った。

ライオンについての噂は、二日ばかり流れていた。小さいサーカスがシャーロットタウンに来ていて、そこのライオンが逃げたらしいとささやかれていたのだ。たしかにサーカス見物に行った人々はライオンの芸を見なかった。そこからけっこうな騒動になった。サーカスからサルが逃げたことなら一度ある。だがライオンとは？　実際には誰もライオンの姿を見ていないので、はっきりしたことは言えなかったが、目撃談はいくつか届いた。何マイルも先の、あそことかここととかどことか。子牛や子豚が消えたという話もあった。王室の血を引く近眼の老貴婦人が、ライオンの頭をなでてやり、「見事な犬じゃ」とのたまった、などという話も伝わってきたが、真偽のほどは不明だった。王室関係者は、放し飼いのライオンなどいないと、不快感を表した。そんな噂は観光客数に悪い影響を与える。

「どうせ見られるわけがないものね」ミセス・ルイーザ・ライオンズは悲嘆に暮れた。

「ベッドにしばりつけられてると、そうなるのよ。何もかも見逃してしまうの」

ミセス・ルイーザは三年間寝たきりで、人の手を借りずには一度も床に立ったことがないという噂だった。それでもなおコーナーズやクイーン浜や港岬のできごとは、逐一耳に入れていた。

「ライオンなんかいないと思うわ」コーナーズで買い物をしたあと、ミセス・ライオンズに挨拶《あいさつ》しに立ち寄ったジェーンは言った。ミセス・ライオンズはジェーンがたいそうお気に入りだが、たった一つ不満があった。父親と母親とリリアン・モローについて、何ひとつ聞きだすことができないのだ。もちろん何度も試してみた上である。

「あの子はその気になれば、ハマグリより口が堅いのよ」とミセス・ライオンズはぐちった。

「それならどこからそんな噂が出たのかしらね」ミセス・ライオンズはジェーンに聞いた。

「たいていの人は、サーカスにはもともとライオンがいなかったと思ってるわ……でなきゃ死んだのかも。だからライオンを見に来たお客さんが、がっかりしたり腹を立てたりしないように、話を作ってごまかしたかったんですって」

「だけど賞金が出るんでしょうが？」

「たった二十五ドルよ。もしも本当にライオンが逃げたなら、もっと出すんじゃないかしら」

「だけど見た人もいるってさ」

「見たって思いこんだだけじゃないかなあ」ジェーンは言った。

「あたしにはそれさえできゃしない」ミセス・ルイーザはうめいた。「ライオンが二階のこの部屋にあがってこないぐらい、誰でも知ってるから、見た振りもできやしない。目撃者になれたら、新聞に名前が載るのにねえ。マーサ・トーリングは今年二回も名前が載ったのさ。世間には運のいい人がいるもんよねえ」

「先週サマーサイドの、マーサ・トーリングさんのお姉さんが亡くなったんですって」

「ほら、言ったでしょうが！」ミセス・ルイーザは悔しそうだった。「これであの人は喪服を着るでしょうよ。あたしには喪服運がないの。うちの一族は、もう何年も誰も死なないし。黒はそりゃああたしに似合うのにねえ。そうそう、ジェーン、この世で何かつかんだら、金輪際放しちゃだめよ。それがあたしの持論。寄ってくれて、ありがとねえ。いつもマティーには言ってるの。『あたしのお気に入りのジェーン・スチュアートは何かを持ってる。何とでも言うがいいよ。おやじさんは変人だけど、それはあの子のせいじゃない からね』って。階段の曲がり目に気をつけて。あたしはもう一年以上おりたことがないけど、いつかそこで誰かが首の骨を折りそうでねえ」

事件は次の日起きた。……黄金の八月の午後で、ジェーンとポリーとオカッパとキャラウェーとパンチとミンとディンドンとペニーとヤング・ジョンは、一団となって、港岬の野っ原にブルーベリー摘みにでかけた。そしてコーナーズの農場地帯の裏手にある牧草地を突っきり、近道を取って帰る途中だった。マーティン・ロビンズの古い干し草小屋がある、アキノキリンソウがはびこり、木立のある小さい谷間で、一行はライオンとばったり出くわしたのだった。

そいつはエゾマツの木陰で、アキノキリンソウに埋もれて、一行の真ん前に立ちはだかっていた。子供たちは一瞬道の真ん中で凍りついた。それから、いっせいに恐怖の叫び声をあげ——中でもジェーンが一番大声で叫んだ——、バケツを取り落とすと、ころがるようにアキノキリンソウの茂みを抜けて、納屋に駆けこんだ。ライオンはのそのそついてきた。古ぼけたぼろ扉を閉める暇も無かった。一同はぐらぐらのはしごをかけあがった。ヤング・ジョンがようよう梁《はり》にとりつき、みんなのそばにたどり着いたとたん、はしごは崩れ落ちた。もう息が切れて、叫ぶにもだれも声が出なかった。

ライオンは戸口まで来ると、日差しの中につと立ち止まり、しっぽをゆっくりと前後にゆすった。落ち着きを取り戻したジェーンは、そいつがみすぼらしくてひょろひょろなのを見て取った。それでも狭い戸口にいると充分威厳があり、そいつがライオンであることは、誰にも否定できなかった。

「入ってくるよぉ」ディンドンがうめいた。

「ライオンってのぼれる？」オカッパは息も止まりそうだ。

「の……の……のぼれないはず」ポリーが歯をガチガチ鳴らしながら言った。

「猫はのぼれるぞ。……ライオンって、おっきな猫だろ」パンチが言った。

「やめて。声を出さないで」ミンがささやいた。「怒らしたらどうすんの。こっちがすっごく静かにしてたら、どっかに行ってくれるかも」

　ライオンはどこかに行く気はてんからなさそうだった。納屋の中に入り、あたりを見まわすと、時間はたっぷりある、という雰囲気を醸しだし、日溜《ひだ》まりに寝そべった。

「機嫌は悪くなさそうだ」ディンドンがつぶやいた。

「腹が減ってないのかもな」ヤング・ジョンが言った。

「怒らしたらだめ」ミンが泣きついた。

「こっちのことは全然気にしてないみたい」ジェーンが言った。「あわてて逃げることなかったわ。……人に怪我させるなんて思えない」

「みんなと同じぐらいあせって走ったくせに。おんなしくらい、びびってたじゃん」ペニー・スノービームが言った。

「そらそうよ。だってあんまり急だったもの。ヤング・ジョン、そんなに震えないで。はりから落っこちるわよ」

「お……おれ、こわいんだもん」ヤング・ジョンは恥ずかしげもなく泣きじゃくった。

「ゆうべあたしが、キャベツ畑を通り抜けるのを怖がるって笑ったくせに」キャラウェーが意地悪く言った。「なのに自分はどうだってのよ」

「うるせえやい。ライオンとキャベツはちがわあ」ヤング・ジョンはひいひい泣いた。

「もうっ、怒らしたらだめだってばあ」ミンが必死でわめいた。

突然ライオンがあくびをした。あら、ニュース映画の初めに出る、あのかわいいライオンにそっくり、とジェーンは思った。ジェーンは目を閉じた。

「お祈りしてんの?」ディンドンがささやいた。

ジェーンは考えていたのだ。もしもパパの大好物のポテトグラタンを夕食に間にあわせたいなら、すぐに帰らないといけない。ヤング・ジョンは顔が緑色に見える。具合が悪いのかしら? 目の前にいるのはくたびれて無害な年よりライオンでしかないと、ジェーンは思うことにした。仔羊のようにおとなしいと、サーカスの人は言っていたっけ。ジェーンは目を開けた。

「あのライオンをコーナーズまで連れていって、ジョージ・タナーの空き納屋に閉じこめてくるわ」ジェーンは言った。「みんなも一緒に出てって、ここにライオンを閉じこめるというなら、別だけど」

「ああ、ジェーン……まさか……そんなとんでも……」

ライオンがしっぽで床をぱたりぱたりと叩《たた》いた。抗議の声は押し殺した悲鳴とともに消えた。

「じゃあ行くわ」ジェーンは言った。「あの子は人に馴《な》れてるはずなの。でもあたしがあの子を遠くに連れだすまで、ここにじっとしてて。それから大きな声を出さないで。わかった?」

一団は目を真ん丸にして、息を殺した。そしてジェーンが壁に向かって梁をつたい、壁をすべって床におりるのを見つめていた。ジェーンはライオンに歩み寄ると「おいで」と言った。

ライオンはついてきた。

五分後鍛冶屋《かじや》のドア越しに外をのぞいていたジェイク・マクリーンは、ジェーン・スチュアートがライオンのたてがみをつかんで目の前を通って行くのを目撃した。「唾《つば》を飛ばせば届きそうだったぜ」後に彼はまじめくさって言ったものだ。ジェーンとライオンは、いたって気があっているように見え、そのまま店をまわって裏手に消えた。ジェイクはれんがに尻餅《しりもち》をつき、バンダナで額の汗を拭《ふ》いた。

「自分でもいかれてるって思うことはあるが、あそこまではいかないぜ」ジェイクは言った。

店の窓から外を見ていたジュリアス・エバンスも、自分の目が信じられなかった。ありえない……こんなことはありっこない。おれは夢を見てるんだ……でなきゃ酔っぱらってるんだ……でなきゃ頭がいかれたんだ。そうさ、そうだよ。いかれちまったんだ。おやじのいとこがおかしくなったのは、一年前だったっけか。おれもひょっとしたら。……目をそむけちゃいけない。ジェーン・スチュアートがライオンをひっぱって、おれの店の横を通っていくなんて、これは幻だ。信じたりしちゃいかん。

マティー・ライオンズは母親の部屋に駆け登ってくると、ぜいぜい息を切らし、泣き声をあげた。

「いったい何なのさ。いかれたみたいにキーキーわめいて！」ミセス・ライオンズは叱りつけた。

「あああ、母さん、母さん、ジェーン・スチュアートがライオンをひっぱって、こっちに来るのよぉ！」

ミセス・ライオンズがベッドから起きだし、窓辺にたどり着くと、ちょうどライオンのしっぽが一振りしながら裏庭に消えるところだった。

「どうする気か見なくっちゃ！」ベッドわきで呆然《ぼうぜん》と手をもみあわせるマティーを置き去りに、ミセス・ライオンズは部屋を飛びだし、危険な階段の曲がり目を元気な時のように軽々とかけおりた。お隣さんで心臓の悪いミセス・パーカー・クロスビーは、自宅の裏庭をミセス・ライオンズが駆け抜けるのを見て、ショックのあまり死にかけた。

ミセス・ライオンズは間にあった。ジェーンとライオンがタナー家の牧草地を横切って、干し草小屋に向かう姿を見られたのだ。そのまま立って見ていると、ジェーンは納屋の戸を開け、ライオンを押しこみ、戸を閉めてかんぬきをかけた。とたんにミセス・ライオンズは腰を抜かしてルバーブ畑にへたりこんだ。マティーは母親をベッドに戻すのに、ご近所の手を借りなければならなかった。

ジェーンは元来た道を戻る途中、さっきからカウンターのハエの糞《ふん》だらけのジョッキ・コレクションを前に、真っ青な顔で突っ立っているジュリアス・エバンスに声をかけた。そしてシャーロットタウンに電話して、ライオンはタナー家の納屋に無事おさまったと知らせてほしいと頼んでいった。ランタン丘に帰ると、台所にパパがいて、妙ちきりんな顔をしていた。

「ジェーン。きみがここに見ているのは、大の男の抜け殻だよ」

「パパ……どうかしたの？」

「どうかしたのと娘はのたまう、声に震えも見せずして、か。わからないだろうが……わかってもらわないほうがありがたいが、デイビー・ガードナーの奥さんと、卵のひどい値下がりの話をしていて、ふと台所の窓から外をのぞくと、自分の娘が……たった一人の娘が……恐れも見せぬゆうゆうたる足取りで、さっそうとライオンを連れて通り抜けていくのが見えたら、どんな気分だと思う？　まず、突然頭が変になったと思う。……ガードナーの奥さんが勧めてくれたこのラズベリードリンクには、何が入ってたんだ？　とね。あの奥さんも気の毒に。あれを見たらあばら骨ががたがたになったと、泣きそうになってたぞ。立ち直ってくれればいいが。だがねえ、ジェーン、あの人はもう元に戻れないんじゃないかと思うよ」

「だってよく人に馴れたライオンだったもの」ジェーンはじれったそうに言った。「どうしてみんながあんなに大騒ぎをするのか、わからないわ」

「ジェーン、愛《いと》しい我が子、ジェーン、哀れなパパの神経のためにも、人に馴れていようがいなかろうが、二度とライオンを連れ歩いたりしないでおくれ」

「だけど二度とあるようなことじゃないでしょう、パパ」ジェーンは分別のある答えを返した。

「たしかにそうだ」見るからにほっとして、パパは言った。「年中行事になりそうにはない。ただしだ、ジャネレット（ジェーンの愛称）、いつの日か魚竜をペットにしたいと思いついた時は、前もってひと言お願いするよ。パパも昔のように若くないんだからな」

ジェーンは今回のことがどうしてここまで騒ぎになるのかが、わからなかった。自分が英雄だとはかけらも思わなかった。

「はじめはたしかに怖かったけど」とジェーンはジミー・ジョン一家に話した。「あくびするのを見たら、怖くなくなったの」

「もうあんたはお偉くなっちゃって、あたしたちには口をきいてもくれないよね」ジェーンの写真が各新聞にのると、キャラウェー・スノービームは悲しそうに言った。ジェーンと納屋とライオンの写真が、ただし別々に、撮影されていた。目撃者は全員重要人物になった。ミセス・ルイーザ・ライオンズは有頂天になった。自分の写真が新聞に出たからだ。ルバーブ畑の写真まで掲載された。

「これで幸せに死ねるよ」彼女はジェーンに言った。「もしもミセス・パーカー・クロスビーの写真が新聞に出て、あたしのが出なかったら、我慢できないところだけどね。でもなんであの人の写真なんかのせたんだろう。あんたもライオンも見なかったのに。あの人が見たのは、あたしだけよ。まあね、いつでも目立ってないと満足できない人がいるもんさ」

ジェーンはライオンをお伴に国じゅうを巡るのをものともしない少女として、クイーン浜の歴史に足跡を残すことになった。

「怖い物知らずのすごい女の子だよ」とヒトマタギは、ジェーンとの交友をいたるところで自慢したものだ。

「初めてあった時からでかぶつだとわかってたさ」とトゥームストーンおじさんは言った。ミセス・スノービームは、ほら、あたしはいつも、ジェーン・スチュアートは何が相手でも逃げない子だと言ってたろう、とみんなに思いださせた。ディンドン・ベルとパンチ・ガーランドがいつか老人になったら、二人は思い出話をしあうことだろう。「ジェーン・スチュアートといっしょにあのライオンをタナーの納屋に追いこんだ時のこと、覚えてるか？　おれたち、度胸があったよなあ」

38

八月の末に涙で点々とにじんだジョディーの手紙が届いたため、ジェーンは眠れない夜を過ごした。今度こそ本当に施設に送られることになった、と書いてあったせいだ。

『ミス・ウェストは十月に下宿屋を売って、隠居するつもりだって。それにジェーンとも会えなくなるなんて。あたしは泣いて泣き明かしました。施設に入るなんて考えただけでいやです。ミス・ウェストがまちがってるなんて。ジェーン、これってまちがってない？　ううん。ミス・ウェストがまちがってると言いたいんじゃないの。でも、何か知らないけど、まちがってるでしょ』ジョディーはそう書いていた。

ジェーンも何かがまちがっていると感じた。それにジョディーと裏庭でおしゃべりができなくなったら、六十番地は今までよりもっと暮らしにくくなるにちがいない。だがそんなことは、気の毒なジョディーの不幸とはくらべものにならない。ジョディーも施設に入れば、五十八番地でただ働きの奴隷でいるよりは楽な暮らしができるはずだとも思えたが、それでもなお、施設がいやなのは、ジョディーと同じ気持ちだった。ジェーンがあんまり暗い顔をしているので、港から活《い》きのいいサバを届けに来たヒトマタギも、それを感じ取った。

「明日《あした》の夕飯に使うといいよ、ジェーン」

「明日は塩漬けの牛肉とキャベツのお料理の日なの」ジェーンは怒った声で言った。「でもあさって使うわ。金曜日でもあるしね。ありがとう、ヒトマタギさん」

「悩みでもあるんかい、ミス・ライオン使い？」

ジェーンは心の中を打ち明けた。

「かわいそうなジョディーの暮らしがどんなだか、きっとわかってもらえないわ」ジェーンはそう締めくくった。

ヒトマタギはうなずいた。

「さんざ利用されてこきつかわれ、たらいまわしにされる、ってやつか。気の毒な子だ」

「おまけにあたしの他には心をかける人もいないの。施設に行ったら、もう二度と会えないわ」

「うーむ、なるほど」ヒトマタギは頭をガリガリかいて、考えこんだ。「二人で知恵を出しあわなくちゃな、ジェーン。何ができるか考えよう。頭を絞るんだ。頭を絞らなきゃ」

ジェーンは頭を絞ったが何も出なかった。だがヒトマタギはじっくり考えたあげく、少しはましな答えを出した。

「ずっと考えたんだがな」つぎの日ヒトマタギはジェーンに言った。「タイタス嬢さまがたがジョディーを養子にしなけりゃ、この世は闇だぜ。もう一年も養子をとりたがってるんだが、どんな子供がほしいのか、二人の意見があわねえのさ。ジャスティナさまは女の子がほしいし、バイオレットさまは男の子がほしい。ぶっちゃけ二人とも、男でも女でも双子がほしいんだが、親がいないちょうどいい双子、ってのはめったにいないもんで、その線はあきらめたんだ。バイオレットさまがほしいのは黒髪で茶色の目、ジャスティナさまは金髪に青い目。バイオレットさまがほしいのは十歳で、ジャスティナさまは七歳。ジョディーは何歳だ?」

「十二歳。あたしと同じ」

ヒトマタギの表情が暗くなった。

「どうかなあ。ちょっと年をくいすぎかな。でも試して損はないだろ。あのお二人さんがどう動くかは、予想もつかんからな」

「今日夕飯のあと会ってくるわ」ジェーンは決心した。

ジェーンは頭がお留守になっていたせいで、アップルソースに塩を入れてしまい、誰も食べられなかった。夕食の皿が片づくなり――その夜はとても褒められない洗いあがりだったが――ジェーンは出かけた。

港の空は申し分のない夕焼けで、刺すような風にくちづけされて頬がまっ赤に染まるころ、ジェーンは良い香りの漂うタイタス家の細い小道についた。小道の木々はジェーンに手をのばして触れたがっているようだった。その向こうに、百年分の夏の太陽ですっかり角が取れた、優しく古く、人当たりのいい屋敷が見えた。タイタスのお嬢さま姉妹は台所でブナの火をたいていた。ジャスティナは編み物にかかり、バイオレットは銀色に輝くタフィーのねじり棒を、こってりと甘い粒に切っていた。このタフィーのレシピは、ジェーンがどんなに策をめぐらしても、聞きだすことができずにいた。

「お入りなさいな。いらしてくださってうれしいわ」ジャスティナが優しく、心から言った。そのくせ物陰にライオンがひそんでいるのではないかというように、不安そうにジェーンの背後をうかがった。「夜になって冷えてきたので、暖炉に火を入れようときめましたのよ。おかけになって。バイオレット、タフィーを少し差しあげて。この方、とても背が高くおなりね。そうじゃない？」

「それにおきれいよ」バイオレットが言った。「この方の目が好き。おねえさまはどお？」

タイタス姉妹には、ジェーンを目の前にしながら、本人がいないように話をするという、妙な癖があった。ジェーンは気にしなかった。……ただし、いつも褒め言葉ばかりとはかぎらない。

「わたくしは、青い目のほうが好きなの、ご存じでしょ」ジャスティナは言った。「でもおぐしは美しいわね」

「わたくしの好みほど色が濃くないけれどね。わたくし、昔から黒髪に憧《あこが》れていたの」バイオレットが言った。

「ほんとうに美しい髪といえば、金赤色の巻き毛にとどめをさすわ」ジャスティナは言った。「この方のほお骨は少し高すぎるかしら。だけど足の甲にはほれぼれするわね」

「全身褐色に焼けているのよね」バイオレットはため息をついた。「でも今はそれが流行なのですって。わたくしたちは若いころ、お肌にとても気をつけたものだったけれど。ほら、外に出る時はいつもお母さまに日よけ帽をかぶらされたものだったわ。……ピンクの日よけ帽を」

「ピンクの日よけ帽ですって！　ブルーだったわ」

「ピンクです」バイオレットがきっぱりと言いきった。

「ブルーです」ジャスティナも負けずに言いきった。

二人は日よけ帽の色を巡って十分間言い争った。ジェーンは二人の過熱ぶりを見て取り、ミランダ・ガーランドが二週間先に結婚する話を持ちだした。タイタス姉妹は好奇心にかられて、日よけ帽を忘れた。

「二週間ですって？　何とも急なお話ね。もちろんお相手はネッド・ミッチェルでしょう？　婚約したとは聞いていたわ……それだって、たった半年のおつきあいでは、わたくしには急ぎすぎに思えましたわ。……だけど、こんなにすぐに結婚するとは思わなかったわね」

「ネッドがもっと細めの女の子と恋に落ちないかと、心配なのでしょうよ」ジャスティナが言った。

「二人は、あたしがブライズメイドになれるように、式を早めてくれたんです」ジェーンは誇らしげに説明した。

「たった十七なのに」ジャスティナが感心しない風で言った。

「十九よ、おねえさま」バイオレットが言った。

「十七よ」とジャスティナ。

「十九」とバイオレット。

　年齢をめぐってまた十分間の言い争いになりそうだったので、ジェーンが割って入り、ミランダは十八になったばかりだと言った。

「まあ、そうね。結婚するのは簡単よ」ジャスティナが言った。「きょう日の問題は、結婚をつづけることにあるようね」

　ジェーンはひるんだ。ジャスティナがジェーンを傷つけるつもりでなかったのはわかっていた。だがジェーンの両親は、結婚をつづけていられなかったのだ。

　バイオレットが、とりなすように言った。「その点プリンス・エドワード島はとても優秀だと思うわ。連邦加盟以来、六十五年のあいだに、離婚はたった二件ですもの」

「正式なのは二件だけれど」ジャスティナは譲歩した。「かなり……少なくとも半ダースは……もぐりの離婚があるのよ……合衆国に行って、そこで手続きをするのですって。いろいろ考えれば、もっとありそうだわ」

バイオレットはジャスティナに目で合図を送った。ありがたいことにジェーンはそれに気づかなかった。本気で話をするつもりなら、そろそろ本題にかからなくてはならない、とジェーンは思った。きっかけを待っていても仕方がない。きっかけは自分から作るのだ。

「養子がほしいと聞いたんですけど」ジェーンはずばりと切りだした。

再び姉妹は目配せをかわした。

「そのことならここ何年か、時々話に出てはいますね」ジャスティナは認めた。

「二人とも小さい女の子がほしいというところまでは、話がまとまったの」バイオレットはため息をついた。「わたくしは男の子がほしかったのだけれど、ジャスティナが、わたくしたちが男の子の服のことは何も知らない、と言ったから。たしかに女の子に服を着せるほうが、ずっと楽しいでしょうね」

「七つぐらいで、目はブルー、金髪の巻き毛に、バラのつぼみのような唇の女の子ね」ジャスティナは断言した。

「十歳で髪の毛と目は真っ黒、桃のような肌の女の子です」バイオレットも負けずに断言した。「おねえさま。わたくしは性別についてはおゆずりしたのよ。年齢と色合いについてはゆずってくださらなければ」

「年齢はいいとしても、色はゆずれないわ」

「ぴったりの女の子を知ってるんです」ジェーンは遠慮なく割りこんだ。「トロントの友達で、ジョディー・ターナーといいます。お二人ともきっと好きになります。その子の話をさせてください」

ジェーンは話した。ジョディーを良く思わせそうなことは、一つも省かずに話した。言いたいことを言ってしまうと、ジェーンは口をつぐんだ。黙るべきタイミングは、いつも心得ていた。

タイタス姉妹も黙ったままだ。ジャスティナは編み物をつづけ、タフィーを切り終えたバイオレットは、かぎ針編みを手にした。二人は時おり顔をあげ、目をあわせては、また伏せた。暖炉の火がぱちぱちと優しくはじけた。

「その子はきれいなのかしら？」ようやくジャスティナが口を開いた。「みっともない子はほしくないの」

「大人になったら、とてもきれいになるはずです」ジェーンは真剣に言った。「誰よりもきれいな目をしているんです。今はやせすぎだけど……いい服も持っていないけど」

「勢いがよすぎたりしないかしら？」バイオレットが聞いた。「わたくしは勢いのいい女の子は苦手なの」

「そんなことは全然ありません」ジェーンは言ったが、これは間違いだった。

「わたくしは多少勢いのいいほうが好きよ」とジャスティナが言ったからだ。

「ズボンが好きではないでしょうね」バイオレットが言った。「今どきの女の子はそんな子が多すぎますから」

「ジョディーは、感心しないといわれるようなものは着ないと思います」とジェーンは答えた。

「別に女の子がズボンをはいてもかまわないのよ。ズボン、だなんて口に出さなければ」ジャスティナが言った。「でもパジャマはだめよ。……ぜったいに、ぜったいに、パジャマはいやです」

「たしかにパジャマはいやね」バイオレットも言った。

「引き取ったとして、その子を好きになれなかったら?」ジャスティナが言った。

「好きにならずにいられない子なんです」ジェーンはあたたかい気持ちを込めて言った。

「ほんとうにかわいいの」

「もしかして」ジャスティナがためらいがちに言いだした。「まさか……困ったことはないわよね……からだに……こっそりと……ありがたくない害虫を飼っているなんてことは……」

「ぜったいにありません」ジェーンはショックを受けた。「だって、ゲイ・ストリートに住んでるんですよ」気がつけば、生まれて初めてゲイ・ストリートをかばっていた。ゲイ・ストリートだって、正しく判断してもらいたい。ゲイ・ストリートにありがたくない害虫がいないことには、自信があった。

「もし……もしも飼っていたとしても……世の中には虫取り用のすき櫛《ぐし》というものがあるわ」バイオレットが雄々しく言った。

ジャスティナは黒い眉《まゆ》を両方ともひきあげた。

「うちではそんな品物がいったことは、一度もないのよ、バイオレット」

再び二人は編み物に戻り、目を見交わした。ようやくジャスティナが言った。「だめだわ」

「だめね」バイオレットも言った。

「髪の色が黒すぎるし」とジャスティナ。

「年も行きすぎだし」とバイオレット。

「結論は出たことだし、ジェーンに今日わたくしが作ったクロテッド・クリームをさしあげてはどうかしら」ジャスティナが言った。

クロテッド・クリームをもらい、バイオレットがぜひにとパンジーの大束を持たせてくれても、ジェーンは失望で重い心を抱いて帰っていった。ところが驚いたことに、ヒトマタギは大満足だった。

「お二人さんがその子を引き取ると言ったとしたら、明日《あした》になったらきっと気が変わるはずだよ。これで話はめでたくきまったね」

そう予告されていたのに、翌日タイタス姉妹から、思い直してジョディーを養子に迎えることにした、ついてはこちらに来て、必要な手続きをする手伝いをしてほしいと手紙が来た時、ジェーンはびっくり仰天した。

「年が行きすぎていないということになったの」バイオレットが言った。

「髪も黒すぎないとね」ジャスティナも言った。

「ジョディーのこと、きっと好きになります」うきうきとジェーンは言った。

「わたくしたち、誰よりも優しい、いい親になるようつとめるわ」ジャスティナが言った。

「もちろん、音楽のおけいこをさせなければ。その子は音楽好きなのかしら、ジェーン?」

「とっても」五十八番地でのピアノの一件を思いだし、ジェーンは言った。

「クリスマスには靴下にプレゼントを詰めてあげるのよ」バイオレットが言った。

「雌牛も飼わなくてはね」ジャスティナが言った。「毎晩おやすみ前にあたたかいミルクを飲ませてあげるの」

「南西の小部屋をその子のために用意しましょう。水色のカーペットがいいかしらね、おねえさま」バイオレットが言った。

「この家では今風の刺激的な生活は期待してもらいたくないの」ジャスティナが厳かに言った。「それでも、若者には友達と健全な娯楽が必要なことは、忘れないようにするつもりです」

「セーターを編んであげるのは、楽しいでしょうね?」バイオレットが言った。

「子どものころおじさまが作ってくださった、木彫りの鴨を出してこなくてはね」ジャスティナが言った。

「かわいがれる子どもがいるのは、すてきでしょうね。双子でないのが、ほんとうに残念だけど」バイオレットが言った。

するとジャスティナが言った。「姉として、ひとこと言わせて。双子から始めるよりは、まず一人の子どもとどうやって暮らしていくか知ってみるほうが、賢明ではないかしら」

「猫を飼わせてやってくれますか？　ジョディーは猫が大好きなんです」ジェーンは頼んだ。

「雄の子猫ならいいかもしれないわ」ジャスティナが用心深く答えた。

ジェーンがトロントに帰ってから、ジョディーを島まで連れてきてくれる人を探すということに話が決まった。ジョディーの旅行費用と旅行にふさわしい衣類を用意する金額を、ジャスティナがきっちりとはじきだし、ジェーンにわたすことになった。

「すぐにミス・ウェストに手紙を書いて、このことを伝えます。でも、あたしが帰るまでジョディーには話さないで、ってお願いするつもり。あたしが、自分で話したいの……その時のジョディーの目が見たいの」

「ジェーン、あなたにはどうお礼をしていいかわかりませんわ」ジャスティナが言った。

「あなたはわたくしたちの生涯の夢を叶《かな》えてくれました」

「文句なしです」とバイオレットも言った。

39

「夏をもっと長くのばせられたらいいのになあ」ジェーンはため息をついた。

だがそれは無理なことだった。もう九月になったので、まもなくジェーンを脱ぎ捨て、ビクトリアに戻らなければならない。けれどもその前に、ミランダ・ジミー・ジョンを結婚させる仕事があった。ジミー・ジョン一家の結婚式準備の手伝いにかかりきりになっていたおかげで、ランタン丘ではパパの食事を準備する時以外、ジェーンの姿はめったに見られなかった。ブライズメイドなので、母が買ってくれた、ブルーと白の水玉刺繍《ししゅう》つきのローズピンクのオーガンジードレスが、ようやく役に立ったわけだった。だが結婚式がすむと、ジェーンはまたさよならを言わなければならなかった。……ランタン丘に、風に波立つ湾のしろがねに、池に、大ドナルドの林道——悲しいことに近く木々が伐採され、畑にされることになった——に。夏しか見られず、決して冬の姿を知ることのないわが庭に、エゾマツ林で歌う風と港の空を白く舞うカモメに、ベッピンとハッピーとピーター一世とシルバーペニーに。そしてパパに。ただ悲しいとは思うものの、その前年心をふさいだ絶望が、今回はまったくなかった。また次の夏も帰ってくるのだ。それはもう、きまりきったことだった。それにまたお母さまに会える。セント・アガサに戻るのも、もう辛《つら》くなかった。ジョディーの喜ぶ顔を見る楽しみもある……そしてパパは、モントリオールまで一緒に来てくれるのだ。

　ジェーンが発《た》つ前日、アイリーンおばさんがランタン丘を訪れた。そして、言うに言えないことがある顔で、もじもじしていた。去り際におばさんはジェーンの手を取り、ひどく意味あり気にじっと見つめた。

「来年の春までに、何か耳に入ったらね、ジェーンちゃん……」

「どんなことが耳に入るんですか？」ジェーンは、いつもおばさんのかんにさわる、恐ろしいほどの率直さで聞きかえした。

「あら……どう言えばいいのかしら……その前に何があるかもしれないし……」

　ジェーンはしばらく気分が悪かったが、そのあと心から押しのけてしまった。アイリーンおばさんはいつでも思わせぶりにほのめかし、蜘蛛《くも》の巣のようにべたべたはりつく当てこすりを、束にして投げかける。今ではアイリーンおばさんは気にしなくてもいいとわかっていた。

「あの子は、どうも思い通りにいかないわ」アイリーンおばさんは友人にこぼした。「ここからは近寄らないで、と通せんぼされるみたいな感じ。ケネディー一族は手ごわいわ。……あの子の母親もそうよ。外見はバラとクリームとかわいらしさでできているみたいなの。でも一皮むけば、どう？　……岩みたいにがんこ。あの女は弟の人生を台無しにしたばかりか、我が子が父親を嫌うようにあらゆることを……そうなのよ、あらゆることをしたの」

「今のジェーンは父親をたいそう好いているみたいだけど」友人は言った。

「ええ、たしかに今はね……他の人を好くのと同じくらいにはね。だけどアンドルーはとても淋《さび》しい人間なの。これからもずっとそうなんじゃないかしら。最近までは実はひそかに……」

「やっとアメリカで離婚の手続きをとって、リリアン・モローと結婚するんじゃないかと思ってたんでしょう?」友人は先回りした。長年のつきあいで、アイリーンの言いたいことがわかっていたのだ。

アイリーンおばさんはあまりにあけすけな物言いに、ショックを受けたようだった。

「あらまあ、そんなつもりじゃ……本当にわからないんですもの……だけど、リリアンこそ、ロビン・ケネディーじゃなくて弟が結婚すべき相手だったと思うの。だってあんなに共通点が多いのだから。離婚というのは、好きじゃないけど……とんでもないことですものね……それでも……特別な事情だってあるし……」

ジェーンとパパはモントリオールまで楽しく旅をした。

「さっきまでより一時間若返ったとは嬉《うれ》しいね」キャンベルトンで腕時計の針を戻しながら、パパは言った。ここまで来る間、パパはずっとこの調子だった。

ジェーンはモントリオールの駅で、パパにしっかりしがみついた。

「パパったら、もう!　……でも来年の夏には、また帰ってくるからね」

「もちろんだ」パパは言ってから、ことばをつづけた。

「ジェーン、少ないけど、こづかいだ。六十番地ではたいしてもらってないらしいから」

「全然もらってないわ。……でもパパ、残しておいたほうがいいんじゃない？」ジェーンはパパが握らせた札を見つめた。「五十ドルって……。とっても大金じゃないの、パパ」

「今年はいい年だったんだ、ジェーン。編集者たちは優しかった。それに……きみがいてくれると、筆が進むんだ。この一年で、かつてのやる気が頭をもたげてきたようなんだよ」

ライオンの賞金を、ランタン丘の必需品と、あの時いっしょにいた友達へのおごりで使い果たしていたジェーンは、クリスマスに役に立つだろうと思い直し、金をバッグにしまった。

「人生よ、あの子に優しくあれ……愛よ、あの子を見捨てるなかれ」蒸気を吐いてトロントに向かう列車を見送りながら、アンドルー・スチュアートはつぶやいた。

トロントの屋敷に帰ってみると、祖母が子ども部屋の模様替えをすませていた。二階にあがって目に入ったのは、かつての陰気な色合いではなく、バラ色とグレーでまとめた目を奪うような華やかさだった。銀色を帯びたじゅうたんに、ちらちら光るカーテン、チンツ張りの椅子、クリーム色の家具、ピンクの絹のベッドカバー。古い熊皮の敷物――唯一ジェーンが好きだったもの――はなくなっていた。ゆりかごも消えてしまった。大鏡は丸い縁無しのものになっていた。

「気に入ったかしら？」祖母は答えを待ちかまえた。

ジェーンはランタン丘の自分の小部屋を思い起こした。むきだしの床、羊皮の敷物、パッチワーク・キルトをかけた白いスプールベッド。

「とてもきれいですね、おばあさま。ありがとうございます」

「さいわい、たいして喜ばれると思ってはいなかったわ」祖母は言った。

祖母が出て行くと、ジェーンは豪華な内装に背を向け、窓辺に寄った。わが家と同じものは星だけだった。パパも家で見ているかしら……ううん、そうだった、パパもまだ家には帰っていないんだわ。それでも星たちは、いつものきまった場所にいてくれる。ものみやぐらの上の北極星、大ドナルドの丘にきらめくオリオン。そしてジェーンは、もう二度と祖母におびえることがないと知ったのだった。

「うわあ、ジェーン」ジョディーは言った。「うわあああ、ジェーン！」

「タイタスお嬢さまたちのおうちなら、きっと幸せになれるわ、ジョディー。ちょっと時代遅れだけど、とても優しいの。それにね、見た事がないほどきれいな庭があるのよ。もう枯れた花をつきさした庭なんか造らなくていいの。有名な桜並木が咲くところも見られるわ……あたしは一度も見た事ないのに」

「美しい夢みたい」ジョディーは言った。「でもでも、ジェーン、あんたと離れたくないわ」

「冬はだめでも、夏になったら一緒にいられるわ。それだけの違いよ。それにそのほうがずっとずっとすてき。一緒に泳ぎましょうね。クロールを教えてあげる。お母さまのお友達のミセス・ニュートンが、サックビルまで連れてってくれて、ジャスティナさまがそこで待っててくれるの。それにお母さまが服を用意してくれるのよ」

「天に昇るって、こんな気分かしら」ジョディーは息を弾ませた。

ジョディーが行ってしまうと淋しくなったが、日々は充実していた。今ではセント・アガサが大好きだった。フィリスもかなり好きになったし、シルビア伯母《おば》は、ビクトリアほど社交的に花開いた子供は見た事がない、とほめた。ウィリアム伯父《おじ》は、今では首都に関する質問をしても、ジェーンをやりこめられなくなった。ビクトリアは何か持ちあわせている子供だと、ウィリアム伯父は考えはじめていたし、ジェーンのほうも伯父がけっこう好きだと思いはじめていた。祖母はというと……そう、メアリはフランクに、ビクトリアさまが大奥さまに立ち向かうのを見て、胸がすっとしたと話したものだ。

「立ち向かう、っていうのはぴったりした言葉じゃないかもしれないけど。とにかく大奥さまは、今までみたいにお嬢さまを思い通りにできなくなったのよ。大奥さまが何を言っても、もうビクトリアさまはちぢこまらないわ。そのせいで大奥さまの怒るまいことか！　何だったかしら、大奥さまがほんとに嫌みなことをおっしゃって、でもビクトリアさまがあのていねいな口調で返事なさったら、大奥さまがそりゃあまあ怒り狂って、真っ青になったのを見たのよ。ああも落ちついて返されたら、ケネディー一族がよってたかって何を言おうが、全然まったくかまやしません、て返したも同然だもの」

「ロビンさまもあのコツを覚えりゃどんとこいなのにな」フランクが言った。

メアリは首を振った。

「もう手遅れよ。あの方はずっと大奥さまの言いなりだったから。生まれてこの方さから
ったのはたったいっぺんで、そのいっぺんを悔やんで暮らすことになった、って話だから
ね。どっちにしてもあの方は、ビクトリアさまとは人種がちがうのよ」

十一月のある夜、母はまたジェーンを伴い、レイクサイド・ガーデンズの友人を訪ねた。またあの家を見られるので、ジェーンは嬉々《きき》としてつきあった。もう売れてしまったかしら？　ところが信じられないことに売れていなかった。ジェーンの心臓は喜びに大きく弾んだ。売れていたら、と心配でたまらなかったのだ。それにしても、どこも悪いところはなさそうなのに、なぜ売れないのか、納得がいかなかった。建て主がレイクサイド・ガーデンズに小さい家を建てたのは間違いだったと悔やんでいるのを、ジェーンは知らなかった。レイクサイド・ガーデンズに住むような人はもっと大きな屋敷をほしがるのだった。

自分の家が売れていないのがたまらなく嬉しくはあっても、その一方で灯《あか》りもつかず火の気もないのには、心が痛んだ。もうすぐ来る冬を、家の身になって呪った。冬が来たら家の心臓は寒さに痛むだろう。ジェーンは玄関の段に腰かけ、ガーデンズ一帯に灯りがつぎつぎともるのをながめ、この家にも灯りがついていてほしいと願った。オークにしつこくしがみつく褐色の枯れ葉が、夜風に吹かれてがさがさうるさく騒いでいる。湖岸の灯りが谷間の木の間越しに、何てきらきら輝きかけることか。そしてあたしはこの家を買う人間を、心から嫌う――いや、憎んでやる！

「不公平よ」ジェーンは言った。「あたしほどこの家が好きな人はいないのに。これはあ

たしのものなのに」

クリスマスの前の週にジェーンはパパに貰《もら》ったこづかいからフルーツケーキの材料を買い、台所で焼きあげた。そしてパパに速達で送った。誰の了解も取らなかった。ただただやってしまったのだ。メアリは秘密を守り、祖母は何も感づかなかった。だがジェーンは感づかれても、ケーキを送っただろう。

その年のクリスマス当日は、あることによってジェーンの特別な記念日になった。朝食がすんだところにフランクが入ってきて、ビクトリアさまに長距離電話です、と告げたのだ。ジェーンはけげんな顔で玄関に出ていった。……いったい長距離電話などだれが？　そして受話器を取って耳に当てた。

「ランタン丘からでかぶつジェーンへ！　メリー・クリスマス！　それからケーキをありがとう」パパの声が、同じ部屋にいるようにはっきりと聞こえた。

「パパ！」ジェーンは息を呑《の》んだ。「どこなの？」

「ランタン丘だよ。これが、ジャネレットへの、パパからのクリスマス・プレゼント。千マイルかなたからの三分間だ」

おそらく三分間にこれほどぎっしり会話を詰めこんだ二人は、どこにもいないだろう。食堂にもどった時、ジェーンのほおはまっ赤で、目は宝石のように明るくきらめいていた。

「誰からだったの、ビクトリア」祖母が聞いた。

「パパです」ジェーンは言った。

母は押し殺した叫び声をあげた。祖母はそちらに顔を向けてにらみつけた。

「あの男がかけてくる相手は、本当はおまえのはずだと思っているのね」

「たしかにそうしないといけないわ」ジェーンは言った。

40

三月のある青く銀色の日の夕暮れ時、ジェーンは子ども部屋で宿題をしながら、わけあって幸せを噛《か》みしめていた。その朝ジョディーから歓《よろこ》びにあふれる手紙が来たのだった。ジョディーの手紙はいつも喜びにあふれていて……しかもクィーン浜の興味深いニュースをどっさり送ってくれた。……また先週が誕生日だったので、ジェーンは今や足長のティーンエイジャーになっていた。その上この日の午後は小さな幸せが二つ訪れた。シルビア伯母がジェーンとフィリスを買い物に連れていってくれ、ジェーンはランタン丘用に、すてきな品を二つ選んだのだ。……古物のかわいい銅のボウルと、ガラス戸につける真鍮《しんちゅう》のこっけいなノッカーだ。ノッカーは犬の頭の形で、舌をだらりと垂らし、目にいかにも犬らしい笑いを浮かべていた。

部屋のドアが開いて、母が入ってきた。レストランでのディナー・パーティーのために着替えている。背中にサファイア色のベルベットリボン飾りがついた、象牙《ぞうげ》色のタフタの、身体の線をきわだたせるすばらしいドレスで、きゃしゃな肩には小さいブルーのベルベットの上衣《うわぎ》を羽織っていた。靴もブルーで細い金色のヒールがついている。そして頭は新しい髪形にしていた。つややかな髪をトップでなでつけ、首回りには手の込んだ小さいカールを並べてある。

「うわあ、すごい。どこから見てもきれい」ジェーンは言いながら、憧《あこが》れのまなざしで見つめた。それから、言うつもりなどなかったことを、つけくわえてしまった。言葉が勝手に唇までかけあがり、ひとりでに出てしまったようだった。

「今のお母さまをパパに見せてあげられたらなあ」

ジェーンはうろたえきって身を引いた。お母さまの前でパパの名を出してはいけないと言われていたはず。……なのに言ってしまった。母は顔を殴られたような表情になった。

それから母は苦々しげに言った。「見たとしても、どうせなんとも思ってくれないわ」

ジェーンは黙っていた。何を言っても無駄な気がした。パパが何かを思うか思わないか、どうしてわかるだろう。それでも……それでもなお、パパはきっと今もお母さまを愛している、と思えた。

母はチンツの椅子にすわって、ジェーンを見つめた。

「ジェーン。わたしの結婚の話を今しておきたいの。向こう側からどんなことを聞かされたか知らないけど……もちろん、向こう側の言い分もあるでしょう。……でもね、わたしの話も聞いてほしいの。知っておいたほうがいいでしょうから。ずっと前に話せば良かった。……でも……とても辛《つら》くて」

「辛いなら、今話さなくていいのよ。ねっ」ジェーンは熱を込めて言った。(心の声：あたし、お母さまが考えているより、ずっとくわしく知っているはずよ)

「いいえ。話さないと。あなたにわかってもらいたいことがあるの。……わたしをあまり責めてほしくないから……」

「お母さまを責めたりなんかしないわ」

「いいえ、わたしは責められても仕方がないのよ。……手遅れになった今になって、ようやくわかるわ。わたしはほんとうに若くて世間知らずだった……頭の軽い、幼い幸せな花嫁だったの。わ……わたし、あなたのお父さまと駆け落ちして結婚したのよ」

ジェーンはうなずいた。

「ジェーンは、どこまで知っているの？」

「駆け落ちしたことと、初めは幸せだったこと」

「幸せ？　ああ、ジェーン・ビクトリア、わたしは……わたしは……それは幸せだった。でも実際は……とても不幸な結婚だったのよ」

(おばあさまが言いそうなことよね)

「お母さまにあんな仕打ちをしてはいけなかったの……お父さまが亡くなられてから、残されたのはわたしだけだったのだから。でも許してくださって……」

(お母さまとパパの仲を着々と裂いていったわけね)

「それでも最初の年は、ほんとうに幸せだったのよ、ジェーン・ビクトリア。わたしはアンドルーを崇《あが》めていたわ。……あの笑顔……あの人の笑顔は知っているわね……」

（知らないとでも？）

「二人でそれは楽しく過ごしたの……港で流木のたき火をして、その横で詩を読んだり……二人で何かというとたき火をしたわ。……人生は最高だった。あのころは毎日を楽しく迎えたものよ……今は毎日から逃れたいけれど。一年目にけんかしたのは一度だけ。……原因が何だったかは忘れたわ……どうせばかげたことね……あの人のおでこに寄った怒り皺《じわ》にキスして、それで仲直り。世界で自分ほど幸せな女はないとわかってた。あのまますっとつづけばよかったのに」

「なぜつづかなかったの、お母さま？」

「よく……よく、わからないの。たしかにわたしはいい主婦ではなかったけれど、でも、そのせいだとは思わない。わたしはお料理ができなかったけど、お手伝いさんはそんなに悪くなかったし、小さいエムおばさんがちょくちょく来ては手伝ってくれた。ほんとうにいい人だったわ。わたしは家計簿をつけるのもだめだったの……八回計算すると、そのたびに答えが違うのよ。でもアンドルーはただ笑い飛ばしていたけれど。それからあなたが生まれて……」

「それで何もかもうまくいかなくなったんでしょう？」苦い思いがにじみでて、ジェーンは叫んだ。

「初めは違ったの……ああ、ジェーン・ビクトリアちゃん、初めはそうじゃなかったの。

でもアンドルーはあのあと人が変わってしまって……」

(もしかして、変わったのはお母さまのほうじゃなかったの？)

「わたしがあなたをかわいがるので、あの人は焼きもちを焼いたの……ほんとうなのよ、ジェーン・ビクトリア……」

(焼きもちじゃない。……そう焼きもちじゃなかった。ちょっぴり傷ついたのね。パパは、ずっと一番だったから、二番目になりたくなかった……そしてあの時、二番目に落とされたと思いこんだんだわ)

「いつも『きみの子ども』と言ったわ……『きみのお嬢さん』って。自分の子どもじゃないみたいに。あのね。彼はいつもあなたを冗談の種にしたのよ。一度なんか、サルみたいな顔だと言ったの」

(ケネディー家の人は冗談がわからないしね)

「とんでもないわ……あなたほどかわいい子はいなかった。ねえ、ジェーン・ビクトリアちゃん、あなたは毎日奇跡を起こしてるようだった。夜寝かしつけて、寝顔を見ているのは、ほんとうに楽しかったわ」

(お母さまこそ、かわいい大きな赤ちゃんだったのよ)

「それまでみたいにわたしが一緒に出かけられないからって、アンドルーは腹を立てたわ。でも、どうしてそんなことができるの？　外に連れだすのは赤ちゃんによくないし、だからって置いてなんかいけないわ。でも、あの人はほんとうはどうでもよかったのよ。大切にしてくれたのは、初めのうちほんの少しだけ。わたしより自分の本のほうがずっと大切だったのよ。つづけて何日もそちらにかかりっきりで、わたしのことなんかまるっきり忘れてしまうの」

(そのくせ、焼きもち屋はパパだけだと思ってるのね)

「天才と暮らすのなんて、わたしには無理だったのよ。アイリーンはそう思ってて、それをわたしに思い知らせたもの。それに彼は、わたしより姉さんのほうがずっと大切だったのよ」

(ちがう、ちがうわ、そんなことない……絶対にないの！)

「アイリーンはわたしよりずっと影響力を持っていたの。アンドルーはいろんなことを、わたしより先に姉さんに話すの」

(だっておばさんはいつでも、パパが人に話す前に聞きだそうとするからよ)

「わたしのことをほんの子どもだと思っているから、何か考えがあると、アンドルーはわたしより先に姉さんに相談するの。自分の家にいるのに、アイリーンのせいで、影になったような気持ちになったわ。アイリーンはわたしに恥をかかせるのが好きだったみたいなの。いつもにこにこと親切で……」

(そうでしょうとも！)

「……それでいて、いつもわたしのやる気をそぐの。わたしを見下して……」

(知らないとでも？)

「『気がついてたわ』、といつも言うの。何も見逃したりしないわよ、というようなトゲのある言い方なの。アンドルーは、わたしには理屈が通じないって。そんなことないのに。……でも彼はいつも、姉さんの味方だった。アイリーンにはずっと嫌われていたわ。アンドルーを他の女《ひと》と結婚させたかったのだもの。……最初からこの結婚は失敗に終わるとわかっていたと、言ってたんですって……」

(そして本当にそうなるように、一生懸命がんばったわけよ)

「アイリーンはわたしたちを引き離そうとしたわ……こちらで少し……あちらでまた少し。わたしにはどうしようもなかった」

(ママの性根がほんのちょっぴりでもすわっていたら、そうはならなかったのに)

「わたしがアイリーンを好きでないのが、アンドルーは気に入らなかったの。そのくせわたしの家族を嫌っていた。お母さまの話をする時は、必ず悪口もおまけについてたの。……彼は、わたしを実家に帰らせたがらなかった……お母さまから贈り物を……お金を……もらうのをいやがった……ああ、ジェーン・ビクトリア、最後の年は悲惨だったわ。アンドルーは、わざとわたしのほうを見なかったの」

(だって見るのが辛かったんだもの)

「赤の他人と結婚したみたいだったわ。わたしたち、いつもひどい言葉を投げつけあっていた……」

(ゆうべ聖書でそれに近い言葉を読んだっけ。『死と生は舌に支配される(箴言18章21節)』……

ほんとよね……その通りだわ）

「そのころお母さまから、ちょっと遊びにいらっしゃいという手紙が来たの。アンドルーは言ったわ。『行きたいなら行けば？』って。そんな言い方で。アイリーンは、そうすればうまく収まるきっかけになるかもしれないわね、と言ったの……」

（にこにこ笑いながらそう言う顔が目に浮かぶわ）

「わたしは実家に帰ったの。そしたら……そしたらお母さまは、もうもどらないほうがいいって。とても不幸せそうだと、見てわかったのね……」

（そしてチャンスを利用したわけよ）

「自分を嫌っている人と、これ以上一緒に暮らしていけなかったの、ジェーン・ビクトリア……とても無理だった……だから……だから手紙で、わたしが帰らないほうが二人ものためになると思うと書いて出したの。あれは……何だったのかしら……何だか全然現実感がなかったわ……もしも彼が帰ってほしいと返事をくれていたら……でも返事は来なかった。それ以来まったく音信不通だったの……あなたをよこすようにという手紙が来るまでは」

母が話をする間、ジェーンは時おり考えにふけりながら、それでも黙っていた。だがこれを聞くと、もう黙っていられなくなった。

「パパは手紙を書いたのよ……どうか帰ってほしいと書いたの……でもお母さまは返事をしなかった……一度も返事を書かなかったのよ」

母と娘は、広く、美しく、よそよそしい部屋で、黙って顔を見あわせた。

しばらくして母はささやいた。「手紙なんか受け取っていないわ、ジェーン・ビクトリア」

二人はそれ以上何も言わなかった。二人とも、手紙がどんな運命をたどったか、良く承知していた。

「お母さま、まだ間にあうわ……」

「いいえ。もう手遅れよ、いい子ちゃん。二人の間は離れすぎたわ。もうお母さまと仲たがいしたくない。……今度はもう許してもらえないわ……お母さまはわたしをとても愛しているの。お母さまにはわたししかいないのよ……」

「ばかじゃないの！」ジェーンはスチュアート一族の誰よりも容赦なかった。「おばあさまにはガートルード伯母《おば》さまもウィリアム伯父《おじ》さまもシルビア伯母さまもいるじゃないの」

「それは……それとは違うの。おばあさまは、伯母さまたちのお父さまを愛していらっしゃらなかったのよ。それに……わたしはおばあさまにはさからえない。だいたい彼はもうわたしなんかどうでもいいのよ。わたしたちは赤の他人同士。それにね、ああ、ジェーン・ビクトリア、時間はこぼれていくの……ほら、こんな風に、指の間からさらさらと。つかもうとすればするほど、ますますこぼれていくのよ。わたしはあなたを失ってしまった……」

「違うわ、お母さま！」

「違わない。あなたはもう、わたしより彼のものなのよ。責めてるわけじゃないの。仕方のないことだもの。でもあなたはこれからも、年々彼のものになっていく……最後にはわたしには何も残らなくなるんだわ」

祖母が入ってきた。そして二人をうさんくさげに見つめた。

「夕食会に出かけるのでしょう、ロビン、忘れたの？」

「あら、忘れていたのかしら」母はよそよそしく言った。「でも大丈夫……今思いだしましたもの。も……もう二度と忘れないわ」

母が出ていったあとも、祖母はしばらく残っていた。

「お母さまをあんなに動転させるとは、何を言ったの、ビクトリア？」

ジェーンは祖母をはったとにらみつけた。

「パパが昔お母さまに、かえってきてほしいと書いた手紙は、それからどうなったんですか、おばあさま？」

祖母の冷酷な目が、突然燃えあがった。

「ああ、そのことなの？　おまえが口出しできることだと思っているの？」

「ええ、思っています。あたしは二人の子どもだもの」

「正しいと思われることをしたわよ。燃やしたの。ロビンはあやまちに気づいた。……わたくしのもとに戻ってきてくれた。いつかはそうなるとは思っていたけれどね。……もう二度と誤った道は歩かせません。小細工はやめなさい、ビクトリア」

「誰も小細工なんかしてないわ」ジェーンは言った。「おばあさま、これだけは言わせてください。パパとお母さまは、まだ愛しあっています。……あたしにはわかります」

祖母の声は氷そのものだった。

「それは違います。お母さまは、あなたが昔の思い出をかきたてるまでは、この年月ずっと幸せだったの。放っておいてあげなさい。あの子はわたくしの娘です。……よそものは二度とわたくしたちの間に立ち入らせないわ。アンドルー・スチュアートであれ、おまえであれ、誰であれ。いい子だからこれを覚えておくのですよ」

41

問題の手紙は三月の末日の午後、一どきにやってきた。ジェーンは学校をやすんでいた。前日のどが少し痛んだので、家にいるほうがいいと、母が言ったのだ。だがもうのどはかなりよくなっていたし、ジェーンは幸せだった。それも無理はない。もうほとんど四月で、まだ春とは言えないまでも、春の兆しが見えていた。あとわずか二か月とちょっとすれば、また六月のランタン丘に会える。その間に庭の拡張計画を練るつもりだった。……まずふもとの溝にそって一列に、りりしいタチアオイを植えよう。種を蒔《ま》くのは八月だから、つぎの夏には咲きそろうはずだ。

祖母とガートルード伯母と母は、そろってミセス・モリソンのブリッジ兼お茶会に出かけたので、午後の郵便を運んできたのはメアリだった。ジェーンは大喜びで自分宛の三通にとびついた。一通はポリーから……もう一通はオカッパから……そしてもう一通のあて名は、間違いなくアイリーンおばさんの、お手本のような筆跡だった。

最初にポリーの手紙を読んだ。……面白くて、ランタン丘の冗談にあふれた、すてきな手紙だ。パパのニュースは一つだけあった。パパはアメリカ旅行をする予定らしい……ボストンだかニューヨークだか……そのあたりははっきりわからないらしい。そしてポリーは、ジェーンを大笑いさせた一節でしめくくった。……これがしばらくの笑い納めだった……子ども時代の笑い納めだったのだと、後年ふり返ってジェーンは思った。

「店屋のジュリアス・エバンスは、先週すっごく頭に来ました」ポリーは書いていた。「開けたてのメープルシロップの樽《たる》でネズミがおぼれ死んだからです。ジュリアスは、どえらい無駄をしてしまったとさんざぐちりました。でも、ほんとに無駄になったかどうか、わかったもんじゃない、と父さんが言うので、うちでは安全のためにジョー・ボールドウィンの店でシロップを買ってます」

ジェーンはまだ笑いながら、オカッパの手紙を開けた。二枚目のある文章が、まっすぐに目に飛びこんできた。

「ジェーンの父さんがアメリカに離婚しに行って、リリアン・モローと結婚する気だと、みんなが噂してます。そしたらあの人があんたのお母さんになるってわけ？　そういうのって、どんな感じ？　あの人はあんたの継母《ままはは》になるわけだよね。本当のお母さんが生きてるのに、継母っておかしい感じに聞こえます。あんたの名前も変わるの？　キャラウェーは変わらないと言ってます。……でもアメリカでは変なことばっかりするもんね。どっちにしても、それでも変わりなく、夏にランタン丘に来てもらいたいと思ってます」

　ジェーンは苦しくて気分が悪く、からだが冷たくなったので、その場で手紙を置き、アイリーンおばさんの手紙をつかみあげた。アイリーンおばさんはわざわざ何を知らせてきたのだろうと、最初から怪しんでいたのだが……今やそれがわかった。

　どうやら弟のアンドルーはアメリカに行って、離婚の資格がとれるまで滞在するつもりらしい、とアイリーンおばさんは書いていた。

「もちろん、そうではないかもしれませんよ、ジェーンちゃん。弟は何も話してくれませんから。けれども噂は至るところに広がっていますし、火のないところに煙は立たぬ、といいますから、あなたも心の準備をしておいたほうがいいと思います。弟の友達が何人も、ずいぶん昔に離婚を勧めたことは知っています。けれども弟がその話をしてくれないので、私は賛成とも反対とも言っていません。どういうわけかさっぱりわからないのですが、ここ二年ほど、弟は私に打ち明けごとをしなくなりました。それでも弟の暮らしが、長い間とてもみたされないものだったとは感じてきました。このことであなたが心配することはないのよ。……心配させると思ったら、こんな話はしません。あなたは年の割に大人だもの。実際の年より大人すぎると何度も言いましたよね。でももちろん噂が本当なら、これからあなたにとっても事情はかわってくるかもしれません。弟は多分再婚するでしょうから」

ろうそくの炎が吹き消される瞬間をご存じなら、よろよろと窓に向かうジェーンの様子がわかっていただけるだろう。その日は激しいにわか雨に何度も見舞われる、暗い日だった。ジェーンは外の、冷え冷えと無情で虫の好かない街路を見たが、目には何も映っていなかった。これほど恐ろしい辱めを、ここまでのみじめさをおぼえるのは、生まれて初めてだった。それでいながら、こうなることがわかっていてもよかったはずだと思えた。去年の夏ヒントはいくつかあったはずだ。……リリアン・モローの甘ったるい声の『ドルー』に、リリアンと一緒だった時のパパの嬉《うれ》しそうな様子など。そしてこの……このおぞましいことが本当なら、もう二度とランタン丘で夏を過ごしたくなんかない。二人でランタン丘に住む気なの？　リリアン・モローがお母さん？　ばかじゃないの！　お母さま以外は誰もあたしの母親になれるわけがない。そんなこと、考えられない。でもリリアン・モローはパパの奥さんになりたがっている。

ジェーンが六月を心待ちにして、それは幸せだったこの数週間、そんな話が進んでいたのか。

「もう一生幸せになれそうにないわ」ジェーンはみじめだった。何もかもが突然意味を失った。……あらゆることから遠く離された気分だった。まるで人生や人間やものごとを、ティモシー・ソルトの望遠鏡の反対側からのぞいているような……。ポリーが書いたエバンス店主の「無駄」になった……無駄にならなかったかもしれないが……シロップの話に笑ったのは、何年も前のようだった。

ジェーンはその午後の残りをずっと、子ども部屋を歩きまわってすごした。一瞬たりとも腰を下ろす気になれなかった。歩きつづけている限り、苦しみも共に進み、まだこらえていける気がした。足を止めたら最後、苦しみに押しつぶされるだろう。だが夕食の時間になると、ジェーンの頭はまた働きはじめた。真相を突き止めなければならない。そのためには何をすればいいかわかっていた。しかもそれは、今すぐ実行しなければならない。ジェーンはパパに貰《もら》ったこづかいの残りを数えた。大丈夫。島への片道切符分はある。食堂車も寝台車も無理だが、そんなことはどうでもいい。真相がわかるまで、食べも眠りもできないことはわかっていた。ジェーンは、メアリが用意してくれた夕食をとりにおりていき、メアリに気づかれないよう、何とか食べるように努めた。

メアリは気づいた。

「のどが痛いんですか、ビクトリアさま?」

「ううん。のどは大丈夫」ジェーンは言った。自分の声が耳の中で妙に響いた。まるでよその人の声みたいだった。「メアリ。おばあさまとお母さまは何時にお帰りか知ってる?」

「遅くおなりですよ、ビクトリア様。おばあさまとガートルード伯母《おば》さまはウィリアム伯《お》父《じ》さまのお宅で、西部からこられたおばあさまのお友だちとお食事でしょう? それにお母さまはパーティーにおでかけです。真夜中をすぎないとお帰りではありませんよ。フランクは、大奥さまを十一時にお迎えに行きますけどね」

特急は十時発車だ。ジェーンにはたっぷり時間があった。二階にあがり、旅行用の手提げに身の回りのものと、寝室のテーブルにあったジンジャークッキーを一箱つめこんだ。窓の外の闇が、意地悪くのぞきこむように思えた。雨が激しく窓ガラスに打ちつける。葉を落としたエルムの木の間で風は孤独だった。雨風が友達だと思ったこともあったのに、今は敵に回ったようだった。何もかもがジェーンに辛くあたった。生きる力になっていた何もかもが、根こぎにされ、枯らされたようだった。ジェーンは帽子をかぶり、コートを着ると、かばんを持ち、母の部屋に入って枕に小さいメモをとめつけた。それから足を忍ばせて階段を下りた。メアリとフランクは台所で夕食の最中で、ドアは閉まっていた。ジェーンは音を立てないようにして、電話でタクシーを呼び、外に立って車を待った。ゲイ・ストリート六十番地の階段を下り、これを最後と陰気な鉄門を抜けた。

「ユニオン・ステーションへ」とタクシーの運転手に告げた。車は街灯を沈めた黒い川のような、濡《ぬ》れた街路を、すいすいと抜けていった。ジェーンはほんとうのことを告げられるたった一人の人間に……実の父親に、問いただしに行くのだった。

42

ジェーンがトロントを発《た》ったのは、水曜日の夜だった。金曜日の夜には島に到着していた。汽車は濡れそぼった土地をぐんぐん走った。今のジェーンの島は美しくなかった。早春になりかけの醜さをまとい、他の土地と同じ顔をしていた。唯一美しいのは、黒っぽい丘にのびる、ほっそりとした白樺《しらかば》だった。ジェーンは旅の間、昼も夜も、ずっとまっすぐ身を硬くして座ったままで、ジンジャークッキーを無理矢理つめこんで、命をつないだ。ほとんど身動きもせず、それでいて、ずっと走りつづけている気分だった。……走って走って……道の先にいる誰かに……いつまでたっても遠ざかっていくばかりの誰かに、追いつこうとしているようだった。

シャーロットタウンまでは行かなかった。下りたのは西トレントで、頼めば停まってくれる、小さな側線にあった。ランタン丘までは、わずか五マイルだ。遠い海の轟《とどろ》きが、はっきりと聞こえた。古い北海岸の、風すさぶ黒ねずみ色の夜を抜けてくる、朗々たる音楽を聴けば、ジェーンの心は躍るはずだった。だが今は何も感じなかった。

それまで降りつづいていた雨が、今はあがっていた。道路は硬くでこぼこで、あちこちに水たまりがあった。ジェーンは足が濡れるのもかまわず、歩いていった。やがて昇る月の光に、樅《もみ》のこずえが黒く浮かびあがった。道路の水たまりは銀色の火だまりに変わった。通りすぎる家々は見知らぬもののようで、よそよそしかった。ジェーンに向かってドアを閉ざしてしまったように見える。エゾマツも冷たく背を向けるようだ。青白い月光を浴びる風景の遥か向こうに森深い丘があり、見覚えのある家の灯りが見えた。あれはランタン丘の灯り？　それともパパは留守だろうか。

顔見知りの犬が足を止めて話しかけようとしたが、ジェーンは無視した。一度だけ車が通りすぎ、ジェーンの姿をライトに浮かびあがらせ、頭から足まで泥水を浴びせた。運転していたのはミセス・ミードのいとこのジョー・ウィークスで、一族特有の言い間違い癖があり、帰宅すると半信半疑の妻に、道でジェーン・スチュアートかそのドッペルハンガーに出会った、と話した。ジェーン本人こそドッペルゲンガーになった気分だった。冷たい月光が支配する、この世のものならぬ世界を、これまで果てしなく歩いてきて、これからも果てしなく歩きつづける運命のような気がした。

小ドナルドの家には、客間に灯りがついていた。カーテンは赤で、夜になると閉ざされた布越しにバラ色の光が輝くのだった。つづいて大ドナルド家の灯りが……そしてようやくランタン丘の小道にたどりついた。

台所に灯りがついている！

わだちだらけの小道を上り、庭を横切り、かつてはひなげしがたおやかにさんざめいてゆれていたが、今は荒れ果てて泥まみれの花壇を通りすぎながら、ジェーンはがたがた震えていた。ようやく窓までたどりついた。予定外の、何と悲しくみじめな帰還だろう。

ジェーンはのぞきこんだ。パパはテーブルで読書をしていた。くたくたの古いツイードの上下を着て、小さい赤のまだら模様のしゃれたネクタイをしている。去年の夏ジェーンが選んであげたネクタイだ。へたれじいさんをくわえ、足を投げだしたソファには、二匹の犬とピーター一世が眠っていた。シルバーペニーは、テーブルのガソリンランプのあたたかい台にそって、長々とのびている。隅の流しには汚れた皿が山と積まれていた。それを見るとジェーンの心は、こんな場合でもずきりと痛んだ。

その直後気配を感じたアンドルー・スチュアートは、目をあげ、すぐ前にわが娘が立つ姿を見た。……足はずぶ濡れ、泥はねだらけで、顔は真っ青だ。その目がすさまじい悲しみにあふれているのを見て、心に不吉な思いが兆した。まさかこの子の母親が……？

「どうしたんだ、ジェーン！」

恐怖のあまり具合が悪くなっていたジェーンは、前置きもなく、はるばるここまで聞きに来た質問をぶつけた。

「パパは、離婚してモローさんと結婚するの？」

パパは一瞬目を丸くして見つめた。それから「まさか！」と叫んだ。そして繰りかえして「まさか……まさか……違うよ！ ジェーン、誰がそんなことを言ったんだ？」

ジェーンは、長い悪夢が終わったことをかみしめようと、大きく息を吸いこんだ。信じられなかったのだ……とにかくすぐには。

「アイリーンおばさんが手紙で知らせてきたの。パパがボストンに行くって……だから……」

「アイリーンが？ 姉さんの頭には、いつもばかげた考えがつまってるんだ。悪気はないんだろうが、それにしても……ジェーン、今しか言わないから、聞いてくれ。ぼくはたった一人の女性の夫で、他の人の夫にはならない」

パパは言葉を切り、あぜんとしてジェーンを見つめた。

一度も泣いたことのないジェーンが、泣いている。

パパはジェーンを抱き寄せた。

「ジェーンのかわいいおばかさん。よくまあそんなことを信じたね。ぼくはリリアン・モローは好きだよ……ずっと好きだ。だが千年たっても愛することはない。……ボストンに行くって？　もちろんボストンには行くよ。ジェーンにもいいニュースだ。ようやくパパの本が採用されたんだ。ボストンに行って、出版社といろいろ細かい話を詰めてくる。嬢さん、まさか西トレントから歩いてきたなんて言うんじゃないだろうね。今夜月を空にかけておいて、正解だったな。それにしてもびしょ濡れじゃないか。今入り用なのは、あつあつのココアだ。パパがすぐに作ってやろう。ワン公ども、笑顔でお迎えだ。のどを鳴らせ、ピーター。ジェーンのお帰りだぞ！」

43

翌日アンドルー・スチュアートは医者を呼び、その数時間後看護師がやってきた。ジェーン・スチュアートが悪性の肺炎で危篤だとの噂が、クイーン浜とコーナーズをかけめぐった。

あとになってもジェーンは、最初の数日間のことをはっきり思いだせなかった。発病からずっと、意識がほとんどない状態だったのだ。いくつもの顔がぼんやりと浮かんでは消えた。苦痛にみちたパパ、深刻そうに顔をしかめる医者、白いキャップ姿の看護師……それからもう一つの顔が……でもこれだけは夢にちがいない……お母さまがここにいるわけ、ないわ……なのにジェーンには、母の髪の香水がほんのりと嗅《か》ぎ取れた。でもお母さまは、遠いトロントにいるのよ。

そういう自分の所在はというと、ジェーンには今いる場所がよくわからなかった。……わかっているのは自分が迷子の風で、なくした言葉を探していることだけだ。その言葉が見つかるまでは風のままで、ジェーン・スチュアートには戻れない。一度だけ、女の人が激しく泣いていて、誰かが慰めている声が聞こえた。「まだ望みはあるんだよ、きみ、少しだけど望みはあるんだ」それから……ずいぶん時間がたったあとで、……「まもなく峠でしょう。どちらに向かうにせよ、今夜です」

「そしたら」とジェーンは言った。はっきりしっかりした声だったので、部屋じゅうの人間がとびあがった。「あたしにもなくした言葉が見つかるのね」

それからあと、自分がジェーンでもう迷子の風でなくなったとわかった日まで、どれぐらいの時がすぎたのか、ジェーンには見当もつかなかった。

「あたし、死んでる?」ジェーンにはわからなかった。震える腕をあげて、たしかめた。悲しいくらい痩《や》せていて、わずかしかあげていられなかったが、生きているらしいのはわかった。

ジェーンはひとりだった。ランタン丘の自分の小部屋ではなく、パパの部屋だ。窓からきらめく湾と、なんとも優しく、清らかに青い空が、黒々とした砂丘の上に広がるのが見えた。誰かが……のちにジョディーだとわかったが……初咲きのメイフラワーを見つけて、ベッドわきのテーブルの花瓶に活《い》けてくれていた。

「この……家は……耳を……澄ましてる」ジェーンは思った。

　何に耳を澄ましているのか。それは外の段に腰かけているらしい二人の人間の声にだった。その二人をジェーンは知っているはずなのに、そこの記憶だけがすっぽり抜け落ちている。ひどくおさえた声で交わされる言葉が、切れ切れに届いた。その時のジェーンには何の意味もない言葉だったが、忘れなかった……いつまでも忘れないだろう。

「ねえ、あの時あんなひどいことを言ったけど、ひとことも本気じゃなかったんだ」……「お手紙を受け取ってさえいたら……」「かわいそうに……」「ここ何年ものあいだ、わたしを思ったことはあって？……」「他に何を思うことがあるんだよ、きみだけさ」……「電報が来た時、母は行くなと言ったの。……手がつけられなかった……ジェーンの他にわたしを引き止めるものがあると思ったのかしら……」「ぼくたちはまったくばか者コンビだったよ。……賢くなるには、もう手遅れかなあ、ロビン」

　ジェーンはその答えを聞きたかった。聞きたくてたまらなかった。その答えこそが世界じゅうの誰にとっても非常に重要なことだという気がした。だが海からの風が一吹きして、ドアを閉めてしまった。

「もうこれでぜったいにわからないわ」その時部屋に入ってきた看護師に、ジェーンは哀れっぽくささやきかけた。

「何がわからないの？」

「あの女の人が……段に座っている人が言った事……お母さまそっくりの声だけど……」

「あの人はお母さまよ。私がここに着くなり、お父さまが電報を打ったの。お母さまはそれからずっといらっしゃるのよ……あなたの具合が良くて、興奮しないでいられるなら、今夜にでもお顔をみられるかもね」

ジェーンは弱々しく言った。「そしたら今度こそお母さまも、おばあさまに立ち向かったんだわ」

けれどもジェーンが両親と最初の面会を許されたのは、それから数日後のことだった。二人は手をつなぎあって入ってくると、立ったままジェーンを見つめた。この部屋にはとてつもなく幸せな三人がいるのだ、とジェーンにはわかった。これまで両親のどちらもこんな顔をしたことがなかった。二人は人生の深い井戸から水を飲み、その水の効き目で再び若い恋人同士にもどったようだった。

「ジェーン」パパが言った。「二人の愚か者が、ささやかな知恵を学んだよ」

「もっと昔に学べなかったのは、全部わたしのせいなの」母が言った。その声には涙が、そして笑いがにじんでいた。

「女ってやつは！」パパは「女ってやつは」を何と感じよく言うのだろう。それにお母さまの笑い声は……笑い？　それとも鈴の音？　「もうこれからうちの奥さんの悪口は許さないぞ。きみのせいだって？　ぼくは自分の責任からかけらも逃れる気はないからな。ジェーン、この人を見てくれ。ぼくの金色の恋人を。こんなお母さんを自分のものにしていたなんて、ジェーンは世界一の幸せ者だったな。この人を見た瞬間に、また全身で恋に落ちてしまったよ。これからぼくたち三人で、なくした十年を探しに行こう」

「そしてみんなランタン丘で暮らすの？」ジェーンは聞いた。

「ずっとね。他の場所に住んでいない時は、だけど。女二人を食わせるとなっては、メトセラの伝記は完成できそうにないよ、ジェーン。でも見返りはきっとたくさんあるだろう。ハネムーンがはじまるぞ。でかぶつジェーンがよくなった暁には、みんなでひとっ走りボストンに行こう。もちろんぼくはあの自作の手配をしないとな。それからここで夏を過ごして、秋には……実は、ジェーン、パパはサタデー・イブニング紙で副編集の仕事をしないかと言われてるんだ。それなりの給料でね。初めは断るつもりだったが、受けたほうがいいと思い直した。どうかな、ジェーン。トロントで冬……ランタン丘で夏というのは？」

「そしたらもう、さよならしなくてもよくなるのね。うわあ、パパ！　でも……」

「でもじゃない。パパに、でもはなし。何か問題があるのかな、大事な大事な娘さん？」

「まさか……六十番地で暮らさなくていいよね？」

「ないない、それはない！　だがもちろん、家がなければならないよ。どこで生きるかより、いかに生きるかのほうがずっと大事ではある。……でも頭の上には屋根がいるんだ」

　ジェーンはレイクサイド・ガーデンズのちいさい石造りの家を思った。あそこはまだ売れていなかった。あの家を買おう。あの家は生きる……三人で命を与えるのだ。あの冷たい窓は暖かいもてなしの光に輝くだろう。ゲイ・ストリート六十番地に、悪意に目をぎらつかせて不機嫌な老女王のようにとりついているおばあさまは、許そうが許すまいが、二度と三人を困らせることはできない。もう気持ちの行き違いも起こらない。このジェーンが両親の二人ともを理解し、互いの気持ちを正しく伝えてあげることができるからだ。おまけにやりくりもお手の物だ。まるで何年も前からきまっていたように、どこからどこまでできあがっていた。

「あのねえ、パパ」生まれてからのいつよりも幸せな、今のジェーンは叫んだ。「ぴったりの家を知ってるの」

「さすがだね」パパは言った。

訳者あとがき

『丘の家のジェーン』は一九三七年に発表された。『赤毛のアン』の出版から約三十年が経っていた。だから物語世界が初期のものと違うように感じられる。

舞台は大都市トロントのお屋敷街。主人公ジェーンは毎日運転手つきのリムジンで名門校に通うお嬢様なのだ。

お金持ちの祖母は、美しい自分の娘を愛するがあまり家に縛りつけ、その娘で実の孫ジェーンに対しては愛情のかけらも示さない。念のいった意地悪ぶりは、虐待ではないかと思えるほどだ。その原因はどうやら存在さえ無視されているジェーンの父親にあるらしいことがわかる。

そしてある日突然、父親からの手紙が舞い込み、ジェーンはいやもおうもなく、父親とひと夏を過ごすことになる。

さて、お待たせしました。ここから舞台はプリンス・エドワード島に移り、モンゴメリ的世界がいっきょにはじけだす。

美しい自然。素朴でちょっぴり変わっているが、善良な住民たち。インテリで魅力的なパパ。それまで祖母に抑圧され、翼をもがれたかごの鳥だったジェーンは、新しい環境におかれて、自分を見つけはじめる。あんたはすごいよ、とみんながほめてくれる。かわいい子だね、と言ってくれる。元からの自分を容認され、知らず知らず自信をつけていくジェーンの姿は、見ていて気持ちがいい。そして生まれ変わったジェーンは、両親が別れたのには、彼ら二人以外にも原因があったことをつきとめ、復縁させようと決心する。両親を再び結びつける物語といえば『ふたりのロッテ』が思い浮かぶが、あちらはふたごのタッグ、こちらはジェーン一人きりだ。しかも悪役は、祖母だけでないとわかってくる。もしかしたら最大の敵かも知れないのが、パパの実姉のアイリーンおばさんだ。ジェーンは父親の姑《しゅうとめ》（祖母）と母親の小姑《こじゅうとめ》（伯母《おば》さん）という、ただでさえ厄介な存在を両方相手に回して闘わなければならない。

どんどん経験を積み、動じなくなっていくジェーンの闘い方が、大人っぽくて小気味良い。美しい母親の陰にちぢこまる醜いアヒルの子が、白鳥に変貌《へんぼう》していく成長物語。子どもが主人公のお話として、読者を引き込む王道ではないだろうか。もちろんPE島の村人たちのとぼけたエピソードもたくさんはさまり、飽きさせない。

モンゴメリは一九四〇年にこの物語の続編を書き始めていたのだが、直後体調を崩し、ついに書き終えることなく、この世を去った。続編では恐らくPE島の比重がぐんと増していたにちがいない。ジェーンはきっとお姉さんになったのだろうな。読んでみたかった。

実はモンゴメリ作品の主人公の中では、このジェーン・スチュアートが誰よりも好きだ。

何度読み返したか知れない。でも今さら訳せる機会なんかないだろうと思いながら、図々《ずうずう》しくも「やりたいんですよね」ともらした言葉に、いとも軽々と乗ってくださった編集局の津々見潤子さま、どれほど感謝すればいいか、言葉とてありません。ありがとうございました。平伏。

二〇一一年夏

木村由利子

丘《おか》の家《いえ》のジェーン

モンゴメリ　木村由利子《きむらゆりこ》＝訳

平成23年 8月25日　初版発行
令和7年 5月10日　11版発行

発行者●山下直久

発行●株式会社KADOKAWA
〒102-8177　東京都千代田区富士見2-13-3
電話　0570-002-301（ナビダイヤル）

角川文庫 16985

印刷所●株式会社KADOKAWA
製本所●株式会社KADOKAWA

表紙画●和田三造

●お問い合わせ
https://www.kadokawa.co.jp/（「お問い合わせ」へお進みください）
※内容によっては、お答えできない場合があります。
※サポートは日本国内のみとさせていただきます。
※Japanese text only

ISBN978-4-04-217913-9　C0197